한국문학 속의
사회주의와 자본주의

이 동 하

국학자료원

　오늘날 우리나라의 지식인 사회에는 이념적으로 서로 대립하는 두 개의 진영이 존재한다. 그 양자간의 대립은 흔히 <진보와 보수의 대립>이라는 말로 일컬어진다. 하지만 이러한 표현은 진상을 왜곡하는 것으로서 부정확하고 또 부당하다.

　흔히 진보파라고 일컬어지는 진영의 사람들을 보자. 이 진영에 속하는 사람들 가운데 상당수는 이미 세계사적인 차원에서 그 모순과 한계가 입증되어 사망선고를 받은 지 오래인 마르크스주의에 대한 미련을 아직도 버리지 못하고 있다. 우리 현대사의 정통성이 김일성-김정일 부자(父子)의 폭압적 통치체제에 의해 지배되어 온 북한쪽에 있다고 주장하는 사람들은 모두 다 이 진영에 소속되어 있다. 이 진영에 속하는 사람들 가운데 대다수는 북한 주민의 인권 문제에 대하여 별다른 관심을 표시하지 않는다. 이 진영에 속하는 사람들은 남한의 미래를 설계할 때에도 언제나 국가의 권력을 강화하는 방향으로 자기들의 구상을 펼친다. 이런 입장에 서 있는 사람들을 <진보파>라고 일컫는다는 것은 명백히 부정확하고 부당하다.

　흔히 보수파라고 일컬어지는 진영의 사람들은 어떤가? 이 진영에 속하는 사람들은 마르크스주의의 모순과 한계를 인식하고 그것을 넘어선 자리에서 현실적인 문제들에 대한 해결책을 탐색하며 역사를 사유한다. 이 진영의 사람들 가운데 다수는 자유의 이름으로, 또 인권의 이름으로 김일성-김정일

부자의 폭압적 통치체제를 끊임없이 비판해 왔다. 그러니까 북한 주민의 인권 문제에 대하여 깊은 아픔을 느끼고 적극적인 관심을 표시하는 사람들은 당연히 대부분 이쪽 진영에 속해 있다. 또한 이 진영에 속하는 사람들은 남한의 미래를 설계할 때에도 국가의 권력을 줄이는 방향으로 자기들의 구상을 펼치는 것이 일반적이다. 이런 입장에 서 있는 사람들을 <보수파>라고 일컫는 것 역시 부정확하고 부당하다.

사리가 이러함에도 불구하고 전자의 그룹을 진보파라 부르고 후자의 그룹을 보수파라 부르는 관행은 거의 요지부동으로 굳어져 있다. 어찌하여 이렇게 되었는가? 스스로를 <진보>라는 매력적인 말로 치장함으로써 자기네 주장의 호소력을 높이고자 하는 전자 그룹의 전략이 성공을 거둔 결과로 이렇게 되었다.

하지만 이러한 명명법은 다시 말하거니와 부정확하고 부당한 것임이 명백하다. 그러니 만큼 우리는 이제 그런 명명법을 거두어들여야 한다. 그리고 <진보파>라는 명칭 대신 <좌파> 혹은 <사회주의 지지자>라는 정확한 명칭을, <보수파>라는 명칭 대신 <우파> 혹은 <자본주의 지지자>라는 정확한 명칭을 보편화시켜야 한다.

<진보와 보수의 대립>이라는 잘못된 표현을 <좌파와 우파의 대립>이라는 표현으로 바로잡아야 한다는 사실을 지적하면서, 나는 확신을 가지고

말하는 바이다—우리 사회를 보다 풍요로운 사회로 만들려면, 우파의 길을 가야 한다고. 효율성의 측면에서 볼 때, 우파의 길이 옳은 길이며, 좌파의 길은 그릇된 길이라고.

이와 더불어, 나는 또한 확신을 가지고 말하는 바이다—우리 사회를 보다 정의로운 사회로 만들기 위해서도, 우파의 길을 가야 한다고. 도덕성의 측면에서 볼 때에도, 우파의 길이 옳은 길이며, 좌파의 길은 그릇된 길이라고.

위와 같은 확신을 가지고 있는 사람으로서, 나는 아직도 마르크스주의에 대한 미련을 버리지 못하고 있는 사람들을 향하여, 부디 그 모순투성이, 한계투성이의 이데올로기로부터 벗어나 현실과 역사를 제대로 통찰하라고 요청하지 않을 수 없다. 위와 같은 확신을 가지고 있는 사람으로서, 나는 자유의 이름으로, 또 인권의 이름으로 김일성-김정일 부자의 폭압적 통치체제를 비판하지 않을 수 없다. 위와 같은 확신을 가지고 있는 사람으로서, 나는 북한 주민의 인권 문제에 대하여 깊은 아픔을 느끼고 적극적인 관심을 표시하지 않을 수 없다. 위와 같은 확신을 가지고 있는 사람으로서, 나는 미래의 남한을 이끌어 나갈 사람들이 국가의 권력을 줄이는 방향으로 그들의 지혜와 능력을 발휘해 주기를 요청하지 않을 수 없다.

이러한 나의 입장을 명확한 표현으로 담아내고 있는 글들 및 그것들과 긴밀한 연관을 맺고 있는 글들을 이번에 한 권의 책으로 묶어 보았다. 묶어

놓고 보니, 이것들밖에 없는가, 이 정도밖에 안 되는가, 하는 아쉬움이 밀려 드는 것을 느끼게 된다. 하지만 어쩔 수 없다. 나로서는 내가 할 수 있는 범위 안의 일을 할 도리밖에 없는 것이니까. <나는 지금 어떤 자리에 서 있는가?>라는 물음을 한 번 더 떠올리며 앞날을 기약하기로 한다.

2005년 12월
이 동 하

목 차

책머리에　　　　　　　　　　　　　　　　　　　　3

1부

북한 인권 문제를 외면하는 한국의 문학인들　　　　　12

〈6·15 공동선언 실천을 위한 민족작가대회〉를 평가한다　18

백두산 천지에서 남한의 문학인이 김남주의 시를 읽다　28

두 주사파(主思派) 운동권 학생의 죽음과 김정환의 시　32

〈장군이 조직사업을 할 때, 머슴살이를 하시며……〉　40

「바이칼 그 높고 깊은」과 친북(親北) 주사파(主思派)　45

오늘의 현실과 조정래의 『태백산맥』　　　　　　　　49

『하나님의 지하운동』을 읽다 보면 생각나는 사람들　53

〈그들이 여기로 올 거예요〉—『적들, 어느 사랑 이야기』를
읽으며 생각한 것　　　　　　　　　　　　　　　　55

북한문학의 오늘과 내일　　　　　　　　　　　　　57

북한의 문학과 문학인　　　　　　　　　　　　　　59

2부

재소 한인(在蘇韓人)의 고통스러운 역사와 신중신의 『까리아인』　64
8백 명 가운데 열 명만이 남게 될 때—이회성의 『유역』을
읽으며 생각한 것　69
정찬의 「섬」을 다시 논한다　72
스탈린과 사르트르, 그리고 한국의 지식인들　79
사르트르와 정찬　84
김학철의 『20세기의 신화』와 마오쩌둥(毛澤東)　90

3부

선비들의 전통과 20세기 한국 작가들　94
개성상인과 『베니스의 개성상인』, 그리고 스마일즈의
『자조론(自助論)』　104
해방 전의 예술가소설이 자본주의 문제를 다룬 방식　116
서울 사람들의 삶, 자본주의 체제 속의 삶
—『압구정동엔 비상구가 없다』와 『서울은 만원이다』의 경우　139

사랑으로 바람을 불러······—『난장이가 쏘아올린 작은 공』을
다시 읽는다   181

4부

리영희는 〈사상의 은사〉라고 일컬어질 만한 사람인가?   190

리영희가 행한 이승만 비판의 타당성 여부를 검증한다   197

반체제적인 것이라고 다 〈빛〉은 아니다—김병익에 대한 반론   202

자유주의의 어제와 오늘에 관한 단상   207

시장의 원리와 문학·철학·예술   209

〈쓸모있는 바보들〉의 어제와 오늘   212

6월 혁명과 제6공화정의 이름을 제대로 부르자   216

1987년 6월의 혁명과 NL파   220

친일 문제는 학계의 연구에 맡겨라   224

5부

만인을 노예화하는 길로 가서는 안 된다—하이에크의『노예의 길』 230

데즈먼드 모리스에게 일련의 질문들을 던지다　　　　　　　235

김광동의『반미운동이 한국사회에 미치는 영향』을 읽고　　237

진실을 건지고, 우리 사회를 건지는 길—복거일 선생님께　240

〈잘못된 믿음〉과 경제 교육의 과제—유정호 선생님께　　245

1부

북한 인권 문제를 외면하는 한국의 문학인들

1. 북한 주민들의 처참한 삶

북한의 대다수 주민들이 얼마나 처참한 삶을 살고 있는지를 우리가 자세히 알 수 있게 된 이후로 이미 오랜 시간이 흘렀습니다. 그들이 얼마나 가난한지, 얼마나 극심하게 자유를 억압당하고 있는지, 얼마나 혹독하게 인권을 유린당하고 있는지, 오래 전부터 우리는 다 잘 알고 있습니다.

북한에는 나치 독일이나 스탈린 시대의 소련에 세워졌던 수용소에 필적할 만큼 잔인한 방식으로 운영되는 강제수용소들이 도처에 있고, 수십만 명이 그 속에 감금되어 있다는 사실도 우리는 오래 전부터 잘 알고 있습니다. 보편적 인권의 기준을 가지고 따져 보면, 북한 지역 전체가 하나의 거대한 강제수용소에 다름아닌 존재로 규정되어 마땅할 지경이 되어 버렸다는 사실도 우리는 오래 전부터 다 잘 알고 있습니다. 그 거대한 강제수용소에서 견디다 견디다 못하여 목숨을 걸고 탈출을 감행하는 사람들이 하나 둘 나오기 시작하다가 마침내 수십만을 헤아리게 된 지도 이미 한참이 지났습니다.

북한 주민들의 실상이 이러하다는 것을 알고, 이웃의 아픔을 외면하지 못하는 인도주의의 정신에 입각하여, 이 문제를 고민하고, 이 문제에 대하여 발언하며, 이 문제와 맞붙어 씨름하는 사람들이 우리 사회에서 조금씩 나오기 시작하였습니다. 현실적인 어려움이 워낙 많은 까닭에 아직까지 가시적인 성과는 크게 올리지 못하고 있는 형편이지만, 그들의 소중한 정신만은 높이 평가되어 마땅하다고 할 것입니다.

이런 사람들 가운데에는 정치인도 있고, 언론인도 있으며, 종교인도 있습니다. 그들 가운데 정치인은 정치의 무대에서, 언론인은 언론의 영역에서, 종교인은 종교의 공간에서 각자 나름대로 성실한 노력을 기울여 오고 있습니다.

만약 이런 사람들 가운데에 문학인이 들어 있다면? 그들의 활동 공간은 당연히 창작의 현장이 될 것입니다. 시인은 시 창작 활동을 통하여, 소설가는 소설 창작 활동을 통하여 북한 문제에 대한 그들의 고민을 밝히고, 그들의 주장을 펴며, 그들의 힘든 씨름을 전개하게 될 것입니다. 이러한 그들의 노력이 비록 당장에 커다란 가시적 성과를 올리지는 못할지라도, 그들의 정신만은 생생하게 살아 움직이면서 이 어두운 시대 위에 한 줄기 소중한 빛을 뿌리게 될 것입니다.

그런데……

오늘날, 이러한 활동에 나서고 있는—아니, 단 한 번이라도 나선 적이 있는—우리나라의 중요한 시인이나 소설가를 저는 아직 한 사람도 알지 못하고 있습니다.

2. 완강한 침묵 혹은 외면의 자세

지난 2000년에 저는 「북한 문제와 한국문학」이라는 제목으로 한 편의 글을 쓴 일이 있습니다. 그 글에서 저는 북한 주민들의 처참한 고통을 정면에서 직시하고 이 주제와 맞붙어 씨름하는 모습을 보여준 우리나라의 시인이나 소설가가 제가 아는 범위 내에서는 단 한 사람도 없다는 사실을 아픈 마음으로 지적하고, 이 문제에 대한 제나름의 성찰을 다각도로 시도해 본 다음, 아래와 같은 말로 마무리를 지었습니다.

앞으로 세월이 많이 흐른 후에, 누군가 있어 새롭게 한국문학사를 기술 하다가 우리 시대의 문학을 다루는 자리에까지 왔을 때, 도저히 침묵 혹은 외면해서는 안 될 문제에 대한 우리 시대 대다수 문학인들의 이 철저한 침묵 혹은 외면이라는 기이한 현상을 발견하고, 과연 어떤 평가를 내릴 것인지, 그 점을 우리 문학인들은 지금부터라도 진지하게 생각해 보아야 할 것이라고 저는 믿습니다.[1]

이제는 2005년으로 접어들었으니, 제가 위의 글을 쓴 이후로, 5년이 더 지난 셈입니다.

그 5년 동안, 북한 주민들의 참상을 우리들로 하여금 알게 해 주는 자료는 점점 더 많이 나왔습니다. 그 5년 동안에 북한 주민들의 비참한 상황은 하나도 개선되지 않았음을 분명하게 입증해 주는 자료들이었습니다.

그럼에도 불구하고, 그 5년 동안, <우리 시대 대다수 문학인들의 철저한 침묵 혹은 외면이라는 기이한 현상>에는 아무런 변화가 일어나지 않았습니다. 전혀 아무런 변화도 일어나지 않았습니다. 이 땅의 그 많은 시인들과 소설가들은 지금도, 5년 전이나 조금도 다름없이, 북한 주민들에게는 아무 일도 없는 양, 혹은 북한 주민들의 참상에 대해서 그들 자신은 아무 것도 모르고 아무 것도 듣지 않은 양, 하나같이, 완강한 침묵 혹은 외면의 자세를 고수하고 있는 중입니다.

그들이 한결같이 고수하고 있는 완강한 침묵 혹은 외면의 자세를 볼 때, 저절로 떠오르는 『신약성서』 속의 두 인물이 있습니다. 「누가복음」 10장 30절에서 36절까지에 걸쳐 있는 <선한 사마리아인> 이야기 속에 등장하는

---

1) 이동하, 『한국문학과 인간해방의 정신』(푸른사상, 2003), p. 438.

제사장과 레위인이 그 두 사람입니다.

어떤 사람이 예루살렘에서 여리고로 내려가다가 강도를 만나매 강도들
이 그 옷을 벗기고 때려 거반 죽은 것을 버리고 갔더라 마침 한 제사장이
그 길로 내려가다가 그를 보고 피하여 지나가고 또 이와 같이 한 레위인도
그곳에 이르러 그를 보고 피하여 지나가되 어떤 사마리아인은 여행하는
중 거기 이르러 그를 보고 불쌍히 여겨 가까이 가서…… (이하 생략)

3. 이제 저는 그들이 무섭습니다

「북한 문제와 한국문학」이라는 글 속에서 제가 거듭 강조한 바 있었던
한 가지 사항을 이 지점에서 다시 언급해 두고 넘어갈 필요가 있을 듯합니
다. 저는 우리나라의 문학인들 전원을 향해서 획일적으로 이러한 문제를
제기하고 있는 것이 아닙니다. 고독한 인간 내면의 실존적 차원이라든가
언어 예술로서의 문학이 가지는 미적인 측면이라든가 하는 것들을 집중적
인 탐구의 대상으로 삼아 온 사람들이 우리나라의 문학계에는 많이 있거니
와, 그런 부류의 문학인들을 향해, 이제 와서 북한 문제와 맞붙어 씨름해
달라고 주문하는 것은 당치 않은 일입니다. 그 점은 저도 잘 알고 있습니다.
그러니까 제가 문제를 제기하고 있는 대상은 평소에 자유, 인권, 민족, 현실
비판 등등의 주제와 대결하는 것을 자신의 주된 임무로 삼고 있노라고 공공
연하게 선언해 온 문학인들로 한정됩니다. 그러한 부류의 문학인들에 대해
서라면, 지금부터라도 북한 문제와 맞붙어 씨름해 달라고 주문하는 일이
결코 당치 않은 일일 수 없습니다.

돌이켜보면, 그러한 부류의 문학인들 중 상당수가 보여준 작품들에 대하
여, 저는 종종 이의를 제기하곤 했었습니다. 그 이의 제기가 격렬한 공격으
로까지 나아간 경우도 적지 않았습니다. 하지만 그러한 이의 제기 내지

공격은 어디까지나 그 작품들 속에 나타난 <결론>을 겨냥한 것이었을 따름입니다. 그들로 하여금 맨 처음 자유, 인권, 민족, 현실비판 등등의 주제와 대결하는 길로 나아가게 만들었던 <원래의 마음자리>에 대해서는, 그 초발심(初發心)의 순수성과 진지성에 대해서는, 언제나 신뢰하는 마음을 갖고 있었습니다. 존경하는 마음까지 갖고 있었습니다.

그러나 무슨 말로도 형용이 어려울 만큼 처절한 북한 주민들의 참상이 의심할 수 없는 사실로 드러난 지도 벌써 장구한 시일이 지난 오늘에 이르기까지 요지부동으로 지속되고 있는 그들의 철저한 침묵 혹은 외면을 목도할 때, 저는 그 초발심에 대한 신뢰와 존경이 심각하게 흔들리는 것을 느끼지 않을 수가 없습니다. 이제 그들은 저에게 알 수 없는 존재로 비칩니다. 알 수 없기 때문에 무서운 존재로 비치기도 합니다. 정말입니다. 이제 저는 그들이 무섭습니다. 그들의 이해할 수 없는 침묵과 외면이 무섭습니다. 그렇게도 열렬하게 자유와 인권과 민족과 현실비판을 외쳐 오던 그들의 이해할 수 없는 비정(非情)함이 무섭습니다. (2005)

[덧붙이는 글]

위의 글이 발표되고 난 후, 저는 다음과 같은 질문을 받은 일이 있습니다. <2003년에 발표된 김정현씨의 장편소설『길 없는 사람들』(문이당)은 인도주의의 정신에 입각하여 북한 주민의 문제를 다룬 작품이 아닙니까? 그런 작품이 이미 나왔는데 당신은 어찌하여 "인도주의의 정신에 입각하여 북한 주민의 문제를 다룬 작가가 한 사람도 없다"는 말을 하고 있습니까?>

이해할 수 있는 질문입니다. 하지만 저는 그 질문에 답변하는 데 어려움을 느끼지 않습니다. 통속소설의 틀을 철저하게 지키고 있는『길 없는 사람들』같은 작품은 제가 위의 글에서 말하고 있는 <문학>의 범주에 들어오지 않는 것이기 때문입니다. 그 작품에서 김정현씨가 보여준 인도주의적인 자세에 대하여는 저도 많은 부분 공감하는 입장입니다만, 우리가 한국문학사를 논의하는 자리에서 그 작품이 언급될 수 있다고는 생각하지 않습니다. 이 점은 탈북자 출신인 김대호씨에 의해 씌어진 장편소설『영변 약산에는 진달래꽃이 피지 않는다』(북치는마을, 2004)를 우리가 한국문학사를 논의하는 자리에서 언급할 수 없는 것과 마찬가지입니다.

　어쩌면 방금 언급된 두 작품 이외에도 대중소설 분야에서는 유사한 성격의 작품들이 더 나왔을 가능성이 있습니다. 하지만 대중소설 분야에서 그런 작품이 아무리 많이 나왔더라도 그것은 문제가 되지 않습니다. 저의 문제제기는 대중소설 분야와는 관련이 없는 것이기 때문입니다.

〈6 · 15 공동선언 실천을 위한 민족작가대회〉를
평가한다

1. 98명이 북한을 다녀왔다

2005년 7월 20일부터 25일까지 5박 6일 동안, 98명의 우리 문학인들이 북한을 방문하고 돌아왔다. 그쪽에서 문학인이라고 행세하는 사람들과 교류하는 시간을 가진 것이다.

꽤 많은 수의 문학인들이 북한을 직접 방문하는 기회를 가질 수 있었던 것은, 그것 자체만 놓고 보면, 일단 좋은 일임에 틀림없는 것 같다. 그런데 조금 자세하게 그 방문의 실상을 들여다보면, 문제가 의외로 간단치 않다는 것을 알 수 있다.

2. 권력자와 문학인

우리 문학인들의 북한 방문은, <6 · 15 공동선언 실천을 위한 민족작가대회>라는 간판 아래서 이루어졌다. 바로 이 간판부터가 심각한 문제점을 안고 있다.

6 · 15 공동선언이란 무엇인가? 5년 전인 2000년 6월 15일에 남한의 대통

령 김대중과 북한의 수령 김정일이 공동으로 발표한 선언문을 가리킨다. 우리 문학인들의 북한 방문이 <6·15 공동선언 실천을 위한 민족작가대회>라는 간판 아래서 이루어졌다는 사실은, 김대중·김정일 두 사람이 공동으로 발표한 선언문에 담겨 있는내용을 <실천>하고자 하는 작업에 우리 문학인들이 솔선하여 나섰다는 뜻을 갖는다.

여기서 한 번 찬찬히 생각해 보자. 2000년에 6·15 공동선언이라는 것을 발표하였을 당시, 그 선언의 주역인 김대중과 김정일은 어떤 사람들이었던가? 한 마디로 말하자면 <권력자들>이었다. 좀더 자세하게 말하자면 <국가권력을 장악한 사람들>이었다.

국가권력을 장악한 사람들이 그 권력의 자리에서 만들어 발표한 선언문의 내용을 앞장서서 <실천>하겠노라고 문학인들이 98명씩이나 떼를 지어 나선다? 나서서 박수부대를 자청한다?

이렇게 되면, 문학의 자율성은 어디에 있게 되는가? 문학의 창조성은 어디에 있게 되는가?

3. 행사를 조직하고 주도한 사람들

위와 같은 질문이, 이번의 북한 방문 행사에 참가한 우리 문학인들 전원에게 똑같은 수준으로 적용되는 것은 아니라고 할 수도 있다. 그들 98명 전원이 <6·15 공동선언 실천을 위한 민족작가대회>라는 이번 행사의 간판을 처음부터 분명하게 인지하고 그 간판을 따르는 데 적극적으로 동의하면서 참여하였던 것은 아닌 듯하기 때문이다. 예컨대 이번의 행사에 참가하고 돌아와서『문학동네』2005년 가을호에 소감문을 발표한 서영채는 그 소감문 속에서 다음과 같은 고백을 하고 있다.

어찌어찌하여 북에 가는 명단에 이름이 오르고, 막상 날이 잡혀 출발 전날 준비모임에 나가보니, 어마어마하게도 내가 <6·15 공동선언 실천을 위한 민족작가대회>에 참가하는 남측 대표단 중의 한 명이었다. 물론 어렴풋이는 알고 있던 것이었지만 막상 준비자료의 문면을 확인하고 보니 적잖이 생경하고 당혹스러웠다.[1]

아마도 위와 같은 경우에 해당하는 문학인이 상당수에 이를 것으로 짐작된다. 그렇다면 이런 사람들에게 던져지는 질문은, <6·15 공동선언 실천을 위한 민족작가대회> 행사를 조직하고 주도한 사람들에게 던져지는 질문과 동일한 수준의 것이 될 수 없으며, 되어서도 안 된다. 물론 서영채와 같은 부류의 사람들이라고 하여, 앞에서 제기된 질문으로부터 완전히 제외될 수는 없는 노릇이지만, 우리의 모든 논의와 문제 제기는 어디까지나 그 행사를 조직하고 주도한 사람들을 주로 염두에 두는 가운데에서 이루어지는 것이 당연하다.

4. 김정일이라는 사람

이제, 그 점을 분명히 하면서, 다시 본래의 논의에로 돌아가 이야기를 계속하기로 하자.

앞에서 <6·15 공동선언 실천을 위한 민족작가대회>라는 간판에 내재되어 있는 기본적인 문제점을 이야기했지만, 문제는 사실 앞에서 언급된 것만으로 그치지 않는다.

6·15 공동선언의 한쪽 당사자인 김정일이 대체 어떤 사람인가?

그는 지금 전세계를 죄다 돌아다녀도 비슷한 예를 찾아보기 어려울 정도로 잔인하고 교활한 독재자이다. 그는 <수백만 명의 주민이 굶어죽어도

---

1) 서영채, 「백두산 근참기」, 『문학동네』 2005. 가을, p. 39.

그것을 모른 척하며 "나는 경제문제에 관여하지 않겠다"고 이야기하는 무책임한 지도자이고, 그 와중에도 천문학적인 돈을 들여 핵무기 개발에 열중하는 군국주의자이며, 사회주의 혈맹인 중국 쪽을 향해서만이라도 개방의 문을 열었다면 주민들이 굶어죽는 상황은 면했을 텐데 오히려 국경을 더욱 강하게 차단하고 탈북자들을 처형했던 폭군이다.[2]> 그가 지배하고 있는 북한 지역 내에는 나치 시대의 아우슈비츠와 같은 성격의 강제수용소가 대규모로 존재한다. 그가 지배하고 있는 북한 지역에서는 공개처형이 일상적으로 행해진다. 그의 지배를 받고 있는 북한 주민 전체가 기본적인 인권의 대부분을 박탈당한 채 거대한 강제수용소에 갇힌 것과 다를 바 없는 삶을 영위하고 있다. 그런가 하면 그는 우리가 살고 있는 남한을 겨냥하여 다양한 테러를 끈질기게 기획하고 실천해 온 사람이기도 하다.

이런 사람이 김정일이다. 이런 김정일이 한쪽의 당사자가 되어서 만든 6 · 15 공동선언이라는 것을 위한 박수부대의 역할을, 우리 남한의 문학인들이 나서서 자청한 것이다.

5. 김대중의 경우

방금, 6 · 15 공동선언의 북한측 주체인 김정일과 관련된 문제점을 언급했거니와, 그렇다면 남한측 주체인 김대중의 경우에는 문제가 없는가?

그 역시 심각한 문제점을 안고 있다. 6 · 15 공동선언을 낳은 이른바 남북정상회담이라는 것을 성사시키기 위해서 그가 막대한 액수의 돈을 비밀리에, 불법적으로, 김정일에게 건네주었다는 이야기가 정상회담 이후 끊이지 않았고, 그 중 상당부분은 나중에 엄연한 사실로 확인된 바 있기 때문이다.

---

2) 곽대중, 『한국 시민운동의 북한인권문제 무관심에 대한 고찰』(자유기업원, 2004), pp. 69~70.

6. 연방제와 연합제

그리고 우리는 98명의 우리 문학인들이 나서서 그 <실천>을 다짐하였다고 하는 6·15 공동선언의 내용이 구체적으로 어떤 것인지도 점검해 볼 필요가 있다. 6·15 공동선언은 모두 5개 항으로 이루어져 있지만, 그 핵심은 누구나 인정하듯 다음과 같은 제2항에 있다.

남과 북은 나라의 통일을 위한 남측의 연합제와 북측의 낮은 단계의 연방제 안이 서로 공통성이 있다고 인정하고 앞으로 이 방향에서 통일을 지향시켜 나가기로 하였다.

여기서, 북한쪽이 말하는 <연방제>라는 것이 구체적으로 어떠한 것인지는 이해하기 어렵지 않다. 그것은 <1민족, 1국가, 2정부, 2체제>라는 말로 요약될 수 있는 제도를 가리킨다. 김정일 정권은 오래 전부터 이런 방안을 그들의 공식적인 주장으로 제시해 온 바 있다.

그런데 이와 대조적으로, 남한쪽의 주장이라고 하는 <연합제>라는 것의 정체는 상당히 모호하다. <연합제>라는 단어를 문자 그대로 해석한다면 <1민족, 2국가, 2정부, 2체제>가 되어야 하는데, 6·15 공동선언의 남한측 주체인 김대중은 <연합제>라는 단어가 이런 뜻을 내포한다고는 한 번도 말한 적이 없다. 하지만, 그렇지 않다고 말한 적도 없다. 그런가 하면, <연합제>라는 것이 2000년의 6·15 공동선언 이전에 김대중 정부에 의해서, 정부의 공식적인 주장으로 제시되었던 적도 없다. 도대체 김대중 정부는 한 번도 자기들 나름의 통일 방안을 공식적으로 제시한 적이 없다. 김대중 정부를 계승한 지금의 노무현 정부 역시, 자기들 나름의 통일 방안을 공식적으로 제시한 적은 한 번도 없다.

이렇게 정리해 놓고 보면, 6·15 공동선언이라는 것의 구체적인 내용은 참으로 막연한 것이 되고 만다. 이렇게 막연한 것을 <실천>하겠노라고 다짐하는 행사를 조직하고 주도한 우리 문학인들은 그렇다면 6·15 공동선언의 내용을 어떤 것으로 이해하였기에 그것을 <실천>하겠노라고 다짐하는 행사를 정말로 조직하고 주도할 수 있었던 것일까? 궁금한 노릇이다.

7. 오나가나 <6·15>

우리 문학인들의 북한 방문은, 다시 말하거니와, <6·15 공동선언 실천을 위한 민족작가대회>라는 간판 아래서 이루어졌다. 지금까지 나는 이 간판 속에 들어 있는 <6·15 공동선언 실천을 위한>이라는 구절을 두고, 왜 그 구절이 문제되는가를 따져 온 셈이다.

<6·15 공동선언 실천을 위한>이라는 구절은, 얼핏 보면, <민족작가대회>라는 말을 수식하는 존재에 불과한 것처럼 여겨질 가능성이 있다. 그러니 만큼, 그 구절을 엄격하게 문제삼는 것은 지나친 수고가 아닌가라는 의심을 품는 사람이 나올 수도 있다. 하지만 그것은 결코 <지나친> 수고가 아니다. 이 행사를 조직하고 주도한 사람들 자신이 <6·15 공동선언>에 엄청난 중요성을 부여하고 그것을 떠받드는 자세로 일관하였기 때문에, <6·15 공동선언>과 관련된 문제점을 엄격하게 점검하는 일은 지나친 수고가 아니라 결코 생략될 수 없는 기본적인 수고에 해당하는 것이다. 이러한 판단을 뒷받침해 주는 근거가 있다. <6·15 공동선언 실천을 위한 민족작가대회>에서 공식적으로 채택한, 5개 항으로 된 <공동선언문>의 제1항을 보라. 그것은 다음과 같은 문장으로 되어 있다.

첫째, 우리 민족작가들은 6·15 공동선언을 조국통일의 유일한 이정표로 삼는다.

다시 말하지만, 이 행사를 조직하고 주도한 우리 측의 문학인들은 도대체 6·15 공동선언의 내용이 어떤 것이라고 이해하였기에 이처럼 자신 있는 어조의 발언을 거침없이 할 수 있었는지, 궁금할 따름이다. 어쨌든 그들은 북한측 파트너들과 합의하여 결정한 <공동선언문>의 제1항을 위와 같은 문장으로 채웠다.

그뿐만이 아니다. 그 대회에서 장래의 지속적인 사업으로 결정된 사항이 무엇인가를 보라. <6·15 민족문학인협회>를 결성하는 일이 있다. <6·15 통일문학상>을 제정하는 일이 있다. 오나가나 <6·15>, <6·15>인 것이다. 이 또한, 이번의 대회 행사를 조직하고 주도한 사람들이 <6·15 공동선언>에 얼마나 엄청난 중요성을 부여하고 그것을 떠받드는 자세로 일관하고 있는지를 누구라도 알 수 있게 해 주는 대목이 아닐 수 없다.

8. <민족>이라는 낱말의 서로 다른 의미

그래도, 한 번, 가상적으로, 이번 행사의 명칭에서 <6·15 공동선언 실천을 위한>이라는 구절을 떼어 보기로 하자. 그렇게 할 경우, <민족작가대회>라는 말만 남는다. 혹시, 이렇게 하면 사태가 괜찮아진다고 볼 수 있을까?

괜찮아진다고는 볼 수 없다. 남한의 문학인들과 북한에서 문학인으로 행세하는 사람들이 <민족작가대회>라는 간판 아래 만나서 <우리 민족끼리>라는 구호 아래 얼싸안는다고 해서 일이 다 괜찮아지는 것은 아니라는 말이다. 왜 그런가? 같은 <민족>이라는 기표를 사용하는 자리에서도 남한 쪽 사람들과 북한쪽 사람들은 서로 판이한 기의를 마음속에 그리고 있는 것이기 때문이다. 다음의 이야기를 들어 보라.

북한이 말하는 <민족>은 남한의 진보적 지식인들이 생각하는 이상적인 민족의 개념과는 다르다는 것을 알아야 한다. 북한은 1990년대 중반부터 <김일성민족>이라는 신조어를 만들어 사용하고 있다. 평양방송은 1995년 1월 18일 <오늘 우리 민족은 수령을 시조로 하는 김일성민족이고, 현대 우리나라는 수령이 세운 김일성조선>이라고 주장했으며, 노동신문(1995. 3. 27)과 조선중앙방송(1995. 4. 14)도 연달아 <김일성민족>이라는 표현을 사용하기 시작했다. 나아가 김일성을 <태양>이라고 하면서 우리 민족을 <태양민족>이라 하고 김일성의 출생년도인 1912년을 원년으로 하는 <주체연호>를 사용하고 있으며 김일성의 생일을 <태양절>이라 부르고 있다. 1996년부터는 <김정일민족>이라는 표현까지 사용하고 있으며 1998년부터는 이집트, 메소포타미아, 인도, 황하 문명과 함께 <대동강문명>을 추가하여 이를 <세계 5대문명의 발상지>라고 학생들에게 교육하는 웃지 못할 촌극 또한 벌어지고 있다.

(…) 북한 정권이 말하는 <민족>과 남한의 진보적 지식인들이 생각하는 민족의 개념은 이렇듯 완전히 다르다. 북한에서 민족이란 김일성·김정일에게 충성하는 존재로서의 민족이며, 민족의 단결이란 김정일의 지배 아래 귀속되는 단결을 의미한다. 북한이 공개매체를 통해 자신들이 생각하는 민족의 개념을 누차 소개하고 있음에도 남한의 진보 인사들은 이것을 아는지 모르는지 북한의 허구적 구호인 <우리 민족끼리>라는 전술에 호응해 주고 있다.[3]

이번의 대회 행사를 조직하고 주도한 남한측의 문학인들이야말로, 북한측에서 그들의 파트너로 나온 사람들이 <민족>이라는 낱말을 꺼낼 때 어떤 속생각으로 그 말을 꺼내는지를 과연 알고 있는 것인지, 모르고 있는 것인지? 어쨌든 그들은 <공동선언문>의 제2항을 다음과 같은 문장으로

---

3) 위의 책, pp. 41~42. 여기서 한 가지 분명하게 해 둘 것이 있다. 인용문에서 곽대중이 쓰고 있는 <진보적 지식인>이라는 말은 <진보적이라고 자처하는 지식인>이라는 말로, <진보 인사>라는 말은 <진보주의자라고 자칭하는 인사>라는 말로 바뀌어져야 한다. 그들 중 어느 누구도 참다운 의미에서 <진보적>이지 않기 때문이다.

채우는 데에 북한측의 파트너들과 뜻을 같이하였다.

둘째, <우리 민족끼리>의 기치 아래 민족자주, 반전평화, 통일애국의
정신으로 문학 창작에 매진한다.

9. 결론을 내리자면

지금까지 살펴본 바를 종합해서 결론을 내리자면, 2005년 7월 20일부터
25일까지 5박 6일의 일정으로 진행된 <6·15 공동선언 실천을 위한 민족작
가대회>라는 것은, 그 본질적인 측면에서 보았을 때, 한국 문학의 역사
속에서 하나의 비극적인 오점으로 남을 수밖에 없는 것이었다. 참으로 가슴
아픈 일이지만, 우리는 이러한 결론을 피할 도리가 없다.

그런가 하면, 그 행사의 구체적인 진행 양상 역시, <한국 문학의 역사
속에서 하나의 비극적인 오점으로 남을 수밖에 없는>, 그런 수준의 것이
었다. 앞에서 잠깐 인용한 바 있는 서영채의 기록 가운데 그 행사의 구체적
인 진행 양상을 묘사하고 있는 대목을 보기로 하자. 그 행사를 조직하고
주도한 사람들의 진면목이 이 대목 속에서 생생하게 드러난다.

그 자리에서 내가 느꼈던 당혹감은, 이제야 비로소 저 북쪽 땅을, 그것도
일 년이나 기다린 끝에 밟게 되었다는 착잡한 마음과 만나 더욱 증폭되었
고, 다음날 평양에 도착해 우여곡절 끝에 네 시간 넘게 미뤄진 시각에
대회장에 들어섰을 때 절정을 향해 올라가고 있었다. 인민문화궁전의 장
중한 대회의실의 구조 자체가 그랬다. 서로를 마주 보게 동심원 구조로
배치된 대중들의 자리가 있었고, 그 외변 중앙에 십여 석의 주석단석이
2단의 위압적인 직선으로 마련되어 있었다. 작가대회도 정해진 시나리오
에 따라 일사천리로 진행되었다. 6·15 민족문학인협회가 결성되었고,
6·15 통일문학상이 제정되었다. 우리에게 주어진 역할은 그저 열심히

박수를 치는 것이었다. 애국애족의 문학, 천만 민중의 심장을 움직이는 문학, 자주통일시대 나팔수로서의 문학 등의 말이 북쪽 사람들의 입에서 나왔고, 최고의 언어인 모국어, 민족 자체의 고유성과 정통성이라는 말이 남쪽 사람들의 입에서 나왔다. 그리고 찬란한 민족문화와 숭고한 애국 전통, 지혜롭고 슬기로운 우리 선조, 세계 5대 문화의 발상지로서의 우리 조국이라는 말이 재일본조선예술가동맹 소속 작가들의 입에서 나왔다. 모두 아름다운 말이었다. 그러나 나는 그 어떤 말에도 동의할 수 없었고, 어느 순간부터는 의례적인 박수조차 칠 수가 없었다.[4]

　한국 문학의 역사 속에서 하나의 비극적인 오점으로 남을 수밖에 없는 행사의 자리에서 그 주도자들에 의하여 <일사천리로> 통과되었던 결정사항대로, 장차 <6·15 민족문학인협회>라는 것이 정말로 만들어져서 활동하기 시작한다면, 그리고 <6·15 통일문학상>이라는 것이 정말로 만들어져서 줄줄이 수상자들이 나오기 시작한다면, 그 비극적인 오점은 점점 더 커져 가기만 할 것이다. 그렇게 될 수밖에 없다. (2005)

4) 서영채, 앞의 글, p. 40.

백두산 천지에서 남한의 문학인이
김남주의 시를 읽다

5박 6일간에 걸쳐 진행된 <6·15 공동선언 실천을 위한 민족작가대회>
의 일정 가운데에서도 많은 문학인들에게 가장 깊은 인상을 남긴 것은 2005
년 7월 23일 새벽부터 백두산 정상에서 진행되었던 <통일문학의 새벽>
행사였던 듯하다. 이 행사의 자리는 150여 명이 모인 가운데 남한측 사회자
와 북한측 사회자의 공동 사회로 진행되었고, <백두산 만세!><민족문학
만세!><조국통일 만세!>라는 내용의 이른바 <만세 3창>을 끝으로 마감
되었다.

그런데 이 자리에 남한측의 문학인들이 들고 나온 텍스트가 김남주의
「조국은 하나다」라는 시였다는 점이 주목된다. 이 자리에서 다른 문학인들
은 모두 자신이 쓴 시를 읽거나 자신의 소감을 말했는데, 예외적으로 김남주
의 이 시만은, 그 작자가 이미 고인이 된 지 오랜 처지임에도 불구하고,
굳이 다른 문학인에 의하여 장중하게 낭독됨으로써 수많은 사람들의 관심
을 새삼 환기하게 되는 특혜(?)를 누린 것이다. 구체적으로 말하자면 남한에
서 간 소설가 정지아가 이 시를 낭독했다고 한다. 정지아가 이 시를 낭독하
자, 북한측에서는 그쪽의 대표적 시인으로 공인되어 있는 오영재가 나와

그 자신의 시 「잡은 손 더 굳게 잡읍시다」를 낭독함으로써 화답하였다고
한다.

이처럼 남한측에서 예외적으로 김남주의 시를 들고 나온 것은, 말할 나위
도 없이, 이 행사를 조직하고 주도한 남한측의 문학인들이 김남주의 이
시를 특별히 높이 평가하고 소중하게 여긴 때문일 것이다. 그렇다면 이
시는 과연 어떤 내용으로 되어 있기에 이 행사를 조직하고 주도한 남한측의
문학인들로부터 그처럼 각별한 예우를 받게 된 것일까? 제1연을 보자.

> <조국은 하나다>
> 이것이 나의 슬로건이다
> 꿈속에서가 아니라 이제는 생시에
> 남 모르게가 아니라 이제는 공공연하게
> <조국은 하나다>
> 권력의 눈 앞에서
> 양키 점령군의 총구 앞에서
> 자본가 개들의 이빨 앞에서
> <조국은 하나다>
> 이것이 나의 슬로건이다[1]

이런 과격한 욕설조로 시작하는 시가 「조국은 하나다」라는 시이다. 그리
고 제1연을 지배하고 있는 이런 과격한 욕설조는 4페이지에 달하는 이 시
전체를 통하여 일관되게 지속된다. 그 중에서도 특히 압권에 해당하는 부분
은 다음과 같은 대목이다.

> 나는 또한 쓰리라
> 노동과 투쟁의 손이 미치는 모든 연장 위에

1) 백낙청 · 염무웅 · 황석영 공편, 『김남주 시집: 조국은 하나다』(남풍, 1988), p. 101.

조국은 하나다라고
목을 베기에 안성맞춤인 ㄱ자형의 낫 위에 쓰리라
등을 찍어 내리기에 안성맞춤인 곡괭이 위에 쓰리라
배를 쑤시기에 안성맞춤인 죽창 위에 쓰리라
마빡을 까기에 안성맞춤인 도끼 위에 쓰리라
아메리카 카우보이와 자본가의 국경인 삼팔선 위에도 쓰리라
조국은 하나다라고[2]

　김남주라는 시인의 시세계 전체가 미국 및 이른바 <가진 자들>에 대한
천박한 시기심과 단세포적인 증오심, 그리고 비이성적인 파괴 욕구에 의하
여 일방적으로 지배당하고 있는, 다분히 저급한 정신의 산물이거니와, 위의
시 「조국은 하나다」 역시 여기에서 예외가 되지 않는다. 이 점에 대해서는
무슨 특별한 설명이 필요하지 않을 것이다. 위에 인용된 김남주의 시구
자체만 보이는 것으로 모든 설명을 대신할 수 있을 것이다.

　김남주의 시세계가 저급한 정신의 산물이라고 하는 평가를 불가피하게
만드는 요소는, 방금 위에서 언급한 것들 이외에도 많다. 역시 위에 인용된
「조국은 하나다」의 일부 대목만 보아도 금방 알 수 있는 것으로, 폭력적
쇼비니즘 수준의 자칭 민족주의, 둘 이상의 수는 셀 능력이 없어서 그저
<많다>라는 말로밖에 표현할 줄 모른다는 어떤 원시 부족의 이야기를
연상시킬 만큼 유치하기 짝이 없는 이분법적 세계관, 자기가 그런 세계관을
고수하고 있다는 사실이 무슨 대단한 진리를 독점하고 있다는 사실이라도
되는 양 착각하고 그런 착각을 온 세상에 떠들썩하게 광고해 대는 우스꽝스
러운 오만함 등이 김남주의 수많은 시들 속에서 거듭거듭 나타나고 있기
때문이다. 그뿐만이 아니다. <거만한 마초> 수준의 남성우월주의 역시

---

2) 위의 책, p. 103.

김남주 시세계의 중요한 특징이자 문제점으로 언급되어야 할 요소이다.

나는 평소 저처럼 저급한 김남주의 시세계가 적지 않은 수의 사람들에 의해 지속적으로 지극한 상찬을 받아 오는 것을 보면서 깊은 슬픔을 느꼈던 터이다. 그런데 이번에 하필이면 바로 그런 김남주 시의 진면목을 유감 없이 보여주는 「조국은 하나다」라는 시가, 마치 <남한 문학의 수준이 바로 이런 것이다>라고 세계만방에 알리기라도 하려는 것처럼 요란한 조명 효과를 동반하며 백두산 천지에 울려 퍼진 것을 보니, 그 슬픔이 다시 새로워지는 것을 실감하지 않을 수가 없다.

돌이켜보면, 그가 생존하고 있던 시절 북한 정권에 의해 자행되던 끔찍한 인권 유린—그 끔찍한 인권 유린은 지금도 변함없이 계속되고 있는 터이지만—을 비판한 사람들을 향하여 <당신들은 사악한 남한 정권의 앞잡이가 아니냐>라는 식으로 근거 없는 공격을 맹렬하게 퍼붓는 일에 주저하지 않았던 사람이 또한 김남주였다. 이러한 사실을 상기하는 순간, 오늘 나를 사로잡은 슬픔은 다시 두 배로 커지는 느낌이 든다. (2005)

두 주사파(主思派) 운동권 학생의
죽음과 김정환의 시

1. 김정환의 시

　김정환의 『우리, 노동자』라는 시집을 보면 「우리 이 투쟁과 생산의 민족 해방세상에/ 동지여, 그대를 깃발로 세운다」라는 긴 제목의 시가 실려 있다. 긴 제목처럼, 분량도 긴 시다. 다섯 페이지의 분량을 가진 시인 것이다. 이 시의 첫부분 4연 정도를 인용해 보기로 한다.

　　　네가 이 땅에 피비린 살점으로 펄펄 살아 있었을 때
　　　신림동 시장은 여전히 바닥을 기는 민중들의 눈물 바다였고
　　　미국은 여전히 우리들의 삶이었고 사슬이었고 운명이었다
　　　우리들의 행복이었고 화사한 장래였고 보금자리 목적지였다

　　　네가 이 땅에 향기로운 한 떨기 꽃으로 살아 있었을 때
　　　세상은 여전히 철부지로 지켜야 할 주인과 지켜 줄 국민의 군대를 혼동
　　했고
　　　자기 편 가슴에 총구를 겨눴다
　　　민족모순과 계급모순
　　　먹고 사는 문제와 이산가족은 하나가 아니고 둘이었다

네가 여전히 식구의 희망이고 명문 대학교 수재였을 때
미국은 여전히 힘과 장미빛 꿈의 나라였고
민중은 여전히 방향 감각 없이 서로에게 살기등등했다

그날, 최저생계의 시장바닥에 최루탄이 터지고
눈물바닥에 다시 매운 눈물바람이 휘몰아쳐
고여 있던 눈물이 커다랗게 동요할 즈음
네가 외쳤다, 불기둥으로, <반전 반핵 양키 고홈,> <양키 용병교육
전방 입소 결사 반대!>[1]

위의 시에서 언급되고 있는 <너>란 누구인가? 시의 후반부에 가 보면
그 이름이 나온다.

폭력과 평화의 이분법을 부순 사람
사랑과 증오의 이분법을 부순 사람
해방세상의 예감을 이룬 사람

그는 누구인가?
아아 김세진!

추락했으되 동시에 치솟은 사람
가장 정치적이되 동시에 가장 순정했던 사람
해방세계의 예감을 이룬 사람

그는 누구인가?
아아 이재호![2]

---

1) 김정환, 「우리 이 투쟁과 생산의 민족해방세상에/ 동지여, 그대를 깃발로 세운다」,
『우리, 노동자』(동광출판사, 1989), pp. 18~19.
2) 위의 책, p. 21.

이렇게 감격적인 어조로 두 사람의 이름을 부른 시인은, 다음과 같은
힘찬 선언으로 긴 작품을 마감한다.

아아 그날
찬란한 투쟁과 생산의, 민중해방세상의 예감 속에서
마침내 죽음조차, 외길이기를 멈추고
혁명의 어깨동무를 허락하리라 했다
마침내 미국도, 죽음도, 항복하리라 했다, 1986년 4월 28일.

분단조국 민족해방운동 44년 4월 28일 오늘,
김세진, 우리 이 투쟁과 생산의 민족해방세상을 위해 동지여,
죽은 그대를 산 자의 깃발로 세운다
이재호, 우리 이 투쟁과 생산의 민족해방세상을 위해 동지여,
죽은 그대를 산 자의 깃발로 세운다

민족해방투쟁과 함께 영원불멸하라
민족해방투쟁과 함께 영원불멸하라[3]

2. 김세진과 이재호가 한 일

위의 시에서 김정환이 독자들의 피를 끓게 만드는 언어를 총동원하여
한바탕 화려한 찬양의 퍼포먼스를 벌이도록 만든 김세진, 이재호 두 사람은
실제로 어떤 일을 하였던가? 위에 인용된 시의 몇 대목들만을 보아도 기본
적인 사실은 확인이 가능하다. 그 두 사람은 1986년 4월 28일 서울 신림동의
시장에서 몇 마디의 구호를 외치고는 불길에 휩싸여 죽음에 이른 사람들이
다. 그리고 불길에 휩싸여 쓰러지던 당시 그들이 외친 구호의 내용은 <반전

---

3) 위의 책, p. 22.

반핵 양키 고홈> <양키 용병교육 전방 입소 결사 반대> 등이었다.

불길에 휩싸여 쓰러지던 당시 김세진, 이재호 두 사람이 외쳤던 구호의 내용이 <반전 반핵 양키 고홈> <양키 용병교육 전방 입소 결사 반대> 등이었다는 사실은 그들이 당시 NL이라는 이니셜로 통칭되던 이른바 친북 (親北) 주사파(主思派)의 일원이었다는 점을 말해 준다.

3. 친북 주사파의 전략과 실천

친북 주사파는 서울대 법대 82학번인 김영환에 의하여 만들어진 학생 운동 그룹이다. 주사파는 1986년 3월 29일 서울대 자연대 건물 22동 404호에서 구국학생연맹(약칭 구학련)을 결성함으로써 공식적인 조직을 갖추게 된다. 공식적인 조직을 만든 후 주사파의 지도부에서 첫 사업으로 기획한 것이 전방부대 입소 훈련 반대 시위였다. 당시의 사건을 자세하게 검토한 우태영은 이 때의 일을 다음과 같이 쓰고 있다.

> 구학련 중앙위원회는 우선 4월로 예정된 2학년생들의 전방부대 입소 훈련을 양키의 용병교육이라고 반대하기로 했다. 사실 당시에 전방부대 입소 반대 투쟁은 심각하게 생각하지는 않았다. 초점을 두기로 한 것은 한미양국 군대의 합동훈련인 팀스피리트훈련 반대투쟁이었다. (…) 하지만 2학년들에겐 당장 전방 입소가 큰 이슈였다.[4]

구학련 중앙위원회는 일단 전방 입소 반대를 내세워 시위를 벌이기로 작정하였으며 시위 장소는 서울 의대로 정하였다. 그러나 사전에 계획이 유출되자, 장소를 신림동 사거리로 변경했다. 학내 시위가 아닌 가두 시위를 벌이는 쪽으로 계획을 바꾼 셈이다. 그런데 가두 시위에는 어려운 문제가 따랐다.

---

4) 우태영, 『82들의 혁명놀음』(선, 2005), p. 158.

문제는 가두 시위를 벌일 경우 경찰의 진압으로 금방 해산된다는 점이
었다. 그러면 구호도 제대로 외쳐 보지 못하고 끝난다. 시위가 시작되면
경찰이 가장 먼저 하는 일은 주동자들을 덮치는 것이다. 시위를 지속시키
려면 주동자들이 구호를 외칠 수 있도록 얼마 정도 시간을 끌어야 한다.[5]

이러한 어려움을 해결하는 데 유용한 방안 가운데 하나가 바로 시위 주동
자 자신의 몸에 신나를 뿌리고는 <경찰이 다가오면 분신하겠다>고 위협하
며 시간을 끄는 것이었다. 신림동 시위에서도 일단은 이런 식으로 사태가
진행되는 것처럼 보였다. 그런데 이런 식으로 사태가 진행되던 중 그만
실제로 두 학생의 몸에 불이 붙어 버렸다. 그것이 죽음으로 이어진 것이다.
이런 죽음은 구학련 지도부의 입장에서도 뜻하지 않았던 일이었다.

사실 분신은 구학련 차원에서 전혀 계획된 것이 아니었다. 두 사람은
4학년이므로 전방 입소 대상도 아니었다. 2학년들이 전방 입소 반대 시위
를 좀 하다가 입소에 응할 계획이었다.[6]

실제로 그날 시위를 주도했던 김세진, 이재호 두 사람의 마음속이 어떠하
였는지는 알 수 없는 일이다. 그들은 처음부터 목숨을 던지기로 작정하고
그날 신림동으로 나갔던 것인지도 모른다. 아니면 단순히 경찰을 위협하며
시간을 끌려던 것이 뜻밖의 실수에 의한 죽음으로까지 번진 것인지도 모른
다. 그들은 그들의 내심을 짐작할 수 있게 해 주는 아무런 단서도 남기지
않았다.

---

5) 위의 책, 같은 페이지.
6) 위의 책, p. 159.

4. 김정환의 시를 어떻게 보아야 하는가?

김세진, 이재호 두 사람의 죽음과 관련된 구체적인 사실은 위에서 설명된 바와 같다. 그런데 이러한 두 사람의 죽음을 놓고 김정환은 저토록 감격적인 어조로 가득찬 시를 썼다. 독자들의 피를 끓게 만드는 언어를 총동원한 이 장엄한 시를 우리는 과연 어떻게 보아야 할 것인가?

5. 김영환과 주사파

한편, 앞에서 말했듯 김영환에 의하여 창시된 주사파는, 그 후 욱일승천의 기세로 계속 세력을 확장해 나간 끝에, 한국의 학생운동을 거의 완전하게 장악하는 데까지 이른다. 최홍재에 의하면 그 과정은 다음과 같이 요약된다.

> 1987년 주요대학 총학생회를 NL계열이 장악하면서 전대협이라는 전국 대학총학생회 연대기구를 추진하고, 특히 6월항쟁을 주도하게 되면서 확고한 대중기반을 갖추게 된다. 1987년 이후 주사파는 적어도 학생운동에 서 단 한 번도 주류의 자리를 빼앗기지 않았다.[7]

그런가 하면 주사파는 거기서 다시 한 걸음을 더 나아가, 그 방면의 최고 원로들을 포함한 사회운동 세력 전반에 대해서까지도 막대한 영향력을 행사하기에 이른다.

그런데, 몇 년의 세월이 흐른 후, 참으로 아이러니컬하게도, 주사파의 창시자인 김영환 자신이 공개적으로 북한을 비판하면서 전향을 선언하는 사태가 벌어진다.

김영환으로 하여금 이처럼 극적인 변신을 결심하도록 만든 계기가 된

---

7) 최홍재, 『386의 꿈, 그 성찰의 이유』(나남출판, 2005), p. 80.

것은 그가 북한을 직접 방문하여 보고 듣고 느낀 것들이었다. 그는 평양으로부터 밀파된 공작원을 따라 1991년 5월 16일에 입북, 17일 동안 체류하면서 북한의 곳곳을 둘러보았고, 김일성과도 이틀에 걸쳐서 직접 면담하며 다양한 대화를 주고받았다. 그에 대한 북한 당국자들의 대접은 융숭하기 그지없는 것이었다. 하기야 그럴 만도 했다. 북한 당국자들의 입장에서 볼 때 김영환은 남한의 적화를 위해 엄청난 공을 세운 사람이었다. 우태영이 다음과 같이 표현한바 그대로였다.

> 북한에서 볼 때 김영환은 거물이었다. 남한에서의 학생운동, 나아가서는 변혁운동의 흐름을 일거에 친북노선으로 바꿔놓은 인물이었기 때문이다. 이는 그 이전에 통혁당, 인혁당, 남민전 등이 하지 못한 일이었다. 북한군이 탱크를 밀고 내려와서 강제로 하려 해도 어려운 일이었다. 김일성으로서는 훈장을 10개는 주어도 아깝지 않은 인물이었다.8)

그런데 이러한 김영환이 북한의 현실을 보고서는 참을 수 없는 환멸을 느끼고, 그 동안 자신이 쌓아 올렸던 친북 주사파의 이념과 실천을 근본적으로 부정하기에까지 이른 것이다. 오늘날 그는 북한 인권 운동, 북한 민주화 운동에 적극적으로 참여하여 활동하고 있다.

이러한 김영환의 모습은 그가 남다른 순수성과 용기를 지닌 사람이라는 사실을 증명해 주는 것으로서, 우리에게 깊은 감동을 안겨주기에 모자람이 없다. 그 감동은 우리가 저 앙드레 지드의 『소련에서 돌아오다』를 읽을 때에 느낄 수 있는 감동과 동일한 종류의 것이면서, 그 크기에 있어서는 그보다 더 윗길에 놓이는 것이다.

하지만 우리는 김영환이 보여준 순수성과 용기로부터 느끼게 되는 감동을 이야기하면서, 또 한편으로는 일련의 괴로운 질문들을 던지지 않을 수 없다.

---

8) 우태영, 앞의 책, p. 192.

김영환의 활약에 의하여 이미 오랫동안 한국 학생운동의 주류라는 지위를 차지해 왔고 더 나아가 한국 사회운동 전반에 걸쳐서도 막강한 세력을 확보해 온 주사파가 그동안 우리 사회에 끼친 이루 말할 수 없는 피해들은 어떻게 보아야 하는가? 김영환의 방향 전환에도 불구하고 여전히 친북 주사파의 이념을 고수하고 있는 사람들이 오늘 이 시각에도 여전히 우리 사회에 끼치고 있는 막대한 피해들은 어떻게 보아야 하는가? 그리고, 1986년 4월 28일 신림동 사거리에서 시위를 하다가 불길에 휩싸여 쓰러진 후 죽음의 길을 가고 만 김세진, 이재호 두 사람의 운명은 어떻게 보아야 하는가?

6. 다시한번 김정환의 시를 읽는다

주사파의 창시자인 김영환이 1991년 이후에 걸어간 길을 염두에 두면서, 그리고 위에서 방금 제기된 바와 같은 일련의 질문들을 염두에 두면서, 다시한번 김정환의 시 「우리 이 투쟁과 생산의 민족해방세상에/ 동지여, 그대를 깃발로 세운다」를 읽어 본다. 그리고 다시한번 질문해 본다. <정말이지 우리는 이 장엄한 시를 과연 어떻게 보아야만 할 것인가?> 그리고 또 질문해 본다. <이 시를 쓴 김정환 자신은 오늘의 시점에서 이 시를 어떻게 생각하고 있을까?>

7. 문학은……

어떤 경우에, 문학은 참으로 위대한 것이 될 수 있다. 어떤 경우에, 문학은 참으로 고귀한 것이 될 수도 있다.

하지만 또 어떤 경우에, 문학은 참으로 초라한 것이 될 수 있다. 어떤 경우에, 문학은 참으로 우스꽝스러운 것이 될 수도 있다. (2005)

〈장군이 조직사업을 할 때, 머슴살이를 하시며……〉

1. 소설 속 주사파(主思派) 학생들의 회의 장면

북한이 아닌 남한의 작가에 의해 씌어진 소설작품에서, 작중인물들에 의하여 김일성이 <장군>이라는 칭호로 불리며, <우러르고 따라야 할 모범>으로 떠받들어지는 장면을 나는 오래 전에 본 일이 있다. 정도상의 장편소설『그대여 다시 만날 때까지』속에서이다.

시대는 1980년대 말. 한 대학이 있다. 당시의 많은 대학들이 그러하였던 것과 마찬가지로 이 대학의 총학생회는 친북(親北) 주사파(主思派)에 의해 장악되어 있다. 그리고 당시의 많은 대학들이 그러하였던 것과 마찬가지로 이 대학의 경우에도 학생 조직의 진짜 실세는 공개적으로 노출되어 있는 총학생회가 아니라 그 배후의 비합법조직이다. 이 비합법조직의 중앙위원회에서 징계를 위한 회의가 소집된다. 징계에 회부된 사람은 투쟁국장의 직책을 맡고 있는 인규라는 학생이다. 그의 죄목은 그동안 자신과 같은 주사파의 투사인 현숙이라는 여학생을 사귀어 오다가 현숙보다 더 마음이 끌리는 다른 여학생—소설의 문맥으로 보건대, 이 새로운 여학생은 아마 주사파의 투사가 아닌 듯하다—을 만나게 되면서 현숙을 멀리하기에 이르렀다는 것이다. 이것이 큰 죄인가? 징계를 목적으로 한 회의에 모인 사람들은 예외 없이 그것이 엄청난 죄라고 생각한다. 그리고, 그런 만큼 중앙위원회는 당연히 이 문제에 개입하여 인규를 질책하고 그의 새로운 사랑을 파괴해 버릴 권리가 있다고 확신한다. 인규와 현숙이 그 전에 결혼이나 동거를 하는 등의 사건이 있었던 것은 아님에도 불구하고 그렇게 생각한다. 현숙이 나서서 문제를 제기한다든가 고발을 한다든가 하는 등의 일이 없었음에도 불구하고 그렇게 생각한다. 사랑의 자유, 행복을 추구할 권리, 개인적인 감정을 존중받을 권리 등등의 개념들은 그들과는 아무런 인연이 없다. 그들은 그런 것이 있다는 생각조차 하지 않는다. 그러니 만큼 그들은 인규를 격렬하게 비난하는 데 아무런 망설임이 없다. 위원들 상호간의 의견 차이도 없다. 인규는 속수무책으로 고개를 떨군 채 동료들의 준엄한 선고를 기다려야 하는 처지가 된다. 그런데 사실은 인규 스스로도 자신이 큰 죄를 저질렀다고 진심으로 생각하고 있다. 죄책감에 허덕이고 있는 그는 어떤 선고가 내려지든 거기에 복종할 준비가 되어 있다. 마침내 중앙위원회는 <인규에게 매일매일의 생활보고서와 자기비판서를 영민에게 제출하라는 근신 결정을 내리고 막을 내[1]>린다.

바로 이 징계 회의 장면 속에, 김일성을 <장군>이라고 부르는 대사가 나온다. 또 그를 <우러르고 따라야 할 모범>으로 떠받드는 내용도 나온다.

그 장면을 한 번 직접 인용해 보기로 하자. 단, 지면을 절약하기 위해, 지문은 인용문이 끝나는 대목 한 군데만 제외하고는 전부 생략하고자 한다. 대사만 인용해도, 지금 나의 이 글을 읽고 있는 독자들로 하여금 작품의 분위기를 느낄 수 있도록 하는 데에는 아무 지장이 없기 때문이다.

「처음엔 송현숙 동지를 사랑한 것은 사실입니다……그러나 애정이 식

---

1) 정도상, 『그대여 다시 만날 때까지』(풀빛, 1991), p. 115.

었습니다.」

「왜 식었습니까?」(…)

「……」(…)

「대답하십시오.」(…)

「다른……여학생이 생겼습니다. 지금은 그 여학생을 더……사랑하고
있습니다……죄송합니다.」

「동지의 직책이 뭡니까?」(…)

「투쟁국장입니다.」

「투쟁국장이면 학우들이 동지를 알고 있겠네요?」

「예.」(…)

「대중사업을 하는 동지의 품성은 어때야 합니까?」(…)

「머슴적 품성을 가져야 합니다.」

「머슴적 품성이라?」

「어디 머슴적 품성에 대하여 동지가 아는 대로 말해보시오!」(…)

「머슴적 품성이란 만강부락에서 장군이 조직사업을 할 때, 머슴살이를
하시며 온갖 궂은 일을 다했던 모범을 따라 배우자고 나온 말로써……」

「됐습니다. 그래, 머슴적 품성을 말로는 잘 알고 있는 동지가 어떤 머슴
살이를 했습니까? 투쟁국장의 직책이 무슨 영화배우나 가수쯤 된다고 생
각합니까?」

기숙은 한 치의 틈도 없이 인규를 몰아세웠다. 인규는 불을 뒤집어쓴
듯 벌겋게 달아오른 얼굴로 막다른 골목으로 몰리고 있었다.[2]

위와 같은 내용으로 전개되는 작품을 읽어가는 동안 우리는, 이 작품
속에 나오는 주사파의 여러 인물들이 아무런 망설임 없이 김일성을 <장
군>이라 부르고 <머슴살이를 하시며> 운운의 표현으로 존경심을 나타내
는 가운데 <우러르고 따라야 할 모범>으로 떠받드는 것을 보면서, 각자
나름대로 다양한 느낌을 가질 수 있다. 그리고 그 인물들에 대하여 역시
각자 나름대로 다양한 평가를 내릴 수 있다.[3]

---

2) 위의 책, pp. 111~113.

그러면 작가 자신은 그들에 대하여 어떠한 입장을 취하고 있는가? 이 물음에 대하여는, 소설을 찬찬히 다 읽어 본 사람이라면, 누구라도 금방 대답할 수 있다. 작가는 스스로를 그들과 완전히 밀착시키고 있다. 아니, 작가 자신이 그들 가운데 한 사람이 되어서 소설을 진행시키고 있다. 구체적으로 밝히자면, 인규를 믿음직한 후배 동지로 여겨 남달리 아껴 왔고, 인규가 저지른 <과오>로 인해 마음 아파하면서, <이 현실의 책임을> 자신도 <천근의 무게로 어깨에 지고 있>다고 느끼는 광철이라는 지도자급 인물 속에 스스로를 투영해 넣는 가운데에서, 소설을 진행시키고 있는 것이다.

2. 나는 왜 이 글을 썼는가?

『그대여 다시 만날 때까지』가 출간된 것은 1991년이니까, 지금으로부터 14년 전이다. 14년이 흐른 오늘의 시점에서 작가 정도상이 소설 속의 광철이나 기숙, 인규와 같은 주사파들에 대하여 어떤 생각을 갖고 있는지 나는 알지 못한다. 또한 일찍이 <장군>이라 불리었던 김일성에 대하여 그가 오늘의 시점에서 어떤 생각을 갖고 있는지도 나는 알지 못한다. 이 글에서 나는 단지 1991년에 씌어진 소설 『그대여 다시 만날 때까지』를 거론했을 따름이다. 그리고 그 작품을 쓰던 1991년의 정도상을 언급했을 따름이다.

---

3) <김일성이 젊은 시절 머슴살이를 하며 조직사업을 행한 적이 있다>고 하는 것이 북한의 조작된 건국 신화라고 할 수 있는 『불멸의 력사』 총서 등에 나오는 픽션에 불과한 데도 『그대여 다시 만날 때까지』에 등장하는 주사파의 학생들은 어리석게도 그것을 엄연한 역사적 사실로 믿고 있다는 사실을 여기서 상기하는 것이 바람직하다. 그 점을 상기하는 것은 이 문제에 대한 우리의 판단을 적절한 것으로 만드는 데 큰 도움을 줄 수 있다. 『불멸의 력사』 총서의 성격을 파악하고자 하는 사람을 위해서는 내가 1990년에 쓴 「『대지는 푸르다』에 대하여」라는 글이 약간의 시사를 제공할 수 있을 것이다(이 글은 나의 책 『신의 침묵에 대한 질문』(세계사, 1992)에 수록되어 있다).

그러면 나는 왜 이 글을 썼는가? 1991년 무렵의 한국 문학을 제대로, 정확하게 이해하기 위해서는 그 당시에 『그대여 다시 만날 때까지』와 같은 작품이 존재했다는 사실을 결코 도외시해서는 안 된다고 믿기 때문이다. 이런 작품의 존재를 못 본 척 외면하면서 1991년 무렵의 한국 문학을 논한다는 것은 어떤 화사한 수식어로 치장하더라도 결정적으로 불완전한 것이 될 수밖에 없으며, 허위의식에 사로잡혀 있다는 비판으로부터 자유롭지 못한 것이 될 수밖에 없다. (2005)

「바이칼 그 높고 깊은」과 친북(親北) 주사파(主思派)

1. 서간체 소설의 아름다움과 매력

소설가 박범신이 쓴 작품 가운데 「바이칼 그 높고 깊은」이라는 것이 있다. 그가 1997년에 출간한 연작소설집 『흰소가 끄는 수레』 속에 들어 있는 중편 분량의 작품으로, 연작 중 네 번째에 해당한다.

작품의 경개는 이렇다. 중견 작가인 서술자가 오랜 정신적 슬럼프를 이겨내고 새로운 창조적 에너지로 스스로를 충만케 하고자 애쓰는 과정에서 홀로 러시아의 바이칼 호수를 찾아간다. 여름 한 철을 그곳에서 보내려는 계획이다. 여행길에서 보고 들은 것, 생각한 것들을 계속 써서 딸에게 보내는 편지 속에 담는다. 하나라는 이름을 가지고 있는 딸은 대학생이다. 그런데 편지를 네 통째까지 보내고 났을 즈음, 충격적인 소식을 듣게 된다.

서울에서 난리가 났어요, 라고 이민형 사장이 전화기 저 너머에서 말할 때만 해도 나는 그것이 단서가 되어 바이칼 올혼섬을 떠나게 될 줄은 예상 못했다. 정한 바는 없을지라도 적어도 여름이 지날 때까지 나는 그곳에 있으리라 했거든. 그러나 이민형 사장이 덧붙여 말하길, 통일축전을 벌이려던 시위학생들이 대학 과학관 건물에 고립되어 경찰과 대치상태가 여러 날째 된다는데요, 그 과학관에 글쎄, 실험실습 자재가 많아 불이라도 붙었다간 수천 명 학생들이 몽땅 날아갈 판이랍니다, 했을 때 머나먼 바이칼에 홀로 떠나와 있는 내게까지 시위의 불길이 옮겨붙었다는 걸 알았다.[1]

그는 급히 귀국한다. 아내와 함께 농성 현장을 찾아가, 거기 있는 딸을 만난다. 딸의 의사는 확고하다. <우리는 여드레나 이곳에 함께 있었어요. 함께 말예요 저 혼자서 여기를 나갈 수는 없어요> 작가와 그 아내는 굳이 딸을 끌어내려 하지 않고, 그냥 돌아온다. <혁명을 꿈꾸는 어린 전사>인 딸의 <순한 웃음>과 그 딸이 좋아하는 것으로 짐작되는 선배뻘 남학생의 <눈빛>에 대한 신뢰와 애정을 확인하고, 그냥 돌아오는 것이다. 돌아와서, 딸에게—<통일조국에서 반드시 살게 될 젊은 하나>에게—보내는 다섯 통째의 편지를 쓴다.

이러한 줄거리를 담고 있는 「바이칼 그 높고 깊은」은, 위에 적은 경개만 보아도 쉽게 짐작할 수 있는 것처럼, 그 전체가 편지의 형태로 이루어져 있다. 그러니까 이 작품은 서간체 소설의 전형에 해당한다. 서간체 소설의 전형에 해당하는 작품으로서 「바이칼 그 높고 깊은」은 서간체 소설로부터 우리가 일반적으로 기대할 수 있는 장점을 잘 갖추고 있다. 진솔한 내면 고백의 아름다움이 이 작품에는 있다. 친화감을 강력하게 불러일으키는 어조의 매력도 이 작품에는 있다.

2. 지식인의 직무유기

그러나 이 작품을 다 읽고 난 후에 우리는 다음과 같은 질문을 고통스럽게

---

1) 박범신, 『흰소가 끄는 수레』(창작과비평사, 1997), p. 204.

던지지 않을 수 없다. 이 작품에서 작가는 왜 작품 속의 하나와 같은 친북 주사파 학생 운동권에 대하여 <신뢰와 애정>만을 표시하고 있는가? 왜 그들의 명백한 잘못에 대하여 아무런 비판도 가하지 않고 있는가?

이 작품 속에서 이야기되고 있는 <난리>는 누구나 금방 알 수 있는 바와 마찬가지로 1996년 8월에 한국 사회를 뒤흔들었던 친북 주사파 조직의 연세대 과학관 점거 농성 사태를 가리킨다. 진정한 자유가 무엇인지, 진정한 인권이 무엇인지, 진정 바람직한 한국의 미래상이 무엇인지, 조금이라도 깊이 있게, 차분하게, 합리적으로 생각할 줄 아는 지식인이라면, 이 사태에 적극적으로 뛰어들어 투쟁했던 주사파의 투사들에 대해 모처럼 이야기할 수 있는 기회를 맞이했을 때, <신뢰와 애정>만을 고백하고 이야기를 끝낼 수는 없다는 것이 나의 생각이다.

하지만 박범신은 그렇게 했다. <신뢰와 애정>만을 고백하고 이야기를 끝내 버렸다. 주사파의 주장과 행동 양쪽에 똑같이 분명한 모습으로 나타나 있는 수많은 잘못들에 대하여 한 마디의 비판도 가하는 일이 없이, 그들에 관한 자신의 이야기를 끝내 버렸다. 그 자신이 주사파의 주장에 동의한 것은 아님이 분명함에도 불구하고 그렇게 했다.

박범신만이 그렇게 했을까? 그렇지 않다. 지금까지 참으로 많은 박범신들이 다들 그렇게 해 왔다.

주사파의 주장에 스스로 동조하지는 않으면서도, 그들의 주장과 행동 양쪽에 똑같이 분명한 모습으로 나타나 있는 수많은 잘못들에 대하여 한 마디의 비판도 가하는 일이 없이, 그저 너희들의 순한 웃음을 믿는다, 눈빛을 믿는다, 통일조국을 이루어 잘 살아 다오, 하면서 어물어물 넘어온 이른바 <지식인>이 부지기수인 것이다.

그 모든 <지식인>들의 행동은 정확히 말해 직무유기에 다름아니었다고 나는 생각한다. 그들은 반드시 비판을 해야 할 때에 비판을 포기했다. 비판은 포기하고, 듣기 좋은 덕담만 늘어놓았다. 듣기 좋은 덕담만 늘어놓음으로써, 그들 자신은 점잖고 인격적인 사람 같은 포즈를 유지할 수 있었겠지만, 그 대신, 소설 속의 하나와 같은 젊은이들이 자신의 오류를 직시하고 진실의 길로 나아갈 수 있는 가능성은 크게 약화되고 말았다. 그런가 하면, 그들의 <덕담 늘어놓기>는, 수많은 대중들로 하여금, 혹시 그 젊은이들의 주장과 행동이 옳을지도 모르겠다는 착각을 하도록 만드는 효과를 낳기도 했다.

1996년 이후 근 10년이 지난 오늘의 우리 현실이, 이념적인 차원에서 볼 때, 지금 제정신이 있는 이라면 누구나 보고 느끼는 바와 마찬가지로 참담하기 그지없는 양상을 노정하게 된 데에는, 그때나 지금이나 맹렬한 기세로 활약을 계속해 오고 있는 친북 주사파들의 책임만이 아니라, 이들 직무유기로 시종한 <지식인>들의 책임도 엄청나게 크다고 나는 생각한다.
(2005)

오늘의 현실과 조정래의 『태백산맥』

21세기로 접어든 지도 여러 해가 지난 지금, 세계사의 커다란 흐름은 자유로운 개인의 선택에 기초한 <열린 사회>를 확대하는 방향으로 꾸준하게 나아가고 있다. 그렇다면 우리 한국 사회도 이 커다란 흐름에 동참하고 있는가? 불행하게도, 우리의 현실은 그렇지 못하다. 이 커다란 흐름에 동참하기는커녕, 그 반대의 방향으로 나아가고자 기를 쓰는 사람들이 우리 사회의 주류를 차지하고 있다. 자유의 소중함을 알지 못하고, 개인의 소중함을 알지 못하고, 열린 사회의 소중함을 알지 못하는 사람들이, 20세기의 마지막 무렵에 이미 최종적으로 실패가 확인된 낡은 이념의 망령을 붙잡고, 그 이념의 망령이 가리키는 방향으로 이 사회를 끌고 가기 위해, 온갖 수단을 동원하고 있다. 그렇게 하면서 그들은, 참으로 희극적이게도, 아니 비극적이게도, <진보주의자>의 이름을 참칭한다.

이 암담한 오늘의 현실을 괴로운 마음으로 응시하면서, 또 견디어 나가면서, 나는 새삼 조정래의 『태백산맥』이라는 소설을 상기하지 않을 수 없다. 진보주의자를 참칭하면서 사실은 퇴보의 길로 이 사회를 끌고 가기 위하여 기를 쓰는 사람들이 오늘 우리 사회의 주류를 차지하도록 만드는 데에 이 소설이 끼친 영향이 참으로 크기 때문에 그러하다.

오늘의 자칭 진보주의자들 치고, 이 소설을 읽지 않은 사람이 드물 것이다. 이 소설을 읽었을 때 어떤 느낌을 받았던가라는 질문이 주어질 경우, 이루 말할 수 없이 강렬한 감동을 받았다고 고백하지 않을 사람이 드물 것이다. 이 소설을 읽고 비로소 자신의 삶이 나아가야 할 방향이 무엇인가를 깨달았었다고 고백할 사람도 적지는 않을 것이다.

그 정도로 이 소설의 영향력은 막대하였다. 이 소설이 발휘한 영향력의 크기로 볼 때, 이 소설을 쓴 조정래는 수많은 자칭 진보주의자들의 정신적 스승이었다는 평가를 받기에 모자람이 없다. 일찍이 리영희가 수많은 자칭 진보주의자들에게 발휘한 영향력의 크기에 감명을 받은 프랑스의『르 몽드』지가 그에게 <정신적 스승>이라는 칭호를 선사한 바 있다고 하지만, 조정래가 수많은 자칭 진보주의자들에게 발휘한 영향력의 크기야말로, 리영희의 그것에 비하여 더 컸으면 더 컸지, 더 작지는 않은 것으로 생각된다.

조정래는 이 소설에서, 인간의 자유를 억압하고, 개인의 존엄성을 말살시키고, <닫힌 사회>의 공포가 세상을 지배하도록 만드는 결과에로 나아갈 수밖에 없는 저 낡은 이념을 매력적인 것으로 미화시키는 데 총력을 기울였다. 이 소설을 읽는 독자들이 그 이념에 매혹되지 않고는 배길 수 없도록 만들기 위하여 온갖 정성을 다 기울였다.

그 노력, 그 정성은 성공적으로 열매를 맺었다. 앞에서 이미 말해졌던 바와 같이, 이 소설을 읽은 수많은 독자들이―그 수는 몇 천만 명에 이른다―이루 말할 수 없이 강렬한 감동을 받았다. 이 소설을 읽고 비로소 자신의 삶이 나아가야 할 방향이 무엇인가를 깨달은 사람도 부지기수였다.

조정래가 이처럼 대단한 성공을 거둘 수 있었던 이유 가운데 하나는 말할 나위도 없이 그가 지닌 재주였다. 사람을 자유자재로 울리고, 웃기고, 홀리는, 매혹적인 이야기꾼으로서의 재주였다.

그러나 재주만으로는 부족하다. 그에게는 또 한 가지 중요한 자산이 있었다. 역사적 사실을 자의적으로 다루는 능력이 그것이다. 그 능력이『태백산맥』의 전편을 일관되게 지배하면서 온갖 착란과 전도(顚倒)를 창출해 내고 있는 모습을 보노라면, 대번에 생각나는 것이 하나 있다. 오래 전 유종호의 글에서 읽었던 다음과 같은 구절이다.

  작가적 편의나 매문을 위해서 역사를 왜곡하며 그것을 예술이나 소설이라는 이름으로 합리화하는 것은 가장 타기할 만한 진실에의 반칙행위이다. 이념의 이름으로 혹은 역사해석이란 미명하에 일방적으로 역사를 왜곡하는 일이 너무나 공공연하게 자행되고 있다. 그것은 이념의 타락이요 예술적 양심에의 자승자박이다. 미화나 희화화에 앞서서 객관 사실에 대한 존중이 우리 사이에서는 너무나 홀대되고 있다.[1]

조정래의『태백산맥』은 유종호가 일반론의 차원에서 비판한, 소설의 이름으로 합리화된 역사 왜곡 작업의 한 훌륭한 전형을 이룬다. 그 구체적인 왜곡의 실상은, 내가 일찍이「조정래의『태백산맥』이 역사를 왜곡했다는 주장」이라는 제목의 긴 글[2]에서 상세히 검증한 바 있기에 다시 언급하지 않겠지만, 어쨌든 이 방면의 제일 가는 장관(?)이라는 평가를 받기에 모자람이 없는 것이었다.

바로 이런 소설이『태백산맥』이지만, 이 소설의 영향력은 오늘 이 순간에도 여전히 막강한 위세를 자랑하고 있다. 해마다 새로 대학에 들어오는 젊은이들이 이 소설의 새로운 독자로 등록하기 때문이다. 이 소설을 밤새워 읽고, 이루 말할 수 없이 강렬한 감동의 파도에 휩쓸려 버리는 경험을 하게

---

1) 유종호, 「내 삶의 소롯길에서—그 둘」, 『실천문학』 1994. 여름, p. 26.
2) 이 글은 나의 책 『한국문학과 인간해방의 정신』(푸른사상, 2003) 속에 실려 있다. 총 93페이지 분량의 긴 글이다.

되기 때문이다.

그런 경험을 얻은 젊은이들 가운데 상당수가, 당장에, 혹은 얼마 안 가서, 자칭 진보주의의 충실한 신봉자가 되어 버린다. 그들이 자칭 진보주의라는 것을 신봉하게 되도록 만드는 데 있어서 이 소설과의 만남이 커다란 역할을 담당하였으리라는 것은 묻지 않아도 알 수 있는 일이다.

그뿐이 아니다. 이제 이 소설은 한국문학사 속의 한 위대한 고전으로 공인되었다. 많은 문학전문가들이, 이 소설에 대해, <한국문학이 세계에 자랑할 만한 걸작>이라는 평가를 내리게 되었다.

자유로운 개인의 선택에 기초한 <열린 사회>에로 나아가는 길만이 우리 나라를 번영과 행복의 방향으로 이끄는 길이라는 사실을 잘 알고 있는 사람들은, 이런 모든 상황을 지켜보면서, 절망에 가까운 아픔을 느끼지 않을 수가 없다. 그러면서, 다음과 같은 질문을 막막한 허공에 던지지 않을 수 없는 심경이 된다. <이런 어둠의 세월이 과연 언제까지 갈 것인가?> (2004)

『하나님의 지하운동』을 읽다 보면
생각나는 사람들

리처드 범브란트라는 사람이 있다. 루마니아에서 태어나, 목사가 된 사람이다. 2차대전이 끝난 후 루마니아가 공산주의 국가로 변모하자, 종교에 대한 대대적인 박해가 행해지고, 그 와중에 범브란트도 체포되어 감옥에 갇힌다. 그 후, 1964년에 국외로 추방당하기까지, 그는 루마니아 국내의 여러 감옥을 전전하며 이루 형용할 수 없는 고난을 체험한다. 국외로 추방당한 후 그는 자신의 체험을 한 권의 책으로 펴낸다. 인간이 공산주의라는 이념의 이름으로 같은 인간에게 얼마나 잔인한 악행을 가할 수 있는가를 생생하게 증언하는 책이다. 그런가 하면, 도저히 견디어낼 수 없을 것 같은 고난 앞에서 인간이 정신의 힘으로, 사랑의 힘으로, 신앙의 힘으로 어떻게 견디어낼 수 있는가를 감동적으로 증언하는 책이기도 하다. 이 책은 『하나님의 지하운동』이라는 제목으로 1980년에 한국에서도 번역, 출판된다. 이 책 속에 다음과 같은 대목이 나온다.

서방 교회 지도자들의 성명서 같은 것을 보면 그들 중 어떤 이들은 공산주의 치하에서의 종교적 박해에 대한 사실을 전혀 모르고 있고 나머지는 그 사실에 대해 알고 싶어하지도 않는다는 것이 분명했습니다. 유럽이나 미국으로부터 친선방문을 온 고위 성직자들이 우리들을 심문하고 박해하는 바로 그 사람들과 마주앉아 연회를 벌이고 있었습니다. 우리가 그들에게 왜 그러느냐고 물어 보면 그 분들은 <기독교인으로서 우리는 누구나, 심지어는 공산주의자들하고까지라도 친절히 지내야 하지 않겠습니까?>라고 대답하시는 것이었습니다. 그렇다면 왜 그 분들은 박해를 받는 우리들하고는 친절히 지내시지 않았을까요? 왜 그 분들은 감옥에서, 혹은 고문으로 죽은 신부들이나, 목사들에 대해서는 한 마디도 묻지 않으셨는지요?[1]

위의 대목을 읽다 보면, 대번에 생각나는 사람들이 있다.

평양을 찾아가, 김일성과, 그리고 김일성이 죽은 후에는 김정일과, 마주앉아, 문안 인사를 주고받고, 연회를 벌인 사람들이다.

김일성 치하에서, 그리고 김정일 치하에서, 짓밟히고, 맞아 죽고, 굶어 죽은 무수한 사람들에 대해서는, 한 마디도 묻지 않은 사람들이다.

(2005)

---

1) 리처드 범브란트, 『하나님의 지하운동』(전덕애 역, 거고출판사, 1980), p. 2.

〈그들이 여기로 올 거예요〉
—『적들, 어느 사랑 이야기』를 읽으며 생각한 것

아이작 B. 싱어는 폴란드 태생의 유대인으로서, 미국에 건너가 세계적인 작가가 된 사람이다. 그는 진지한 독자들에게 깊은 감동을 안겨 주는 명작들을 많이 썼다. 그의 대표작으로 널리 알려진 『적들, 어느 사랑 이야기』(1973)도 그 중의 하나이다.

이 작품을 보면, 주인공인 허먼 브로더의 아내로 타마라라는 인물이 나온다. 이 타마라와 관련된 부분 중에서, 내가 특별히 인상깊게 읽은 대목이 하나 있다. 다음과 같은 대목이다.

나이 많은 아파트 거주자들은 강제수용소라든지, 소련과 볼셰비키에 대해서 타마라와 이야기하고 싶어했다. 그들은 대부분 반공주의자들이었다. 그러나 예전에 행상을 하던 한 사람은 러시아에 대한 신문기사는 모두 거짓말이라고 했다. 그는 타마라가 거짓말을 한다고 트집을 잡았다. 강제노동수용소, 굶주림, 암시장, 추방—이 모든 것들은 타마라가 만들어낸 거짓말이라는 것이었다. 그는 타마라가 어느 정도 설명해도 <스탈린은 역시 올바르다!> 하고 대꾸했다.

「그러면 왜 러시아로 가지 않죠?」

「그럴 필요 없어요. 그들이 여기로 올 거예요.」[1]

타마라는 폴란드 태생의 유대인이라는 점에서 작가 자신과 동일한 신분을 지니고 있는 인물이다. 지식인이라는 점에서도 작가와 같다. 다만, 작가와 달리, 여성이다. 타마라는 젊었을 당시 공산주의에 열광한 나머지 소련에 가서 살고자 하는 계획을 세운 일도 있는 인텔리 여성이었다. 그는 폴란드가 히틀러에 의해 정복당했을 때 나치에게 끌려가지만, 구사일생으로 살아난다. 그 후, 우여곡절 끝에, 지난날 그가 한없이 동경했던 바로 그 소련으로 가서 살게 된다. 하지만 소련에서 그를 기다리고 있었던 것은 히틀러의 강제 수용소 못지않게 잔인한 지옥의 공간이었다. 그러나 타마라의 삶은 소련의 굴락에서 끝나도록 운명지어져 있지 않았다. 천신만고 끝에 그는 다시 그 땅을 벗어나 미국으로 건너오게 되는 것이다. 위에 인용된 대목은 타마라가 미국으로 건너오고 난 후에 겪은 일을 다루고 있는 대목들 가운데 일부이다.

위에 인용된 대목을 나는 특별히 인상 깊게 읽었노라고 앞에서 말했다. 위의 대목이 왜 나에게 특별히 깊은 인상을 주었을까? 그 답은 간단하다. 위에 인용된 대목 속에 나오는 전직 행상과 동일한 유형에 속하는 사람들을 나는 우리 사회 내부에서, 특히 우리 지식인 사회 내부에서, 지난 1980년대부터 지금에 이르기까지, 드물지 않게 보아 오고 있기 때문이다.

그들은 <진실과의 전쟁>을 선언하고 그 전쟁에 일생을 아낌없이 바쳐 오는 사람들이다. 그들은 궤변의 기법에 도가 튼 사람들이다. 그들은 역사의 자의적인 왜곡과 변조를 거침없이 행하는 사람들이다. 그들은 지독한 수구주의자에 다름 아니면서도 <진보주의자>라는 명칭을 도둑질해 가서 멋대로 써먹고 있는 사람들이다. 그들은 <그렇다면 당신은 왜 북한으로 가지 않습니까?>라는 질문을 받는다면 겉으로는 태연히 거짓된 미사여구를 늘어놓으면서도 내심으로는 <그럴 필요 없어요. 언젠가는 위대한 지도자 동지가 여기로 올 거예요>라고 확신에 차서 대답할 사람들이다. (2005)

---

1) 아이작 B. 싱어, 『적들, 어느 사랑 이야기』(김회진 역, 범우사, 2005), p. 284.

북한문학의 오늘과 내일

남한에 와서 정착한 북한 출신 시인 최진이의 증언에 따르면, 북한의 문학작품 가운데서는 김일성·김정일 부자(父子)를 찬양하는 작품과 전쟁물이 85퍼센트 이상을 차지한다.[1]

바로 이 <85퍼센트 혹은 그 이상>에 해당하는 문학은, 히틀러 시대에 히틀러와 그의 정책을 찬양했던 문학과 동렬에 놓이는 문학이다. 스탈린 시대에 스탈린과 그의 정책을 찬양했던 문학과 동렬에 놓이는 문학이다. 마오쩌둥의 시대에 마오쩌둥과 그의 정책을 찬양했던 문학과 동렬에 놓이는 문학이다. 이디 아민의 시대에 이디 아민과 그의 정책을 찬양했던 문학과 동렬에 놓이는 문학이다.

히틀러 시대에 히틀러와 그의 정책을 찬양했던 문학은 히틀러가 쓰러지자마자 다 죽었다. 스탈린 시대에 스탈린과 그의 정책을 찬양했던 문학은 소련이 무너지자마자 다 죽었다. 마오쩌둥의 시대에 마오쩌둥과 그의 정책을 찬양했던 문학은 마오쩌둥의 시대가 가고 나자마자 다 죽었다. 이디 아민의 시대에 이디 아민과 그의 정책을 찬양했던 문학은 이디 아민이 몰락하자마자 다 죽었다. 그렇다면 저 <85퍼센트 혹은 그 이상>에 해당하는

---

1) 최진이, 『국경을 세 번 건넌 여자』(북하우스, 2005), p. 318.

문학의 미래는 어떻게 될 것인가? 우리는 이 물음을 회피할 수 없으며 회피해서도 안 된다. (2005)

북한의 문학과 문학인

북한의 체제는 다음과 같은 세 가지 요소의 복합체로 이루어져 있다.

(1) 전근대적 세습 왕조 국가 체제의 답습.
(2) 1940년대 전반기의 일본에 존재했던 군국주의 파시즘 체제의 모방(북한의 체제가 이러한 성격을 가지고 있다는 사실은 키시타 슈(岸田秀)에 의해 지적된 바 있다).
(3) 공산주의 이념의 채용 및 부분적 변형.

북한의 체제는, 위에서 열거된 세 가지 요소의 복합체로 이루어져 있는 만큼, 어용문학 이외의 어떠한 문학도 원천적으로 인정하기 어려운 성격을 지니고 있다.

남한의 문학연구자들이 북한의 문학을 논할 때 자주 내보이는 경향은, 위에서 열거된 세 가지 요소 가운데 세 번째의 것만을 염두에 두고서 논의를 전개하는 것이다. 하지만 이는 올바른 태도라 할 수 없다. 위에서 열거된 세 가지 요소 전부를 총체적으로 고려한 상태에서 진행되는 논의라야 북한의 문학에 대한 진정한 이해에 도달할 수 있을 것이다.

북한의 문학은, 위에서 열거된 세 가지 요소에 바탕을 두고 창작된 문학이기에, 그리고 어용문학의 테두리로부터 완전하게 벗어나는 것이 근원적으로 불가능한 상황에서 창작된 문학이기에, 대부분의 경우, 별다른 가치를 인정받기 어렵다. 1945년 여름 소련군이 지금의 북한 땅에 진주한 시점에서부터 창출되기 시작하여 1990년대 말 현재의 시점까지 이어져 오고 있는 북한의 문학은, 소수의 예외를 빼고는, 장차 한국문학사 전체의 지형도 속에서, 한 보잘것없는 유물로—그 분야를 전문적으로 연구하는 소수의 학자들 이외에는 아무도 별다른 관심을 갖지 않는 존재로—남을 수밖에 없을 것이다.

북한의 문학인들 가운데 대다수가 별다른 가치를 인정받을 수 없는, 수준 낮은 작품들밖에 창작하지 못했다 하여, 그들을 나무랄 수는 없다. 어떻게 그들을 나무랄 수 있겠는가?

어떤 시대, 어느 지역에서나, 문학 작품의 창작에 남다른 재능을 가진 사람은 태어나게 마련이다. 그런데 여기, 서로 다른 시대, 다른 지역에서 각기 그런 재능을 가지고 태어난 갑, 을, 병 세 사람이 있다고 하자. 갑은 상당한 수준의 자유가 보장되는 시대와 지역에서 태어난 덕분에, 그 재능을 거의 아무런 제약 없이 꽃피울 수 있었다. 을은 자유에 상당한 제약이 가해지는 시대와 지역에서 태어났기에 그 재능을 꽃피우는 데 많은 어려움을 겪어야 했지만, 오로지 어용문학의 창작이라는 한 가지 길만이 절대적으로 강요되는 시대와 지역에서 태어나지는 않았기 때문에, 그 재능을 그래도 어느 정도까지는 창조적으로 발휘할 수 있었다. 병은 오로지 어용문학의 창작이라는 한 가지 길만이 절대적으로 강요되는 시대와 지역에서 태어났기 때문에, 문학적으로 보잘것없는 가치밖에 갖지 못한 어용문학만 계속 쓰다가 일생을 마감할 수밖에 없었다.

갑의 경우에 대해서는 구태여 이야기하지 말기로 하자. 을의 경우에 해당하는 전형적인 예는 일제 강점기에 활동하였던 한국의 문학인들이다. 김소월, 김유정, 윤동주, 현진건 같은 사람들이다. 병의 경우에 해당하는 전형적인 예는 말할 나위도 없이 대다수의 북한 문학인들이다.

사실이 이러한데, 어떻게 그 대다수 북한 문학인들을 향하여, <당신들은 왜 그처럼 별다른 가치를 인정받을 수 없는, 수준 낮은 어용문학작품들밖에 창작하지 못했는가?> 하고 나무랄 수가 있겠는가? 한 번밖에 주어지지 않는 <작가로서의 인생>을, 어쩌다 그런 곳에서 태어났기에, 조잡한 어용문학이나 창작하는 일로 낭비할 수밖에 없었던 그들의 불행한 운명에 대하여 연민을 표시하는 것이 오히려 타당한 태도일 터이다. (1999)

2부

재소 한인(在蘇韓人)의 고통스러운 역사와
신중신의 『까리아인』

1. 조명희의 경우

1920년대 초부터 문학활동을 시작, 시·소설·희곡·평론 등 다양한 분야에 걸쳐 열정적으로 문제작을 발표하던 조명희는, 1928년, 그의 생애에 있어서 가장 중요한 결단을 내린다. 마르크스주의자로서의 신념에 입각하여, 소련으로 망명하는 길을 선택하는 것이다. 그 후 9년이 지난 1937년, 그는 그가 거주하고 있던 하바로프스크에서 3명의 소련 경찰에 의해 연행된다. 공포에 질려 있는 가족들을 향하여 그는 <내가 소련에 죄 지은 일이 없기 때문에 3일 후면 돌아올 것이니 안심하라>는 말을 남기고 떠난다. 하지만 그는 3일 후에 돌아오지 못한다. 아니, 영영 돌아오지 못한다. 재판 절차도 없이 사형 선고를 받고, 총살당했기 때문이다. 그가 총살당한 날짜는 1938년 5월 11일이다.

조명희가 붙잡혀 간 후 남은 가족들은 아득히 먼 중앙아시아의 카자흐스탄 지역으로 옮겨진다. 화물열차에 짐짝처럼 실린 채 배고픔과 질병에 허덕이며 끌려 간 길이었다.

조명희가 1938년 5월 11일에 처형당하였다는 사실을 그의 가족이 알게 된 것은 소련이 무너지고 난 이후인 1991년의 일이다. 조명희가 붙잡혀 갈 때 여섯 살이었던 그의 딸 조선아가 페레스트로이카의 시대를 맞이하여 진상 확인의 가능성이 열리자 집념을 가지고 백방으로 수소문해 본 결과 마침내 정확한 날짜까지를 알아낼 수 있었던 것이다.[1]

2. 1937년과 그 이듬해에 걸쳐 일어났던 일

1937년과 그 이듬해에 걸쳐 조명희와 그의 가족에게 일어났던 일은, 그 당시 하바로프스크와 블라디보스토크를 비롯한 소련 동부 지방에 거주하고 있던 수많은 한인들에게 똑같이 일어났던 일이다. 스탈린의 강제이주 정책에 의하여 그 지역의 모든 한인들이 느닷없이 중앙아시아로 옮겨졌고, 그 와중에서, 조명희처럼 오피니언 리더(opinion leader)의 역할을 할 가능성이 있는 사람들은 대부분 영문도 모른 채 연행되어 처형대의 제물이 되었던 것이다.

중앙아시아로 강제이주당하는 과정에서, 적지 않은 사람들이 굶주림과 질병으로 죽었다. 죽음을 당하지 않고 7천 5백 킬로미터를 이동하여 마침내 목적지에 도착한 사람들은, 황무지에 내던져졌다. 황무지에 내던져져서는, 새로 집을 짓고, 황무지를 농토로 바꾸고, 새로 아이들을 낳고, 그러면서 새로운 세상을 만들어갔다.

이러한 역사의 기록을 오늘의 시점에서 읽게 되는 사람은, 누구나 두 가지 사실에 놀라지 않을 수가 없게 된다. 첫째로는, 그토록 무도한 대규모의 인권 유린을 국가권력의 이름으로 태연히 저지를 수 있었던 스탈린이라는 인물과 소련이라는 국가 체제의 냉혹함과 잔인함에 치를 떨며 놀라게

---

1) 정철훈 기자, 「비운의 작가 조명희: 딸 선아씨의 증언」, 『국민일보』 1991. 6. 6, p. 18.

된다. 둘째로는, 그토록 무도한 인권 유린을 당하고서도 다시 일어서서 새로운 세상을 만들어간 한인들의 강인한 생명력에 놀라게 된다.

3. 신중신의 장편소설 『까리아인』

바로 이러한 재소 한인들의 피어린 역사를 세 권 분량의 소설 속에 담아낸 작품이 1994년 신중신에 의하여 발표된다. 그 해 열림원에서 출간된 『까리아인』이 바로 그 작품이다.

이 작품을 쓴 신중신은 1941년생으로, 1962년에 『사상계』지를 통하여 등단한 이후 그때까지 30년이 넘는 활동 경력을 기록한 중견 시인이지만, 그 사이 소설은 한 편도 발표한 일이 없는 터였다. 그런 그가 단편도 아니고 무려 세 권 분량이나 되는 대규모의 장편을 들고 나왔다는 것은 누가 보더라도 자못 의외의 일이라고 하지 않을 수 없었다.

그런데, 실제로 『까리아인』을 읽어 나가다 보면, 의외라는 느낌은 곧 감탄으로 바뀌게 된다. 나이 50이 넘어서 비로소 첫 소설을 내놓은 사람의 작품이라고는 믿어지지 않을 정도의 원숙성이 『까리아인』 세 권의 처음부터 끝까지에 걸쳐 일관되게 나타나고 있기 때문에 그러하다.

이 작품의 문체와 플롯은 다른 어떤 노련한 작가의 작품과 비교해도 손색이 없다. 문장은 유려하면서 정확하고, 플롯은 정교하면서 탄탄함을 과시하고 있다. 성격 창조도 훌륭하다. 세 권이라는 방대한 분량에 어울리게 상당히 많은 인물이 등장하지만 그들 하나하나가 다 개성적으로 부조되어 있으면서 적절한 자리에 배치되어 제각각의 몫을 충실히 수행하고 있다.

역사적 사실을 소재로 한 소설을 쓰는 과정에서 마땅히 수반되어야 할 고증의 절차도 신중신은 가히 모범적인 자세로 감당해 낸 것으로 보인다. 엄청난 자료 수집과 부지런한 현지답사의 과정을 충실히 거친 흔적이 작품

곳곳에 생생하다. 1930년대 재소 한인들의 생활상이 세세한 풍속의 차원에서까지 실감나게 복원되고 있으며, 다른 민족들의 모습 역시 생동감 있게 나타난다. 그 시기 역사 전개의 과정이 정확하게 반영되고 있는가 하면, 그 과정에 대한 지적 탐구의 작업도 성실하게 수행되고 있다.

그러나 이 작품에서 무엇보다 인상적인 것은, 작가가 일관되게 보여주고 있는, 인간에 대한 통찰의 깊이이다. 그는 모든 인간의 내부에 깃들인 빛과 어둠의 양면을 두루 주목하며, 역사의 거대한 파도 앞에 내던져진 인간의 적나라한 모습을 가감 없이 있는 그대로 꿰뚫어 본다. 우리가 『까리아인』을 읽어가면서 작가의 인간에 대한 이해력을 신뢰할 수 있게 되는 것은 바로 그러한 점 때문이다. 그런데 작가는 이러한 수준에서 멈추지 않고, 바로 그러한 이해력에 바탕하여, 야단스럽지 않고 차분하지만 그러나 힘있는 인간 긍정의 결론에 도달하는 모습을 보여준다. 바로 이 점이야말로 독자들에게 있어서 『까리아인』과의 만남을 오래 잊히지 않는 것으로 만드는 가장 큰 원동력이 된다.

4. 진지한 문학 정신의 성과

신중신은 『까리아인』에서 반드시 의도적으로 소련 체제의 비인간성을 고발하려는 태도를 취하지는 않았다. 하지만 그가 냉철한 리얼리스트의 자세로 역사의 전개 과정을 추적하고 형상화해 나가는 과정에서, 그 체제가 얼마나 비인간적인 체제인가 하는 점은 자연스럽게 드러난다. 이 작품에 나오는 한인들의 마을에서 오피니언 리더의 위치에 있는 두 인물, 김민석과 허우진이 이 글의 첫부분에서 언급되었던 조명희의 경우와 똑같은 경로를 거쳐 억울한 총살형으로 삶을 마감하는 대목이라든가, 김민석의 아들이며 이 소설의 주인공에 해당하는 존재인 김성찬(세르게이)이 아버지의 죽음에 대하여 알고자 했다는 이유로 공산당에서 축출당하고 직장에서도 쫓겨나 사회의 아웃사이더로 전락하며 나중에는 결국 그 자신도 부당하게 체포당하여 끌려가게 되는 대목―바로 이 대목이 소설 전체의 결말이 된다―은 그런 점을 가장 극적으로 보여주는 예들이지만, 사실 따지고 보면 소련 체제의 비인간성은 소설의 거의 모든 장면마다에 스며들어 있으면서 소설의 전개 과정을 지배하는 가장 큰 힘이 되고 있다. 그러고 보면 『까리아인』은 결코 소련 비판의 뜻을 전면에 내세우지 않았으면서도 궁극적으로는 참으로 강력한 소련 비판의 문학이 되고 있는 셈인데, 우리는 이것을 두고 <진지한 문학 정신의 소중한 성과>라는 평가를 내려도 무방할 것이다. (2005)

8백 명 가운데 열 명만이 남게 될 때
—이회성의 『유역』을 읽으며 생각한 것

1. 노교수가 들려준 이야기

재일동포 작가인 이회성이 중앙아시아의 카자흐스탄 일대를 취재하고
돌아온 후 그 체험을 담아서 펴낸 장편소설『유역(流域)』(1992)을 보면, 이회
성 자신에 해당하는 작중인물 춘수와 그의 동료 르포 작가인 강창호가 백승
종이라는 노교수를 만나 인터뷰하는 대목이 나온다. 백승종이 두 사람을
향하여 들려주는 이야기 속에는 다음과 같은 내용이 들어 있다.

—레닌그라드에는 8백 명 정도의 조선인 대학생이 있었다. 1937년 가을의
이야기다. 그 학생들이 어느 날인가부터 영문도 모르는 채로 사라지기 시작
했다. 이듬해 5월 경이 되자, 레닌그라드의 대학에는 조선인 학생이 열 명
정도밖에 남지 않게 되었다.—

이회성은 백승종의 이러한 증언을 기술한 후, 소설을 다음과 같이 이어
간다.

    <불과 열 명>이라는 숫자는 너무나 충격적이었다. 어떻게 그 수를 계
    산해 냈을까. 그런 의문이 춘수의 머리를 스쳤지만, 당시 스탈린의 숙청이
    얼마나 무시무시했던가를 생각하면 불가능한 일도 아니다. 언젠가 책에

서 크렘린의 당 최고간부 가운데 90퍼센트가 1937년과 1938년 사이에 완전히 사라졌다는 이야기를 읽은 적이 있었다.[1]

정말 그렇다. 당시 스탈린의 숙청이 얼마나 무시무시했던가를 생각하면, 생존율이 8백분의 10으로 나오는 것도 확실히 불가능한 일은 아니었다. 하물며 극동 지방에 거주하던 재소(在蘇) 한인 전부를 중앙아시아로 강제 이주시키면서 오피니언 리더의 역할을 할 가능성이 있는 사람들은 모조리 미리 잡아다가 죽여버리는 조치가 시행되고 있던 상황에서랴.

2. 『집에서 한 남자가 나왔다』

8백 명에 달하던 대학생들이 영문도 모르는 채로 하나하나 붙들려 가서 사라진 끝에, 열 명밖에 남지 않게 되는 상황, 그 상황에 수반되는 공포와 전율—이런 것을 생각하다 보면, 금방 떠오르는 한 권의 책이 있다. 다닐 하름스 작품 선집인 『집에서 한 남자가 나왔다』라는 책이다.

다닐 하름스는 자유로운 정신에 입각하여 문학활동을 하고자 했다는 죄목으로 스탈린 치하에서 두 차례나 체포된 끝에 결국 37세로 감방 안에서 굶어 죽은 작가다. 그의 많은 작품들은 계속 서랍 속에 처박혀 있다가 고르바초프 시대가 되어서야 햇빛을 볼 수 있었다.

지금 우리가 읽을 수 있는 하름스의 작품들은 거의 예외 없이 극단적인 혼란과 뒤틀림, 무질서와 비약, 파편성과 부조리성, 광기와 폭력성에 의하여 지배되고 있다. 그 작품들을 한국어로 번역한 김정아는 역자 서문에다 다음과 같은 말을 적어 두고 있다.

---

1) 이회성, 『유역』(김석희 역, 한길사, 1992), p. 147.

출구는 없다. 출구에 대한 희망도 보이지 않는다. 인간의 힘으로 할 수 있는 것은 아무 것도 없다. 기적을 기다리는 수밖에. 그를 기다리고 있는 것은 언제 다가올지 모르는 죽음이고, 어느 때 스탈린의 비밀경찰들이 들이닥칠지 모르는 것이 그가 처한 상황이었다. 만약 어떤 죄수의 사형일이 한 달 후라면, 적어도 그는 그 한 달간은 죽지 않고 살 수 있다는 보장을 받은 셈이다. 그러나 나와 가까웠던 이들이 하나둘씩 사라져 가고, 나의 지기들을 데려간 비밀경찰들이 어느 때고 내 방문을 두드릴 수 있을 때, 인간이, 그것도 가장 섬세한 영혼을 지닌 작가인 인간이 어떻게 제정신을 지니고 살아갈 수 있을까.[2]

위의 대목을 읽으면서, 나는 위의 대목 중 마지막 문장을 다음과 같은 말로 바꾸어 보지 않을 수 없다.

—8백 명에 달하던 대학생들이 영문도 모르는 채로 하나하나 붙들려 가서 사라진 끝에 열 명밖에 남지 않게 되는 상황이 벌어질 때, 나 자신이 언제 붙들려 갈지 모르는 그 대학생들 중의 한 사람이라면, 어떤 정신을 가지고 살아갈 수 있을까. 어떻게 제정신을 지니고 살아갈 수 있을까.— (2005)

---

2) 다닐 하름스, 『집에서 한 남자가 나왔다』(김정아 역, 청어람미디어, 2004), p. 5.

정찬의 「섬」을 다시 논한다

1. 「섬」이라는 소설

정찬이 『문예중앙』 1994년 가을호에 발표한 중편 「섬」은 많은 평론가들로부터 칭찬을 들은 바 있는 소설이다. 이 작품의 경개를 간단히 요약해 보면 다음과 같다.

소련이 붕괴하고 러시아가 옐친의 주도 아래 새로운 출발을 모색하던 당시의 일이다. 마르크스주의를 신봉한 죄로 오래 전에 옥고를 치른 바 있고 그 후에도 자신의 신념을 바꾸지 않은 한국 지식인 한 사람이 모스크바로 여행을 갔다가 거기서 사망한다. 정섭이라는 이름을 가진 이 지식인의 죽음은 공식적으로는 사인불명으로 결론이 났으나, 사실은 자살이었다. 그가 자살했다는 소식을 전해들은 그의 절친한 친구 한 사람이 소설의 화자로 등장하며, 그 친구가 모스크바를 찾아가서 정섭의 자취를 더듬으며 생전의 정섭으로부터 받았던 편지의 내용을 회상하는 과정이 소설의 골격을 이룬다. 화자가 정섭으로부터 받았던 편지 속에는 다음과 같은 대목이 들어 있었다.

사회주의의 패배는 꿈의 허물어짐이었다. 모스크바는 인간의 꿈이 허물어진 도시며, 불타는 성전이었다. 꿈이 허물어졌으면 누군가가 슬퍼해야 한다. 슬퍼하고 또 슬퍼하여 머리가 우물이 되고 눈은 눈물의 샘이

되어야 한다. (…) 희생이란 슬픔의 가장 깊은 드러냄이다.[1]

이런 투의 발언으로 가득 채워져 있었던 정섭의 편지를 회상하며 화자는 결론짓는다. 정섭은 결국 <한 사람의 관객도 없이 홀로 제사를 치르고 스스로 희생제물이 되는 제사장>으로서 그의 삶을 마감한 것이었다고.

대략 위와 같은 내용으로 되어 있는 정찬의 중편 「섬」은, 앞에서 이미 말했던 바와 같이, 발표 당시 많은 평론가들로부터 칭찬을 들은 바 있다. 하지만 내가 이 소설을 읽고서 내린 판단은 그 많은 평론가들의 판단과 아주 다른 것이었다. 이 소설은 반드시 비판받아야 마땅한, 철저히 그릇된 종류의 인식에 의하여 지배당하고 있다는 것이 나의 판단이었던 것이다.

이러한 판단을 담아낸 글을 나는 그 동안 이미 세 편이나 쓴 바 있다. 「순진성·마르크스주의·단절과 소외」, 「문학과 슬픔」, 「정찬의 「섬」, 마르크스 그리고 야훼」가 바로 그 글들이다.

그 글들이 씌어진 이후로 다시 짧지 않은 세월이 흘렀지만, 그 글들 속에서 내가 피력하였던 생각은 지금도 여전히 변화가 없다. 정찬의 「섬」은 반드시 비판받아야 마땅한, 철저히 그릇된 종류의 인식에 의하여 지배당하고 있는 소설이라고, 지금도 나는 확신하고 있다.

왜 나는 그렇게 생각해 오고 있는가? 그 점을 나는 나 자신이 과거에 썼던 글들과는 조금 각도를 달리해서 다시 한 번 설명해 보고자 한다. 그 설명은 세 가지 항목으로 정리될 수 있다.

2. 마르크스를 보는 잘못된 시각

첫째로, 이 소설은 마르크스라는 인물에 대하여 잘못된 생각을 보여준다.

---

1) 정찬, 「섬」, 『문예중앙』 1994. 가을, p. 96.

이 소설에서 마르크스는 고난 받는 거룩한 순교자와 같은 존재로 인식되어 자못 경건한 찬양의 대상이 되고 있다. 하지만 이 소설에서 보여주는 마르크스상(像)은 마르크스의 실상과 아득하게 동떨어진, 터무니없이 조작되고 미화된 성격의 것이다. 나는 진작에 「정찬의 「섬」, 마르크스 그리고 야훼」라는 글 속에서 이 점을 지적하고, 어떤 점에서 그것이 마르크스의 실상과 동떨어져 있는가를 10여 개의 항목으로 정리하여 자세하게 설명하면서, <너무나 멀리 동떨어져 있어서 웃음을 자아낼 정도이다2)>라는 표현을 쓴 바 있다. <웃음을 자아낼 정도이다>라고 했지만, 사실 그 웃음은 분노와 전율을 동반한 웃음이라고 해야 할 것이다. 마르크스의 인간상을 그런 식으로 조작·미화하여 찬양하는 것은 수많은 사람들의 마음속에 잘못된 인식을 심어 주고 그런 잘못된 인식에 기초하여 잘못된 행동으로 나아가게 만드는 결과를 가져올 수 있는 만큼 대단히 위험한 것이 아닐 수 없기 때문이다.

3. 레닌을 보는 시각

둘째로, 이 소설은 레닌이라는 인물에 대해서도—마르크스에 대해서만큼 비중을 두어서 다루고 있지는 않지만—다분히 호의적인 시선을 보내고 있다. 이 소설에서 암시적으로 주장하고 있는 바에 따르면, 소련의 억압 체제와 <세계의 진보주의자들에게 신화적 인물로 각인된 불세출의 혁명가3)>인 레닌이라는 인물 사이에는 필연적인 관련이 없다. 이런 시각 역시 오류가 아닐 수 없으며, 또한, 참으로 위험한 것이 아닐 수 없다.4)

---

2) 이동하, 『한 문학평론가의 역사 읽기』(문이당, 1997), p. 83.
3) 정찬, 앞의 작품, p. 89.
4) 참고로, 다음의 글을 한 번 읽어 보기 바란다: <감시와 통제야말로 일단계 공산주의 사회의 올바른 기능을 위해 요구되는 덕목이다. (…) 대다수의 인민이 사회 구석구석에서 자본주의자들(이미 관리인화된)과 자본주의적 사고를 벗지 못한 인텔리겐치아

4. 공산주의 체제의 붕괴를 기뻐하면 비방의 표적이 되어야 하나?

셋째로, 이 소설은 소련과 동유럽 여러 나라들의 공산주의 체제가 무너진 것을 기뻐하는 사람들을 향하여 비방을 퍼붓고 있다. 예를 들면, 정섭의 입을 빌려, 다음과 같은 말을 한다.

사회주의의 패배는 꿈의 허물어짐이었다. 모스크바는 인간의 꿈이 허물어진 도시며, 불타는 성전이었다. 꿈이 허물어졌으면 누군가가 슬퍼해야 한다. 슬퍼하고 또 슬퍼하여 머리가 우물이 되고 눈은 눈물의 샘이 되어야 한다. 그런데 사람들은 환호하고 있었다. 수많은 사람들이 승리에 도취되어 환호하고 있었다. 이 어이없는 환호만큼 신과 인간과의 관계를 어긋나게 하는 것이 또 있을까. 신은 불타는 성전 앞에서 눈물을 흘리며 진정으로 우는 자를 보고 싶다고 했을 것이다.[5]

위에서 보다시피 공산주의 체제의 붕괴에 대해 환호하는 사람들을 향하여 <어이없다>는 말로 독설을 퍼붓고 있는 정섭의 태도는, 공산주의 체제의 붕괴가 <고결한 꿈에 대한 물신적 관능의 승리며, 구원에 대한 천박한

를 감시하고 통제할 때만이 그 모든 통제가 진정으로 종합적이고, 일반적이며, 전인민적인 성격을 띠게 되며, 그 어떠한 소요에도 동요하지 않게 된다. 그리하여 사회 전체가 노동과 분배의 평등에 의해 하나의 통제조직, 하나의 작업장화되는 것이다. 그러나 상당한 어려움이 없이는 감시와 통제의 자연스러운 사회화는 실현되지 아니한다. 그것은 철저하고 진지한 인민재판과 그 집행을 통해 실현되리라고 확신한다> (드미트리 안토노비치 볼코고노프, 『크렘린의 수령들』, 상(김일환 외 5인 공역, 한송, 1996), p.55). 수천만 명의 사람을 죽음으로 몰고 간 스탈린 시대의 공포정치를 위한 설계도와 지침서를 제공해 준 것으로 보이는 이 글을 쓴 사람은 과연 누구일까? 다른 사람 아닌 레닌이다. 러시아 판 『레닌 전집』 제33권에 위의 글이 수록되어 있다. 이런 글을 쓰고 그 글이 주장하는 방향으로 세상을 움직여 가고자 했던 <불세출의 혁명가>에게 호의적인 시선을 보내는 것은, 『1984년』의 세계 속에서 살기를 원하지 않는 사람에게는, 명백히 위험한 것으로 간주되지 않을 수가 없다.

5) 정찬, 앞의 작품, p. 96.

욕망의 승리다[6]>라고 강변하는 그의 입장에서 보면, 자연스러운 귀결이라고 할 수 있을지 모른다.

그런가 하면, 정섭과 달리 <허물어져가는 마르크스의 이론을 뜨거운 열정으로 옹호할 생각은 없다>고 말하는 소설의 화자조차도, 소련과 동유럽 여러 나라들의 공산주의 체제가 무너진 것을 기뻐하는 사람들을 향하여 비방을 퍼붓는 데 있어서는 정섭과 완전히 보조를 같이한다. 방금 인용한 발언에 바로 이어서 그는 <그렇다고 사회주의의 무너짐에 대한 자본주의 신봉자들의 천박한 환호성에도 박수칠 생각은 추호도 없다[7]>는 말을 하고 있는 것이다.

소련과 동유럽 여러 나라들의 공산주의 체제가 무너진 것을 기뻐하는 사람들은 과연 위에서 보는 것처럼 <어이없다>는 말로, 혹은 <천박하다>는 말로 비난받아 마땅한 존재들인가?

이 물음 앞에서 우리는, 소련과 동유립 여러 나라들의 공신주의 체제가 얼마나 철저한 감시와 잔인한 고문과 조작된 재판과 대규모의 처형을 일상화한 체제였던가를 상기하지 않을 수 없다. 그리고, 소련과 동유럽 여러 나라의 체제 아래서 신음하던 수많은 의식 있는 사람들과 그 나라들의 바깥에서 그 사람들의 고통을 함께 아파하던 수많은 사람들이 한마음으로 간절하게 그 체제의 붕괴를 소망하였던 것은 무엇보다도 기본적인 <인권>의 이념에, <자유>의 이념에 입각하였던 것임을 상기하지 않을 수 없다.

소련과 동유럽 여러 나라들의 공산주의 체제가 무너진 것을 기뻐하는 사람들 가운데에는 물론 <천박>한 계산에 입각해서 기뻐한 사람도 일부 포함될 것이다. 하지만 그런 사람이 일부 있다고 해서, 기뻐하는 사람들 모두를 향하여 <어이없다>느니 <천박하다>느니 하는 따위의 말로 악의

---

6) 위의 작품, p. 86.
7) 위의 작품, p. 89.

적인 비방을 퍼붓는 것은 용납될 수 없다. 그것은 문제의 본질에 대하여 무지하거나 그것을 의도적으로 외면하는 사람이 아니라면 도저히 할 수 없는 행동이다. 문제의 본질은 어디까지나 <인권>의 차원에 있고, <자유>의 차원에 있는 것이지, 다른 어떤 곳에 있는 것이 아니다.

이런 문제의 본질에 대하여 무지하거나 그것을 의도적으로 외면하면서 비방을 퍼붓는 행동 역시, 단순히 지적인 오류이기 때문에 비판받아야 할 뿐만이 아니라, 현실적으로 커다란 악영향을 발휘할 수 있기 때문에 더욱 엄중하게 비판받아야 한다.

이 지점에서, 소련과 동유럽 여러 나라들에서 일상적으로 저질러졌던 인권 유린과 자유 박탈의 악행은 스탈린이나 차우셰스쿠와 같은 몇몇 개인들의 책임일 뿐 마르크스나 레닌은 무죄하다고 하는 변명이 나올 것을 예상할 수 있다. 하지만 그러한 변명 역시 무지의 소산이거나 의도적인 왜곡의 소산에 불과하다.

5. 나는 슬픔을 느낀다

정찬은 「슬픔의 노래」라는 소설에서, 아우슈비츠에서의 인권 유린에 대하여 커다란 분노와 슬픔을 표시한 일이 있다. 이러한 면모를 보여준 바로 그 동일한 작가가, 잔인무도한 인권 유린 사례의 대표자라는 자리를 놓고 아우슈비츠와 겨룰 만한 존재인 대규모의 굴락(Gulag)을 만들어낸 궁극적 책임자로 간주되어야 할 마르크스와 부(副)책임자 제1호로 간주되어야 할 레닌, 이 두 사람에 대하여, 아우슈비츠를 만들어낸 사람들에 대해서와는 전혀 다른—거의 백팔십도로 대립되는—태도를 취하고 있는 것을 우리는 「섬」에서 본 셈이다. 이것은 놀라운 일이다. 또한, 참으로 슬픈 일이기도 하다.

다시 말하거니와, 소련의 공산주의 체제는 대규모의 굴락을 만들어낸 체제이다. 대규모의 굴락을 만들어냈다는 것 한 가지만으로도, 이 체제는, 하늘에 사무치는 죄를 지은 체제이다. 그 점은, 아우슈비츠를 만들어냈다는 것 한 가지만으로도, 히틀러의 나치 체제가 하늘에 사무치는 죄를 지은 체제로 간주되어야 하는 것과 동일하다. 그런가 하면, 소련의 공산주의 체제는, 굴락을 제외한 그 체제 속의 나머지 공간들도 전부 준(準)굴락에 해당하는 성격을 가지지 않을 수 없도록 강제한 체제이기도 했다. 이 점 역시, 히틀러의 나치 체제가 아우슈비츠를 제외한 그 체제 속의 나머지 공간들도 전부 준(準)아우슈비츠에 해당하는 성격을 가지지 않을 수 없도록 강제한 체제였다는 점과 일치하는 면모를 보여준다. 그런데 바로 이런 소련의 공산주의 체제가 붕괴한 것을 두고, 「섬」이라는 소설은 <슬픔>을 운위하고 있다. 그리고 그 체제의 붕괴를 기뻐하는 사람들을 향하여, <어이없다>, <천박하다> 운운의 독설을 퍼붓고 있다. 놀라운 일이 아닐 수 없다. 그리고 진정으로 슬퍼해야 할 일이 아닐 수 없다. (2005)

스탈린과 사르트르, 그리고 한국의 지식인들

1. 굴락과 사르트르

앤 애플봄은 그의 명저『굴락』의 서문에서 다음과 같은 지적을 하고 있다.

독일의 철학자 마르틴 하이데거의 평판은 그가 잠깐이지만 히틀러의 나치주의, 즉 히틀러가 자신의 주요 잔학행위들을 시인하기 전에 펼쳤던 광신주의를 공공연하게 지지한 것 때문에 심하게 바닥에 떨어졌다. 반면에, 프랑스의 철학자 장 폴 사르트르의 명성은 스탈린이 저지른 악행의 증거가 충분했던, 전후 내내 스탈린주의를 지지했음에도 조금도 훼손되지 않았다.[1]

이것은 매우 중요한 지적이 아닐 수 없다.
히틀러와 스탈린은 그들이 저지른 악행의 크기와 무게에 있어서 막상막

---

[1] 앤 애플봄,『굴락』, 상(GAGA 통·번역센터 역, 드림박스, 2004), p. 20. 번역서에는 저자의 성(姓) Applebaum이 애플바움으로 표기되어 있으나 애플봄으로 표기해야 정확하다고 판단된다. 참고로 밝혀 두자면 이 책의 번역은 최악의 수준이다. 내 생애에 이처럼 엉망인 번역을 본 일이 거의 없다. 수많은 한국인들이 주의 깊게 읽어 둘 만한 가치를 가지고 있는 귀한 책을 말도 안 되는 번역으로 망쳐 놓고, 저작권법 때문에 다른 더 나은 번역이 나올 수도 없도록 막아 버린 출판사와 번역자들의 행위에 대하여 깊은 유감을 표시하지 않을 수 없다.

하의 수준을 과시한 것으로 인정받을 만한 존재들이다. 그런데, 히틀러를 잠시 지지하였던 하이데거가 그 일로 인해 엄청난 비난을 받고 명예의 추락을 경험해야 했던 데 비하여, 스탈린을 지속적으로 지지하였던 사르트르는 거의 비난을 받지 않았고, 명예의 손상도 거의 입지 않았던 것이다. 이상한 일이 아닌가? 애플봄은 바로 이 점을 문제삼고 있는 셈이다.

그러나 알고 보면, 이런 <이상한 일>이 가능하였던 비밀은 의외로 단순한 것이다. 하이데거의 히틀러 지지 행위가 적어도 지식인 사회 내에서는 외로운 선택이었던 반면, 사르트르의 스탈린 지지 행위는 수많은 지식인 동지들과 함께 저지른 일이었다는 차이가 이런 <이상한> 현상의 출현을 가능하게 한 것이다.

사르트르가 공공연하게 스탈린주의를 지지하고 나서면서 현란한 필재(筆才)를 종횡무진으로 휘두르던 당시, 프랑스 지식인들의 압도적 다수가 좌파였다. 그러한 좌파의 전성시대에, 스탈린주의의 잔인무도함을 정확하게 꿰뚫어 보고 소련 팽창의 위험성을 끊임없이 경고하였던 레이몽 아롱 같은 사람은 고독에 시달리지 않으면 안 되었다.[2]

그러하였기 때문에, 스탈린의 시대에나 그 이후에나, 사르트르를 비난할 자격을 가진 사람은 프랑스의 지식인 사회에 별로 없었다. 그러하였기 때문에, 스탈린의 시대에나 그 이후에나, 사르트르는 별다른 비난을 받지 않고 그 자신의 명예를 온전하게 유지해 올 수 있었다. 사르트르 개인을 위해서는 다행스러운 일이었다.

하지만, 그것이 사르트르 개인을 위해서는 다행스러운 일이었다 하더라도, <진실>의 기준에 입각해서 본다면, 그리고 <인권>의 기준에 입각해서

---

[2] 이런 상황을 자세하게 파악하기 위해서는 정명환 외 3인의 공저로 출간된 『프랑스 지식인들과 한국전쟁』(민음사, 2004)을—그 중에서도 특히 장 프랑수아 시리넬리에 의해 집필된 그 책의 제1장 「한국전쟁 발발 당시의 프랑스 지식인들의 지적 지형도」를—읽어 보는 것이 유익하다.

본다면, 그것은 결코 다행스러운 일이 아니었다. 지극히 불행한 일이었다.

굴락에서 죄없이 짓밟히고 고문당하고 죽어간 무수한 사람들의 처참한 비극을 생각해 보면, 파리 시내의 안락한 카페에서 노닥거리며 외관상 화사하기 그지없는 논리로 장식되어 있는 무수한 글을 정력적으로 휘갈겨 써내던 사르트르라는 사치스러운 부르주아 지식인에게 그와 동류에 속하는 수많은 지식인들의 공통된 허위의식 덕분에 주어진 저 가당치 않은 <행운>이란 얼마나 그로테스크하게 보이는 것인지……

2. 크메르 루즈와 사르트르

굴락으로 대표되는 <잔인무도한 대규모 인간 말살>이라는 행위와 사르트르와의 사이에서 맺어진 깊은 인연은, 그런데, 소련의 굴락으로만 끝나는 것이 아니다. 크메르(캄보디아) 국민 전체의 5분지 1 내지 3분지 1을 학살한 크메르 루즈의 만행 역시 사르트르와 떼놓고 생각할 수 없다. 폴 존슨의 다음과 같은 말을 들어 보자.

> 베트남 전쟁이 종결을 향하고 있던 동남아시아에 대한 사르트르의 영향은 더욱 큰 것이었다. 1975년 이후 캄보디아에서 일어난 무서운 범죄는, 전인구의 5분의 1에서 3분의 1에 이르는 학살을 자행하지만 그 주모자는 <앙카 류>(고등조직)라고 부르는, 프랑스어를 말하는 중류 지식인 그룹이었다. 이들 지도자 8명 중 5명은 교사였고, 그 밖에는 공무원, 그리고 경제학자였다. 이들 8명은 모두 1950년대에 프랑스에서 유학했고 그곳에서 공산당에 가입했을 뿐만 아니라 사르트르의 철학적 행동주의와 <필요한 폭력>의 교양을 몸에 익힌 사람들이다. 이 대량살육자들은 사르트르의 이론상의 제자가 된다.[3]

---

3) 폴 존슨, 『지식인들』, 하(김욱 역, 한국언론자료간행회, 1993), p. 138.

사르트르가 크메르 루즈의 지도자들을 직접 가르친 것은 아니다. 하지만 나중에 크메르 루즈의 지도자가 된 사람들이 1950년대에 젊은 나이로 프랑스에 유학하였을 당시 그들에게 압도적인 감화를 미친 것이 스탈린주의를 공개적으로 지지하면서 현란한 필재를 휘두르고 있던 사르트르였고 그가 내세운 <필요한 폭력>의 사상이었다는 것은 폴 존슨의 지적이 아니더라도 누구나 알 수 있는 분명한 사실이며, 그 점에서 보면 사르트르는 크메르 루즈의 칼날과 쇠사슬 아래 죽어간 수백만 크메르 국민의 비극에 대하여 깊은 책임이 있다고 하지 않을 수 없다.

3. 사르트르와 한국의 지식인들

다시 시선을 스탈린에게로 돌려, 그가 만든 굴락의 비극을 생각하다 보면, 김일성과 김정일이 대를 이어가며 유지 · 관리해 오고 있는 북한판 굴락의 이루 말할 수 없이 처참한 상황을 자연스럽게 떠올리지 않을 수 없게 된다. 북한판 굴락의 상황은, 스탈린의 굴락과 비교할 때, 더하면 더했지, 조금도 나을 것이 없다. 이 점은 수많은 증언과 자료를 통하여 의심의 여지가 없을 정도로 분명하게 거듭거듭 확인되고 있는 터이다.

그런데 일찍이 사르트르라는 프랑스의 유명한 지식인은 스탈린주의와 관련해서 도저히 부정할 수 없는 <심각한 과오>를 저질렀지만 그럼에도 불구하고 끝끝내 별다른 비난을 받지 않고 자신의 명예도 온전히 유지한다는 <부당한 행운>을 누린 바 있다. 이러한 그의 <심각한 과오>와 <부당한 행운>을 곰곰이 생각하다 보면, 마치 스탈린의 굴락을 볼 때 김일성 · 김정일의 북한판 굴락이 저절로 떠오르는 것처럼, 저절로 떠오르는 사람들이 있다. 김일성 · 김정일의 부자(父子)정권과 관련해서 <심각한 과오>에 대한 지적을 면할 수 없다고 판단되는 우리나라의 수많은 유명 지식인들이다.

그들은 <심각한 과오>를 저질러 왔으며 지금도 저지르고 있다는 점에서 사르트르와 닮은꼴이지만, 일찍이 사르트르에게 따라 주었던 <부당한 행운>의 혜택을 뻔뻔스럽게 누리고 있다는 점에서도 역시 사르트르와 닮은 꼴이다. 그로테스크하다는 느낌을 금할 수 없다. 그리고 이와 더불어, 진한 슬픔을 느끼지 않을 수 없다. 오늘날 이 땅의 그러한 지식인들에 의하여, <진실>은 얼마나 참혹하게 짓밟히고 있는 것인지……. <인권>을 존중해야 한다는 당위는 얼마나 참혹하게 모욕당하고 있는 것인지……. (2005)

사르트르와 정찬

1. 사르트르와 소련의 강제수용소

1951년 가을, 카뮈의 저서 『반항인』이 출간된다. 이듬해 봄, 프랑시스 장송이 이 책에 대해 극도로 비판적인 내용의 서평을 써서, 사르트르가 주재하던 『현대』라는 잡지에 게재한다. 이 서평을 읽고 분노한 카뮈는 장송을 무시하고 『현대』의 편집인인 사르트르에게 보내는 공개장의 형식으로 반박문을 발표한다. 이에 사르트르가 다시 반박문을 쓰고, 장송도 역시 반박문을 쓴다. 두 사람의 반박에 대하여 카뮈는 더 이상 응답하지 않고 침묵을 지킨다. 이로써 논쟁은 끝난다. 짧은 논쟁이었다. 하지만 이 논쟁의 두 주역, 카뮈와 사르트르가 워낙 유명한 사람들이었기 때문에, 그리고 이 논쟁이 벌어지기 전까지는 두 사람이 무척 친밀한 관계를 유지하면서 당대 프랑스 문학과 사상의 전위를 함께 담당하는 자리에 있었기 때문에, 논쟁의 여파는 컸다.

지금 나는 여기서 이 논쟁의 전모를 살펴볼 생각은 없다. 다만 한 가지, 이 논쟁에서 소련의 굴락, 즉 강제수용소에 대하여 사르트르가 언급한 부분을 접하고 생각나는 바를 간단히 적어 보고자 한다.

사르트르는, 소련의 강제수용소에서 벌어지는 인권 유린에 대하여 당신은 왜 아무 말도 하지 않느냐라는 카뮈의 공격에 대하여, 자기가 강제수용소에 대해 아무 말도 하지 않고 있다는 주장은 사실과 어긋나는 것이라고 하면서, 다음과 같이 대답한다.

> 루세의 성명이 있은 며칠 후 수용소에 대해서 내가 전 책임을 지고 있는 사설과 수개의 논문을 우리는 발표했습니다. (…) 나는 우리들이 수용소의 문제를 제기하고 프랑스의 여론이 그 수용소의 문제를 발견하는 그 순간에 우리의 입장을 취하였음을 당신께 밝히려는 겁니다. 그로부터 몇 달 후, 우리는 다시 이 문제를 다른 사설에서 취급하고 여러 논문과 노트에서 우리의 견해를 명백히 했습니다.[1]

위에 인용된 사르트르의 답변을 보면, 그는 이 글을 쓰고 있던 당시, 소련의 강제수용소에 대하여 잘 알고 있었음이 확실하다. 사르트르는, 바로 이 강제수용소의 문제와 관련하여, 소련에 비판적인 발언을 수차례나 행한 바가 있음을 당당히 밝히고 있다.

사르트르가 이처럼 강제수용소의 문제와 관련하여 소련에 비판적인 발언을 수차례나 행한 적이 있다는 것이 사실이라면, <소련의 강제수용소에서 벌어지는 인권 유린에 대하여 당신은 왜 아무 말도 하지 않느냐>라는 카뮈의 공격적인 질문은 무색한 것이 되고 만다. 사르트르의 반박문이 발표된 후 카뮈가 다시 아무런 응답을 하지 않고 침묵을 지킨 데에는 혹시 이와 같은 사정이 작용하였을지도 모른다.

그러면, 내가 「스탈린과 사르트르, 그리고 한국의 지식인들」이라는 글에서 사르트르에게 던진 비판도, 카뮈의 질문과 마찬가지로, 무색한 것이 되고 마는가?

---

1) 알베르 카뮈 · 장 폴 사르트르, 『어떻게 사느냐』(박이문 역, 경지사, 1959), p. 66. 인용문의 맞춤법과 외국어 표기법은 현재의 규정에 맞도록 수정했다. 한 가지 덧붙이자면, 『어떻게 사느냐』라는 번역서의 제목은 번역자(혹은 출판사)가 임의로 붙인 것이다.

그렇지는 않다.

사르트르는 강제수용소의 문제와 관련하여 소련에 비판적인 발언을 행하고 있던 바로 같은 시기에, 그리고 그 후에도, 일관되게, <어쨌든 나는 공산주의를 지지한다>고 공공연하게 선언하고 있었기 때문이다. 그리고 공산주의를 비판하는 사람들을 향해서, <너희들은 개다>라는 식으로 욕을 퍼붓고 있었기 때문이다. 후에 사르트르는 당시를 다음과 같이 회고하고 있다.

> 반공산주의자는 개다. 나는 공산주의에서 벗어나지 않았고, 앞으로도 결코 벗어나지 않을 것이다. (⋯) 급히 파리로 돌아온 나는 글을 쓰지 않으면 숨이 막힐 지경이었다. 나는 밤낮 없이 「공산주의자들과 평화」의 일부를 써나갔다.[2]

사르트르가 바로 이 「공산주의자들과 평화」라는 회심의 역작을 쓰던 시기는, 카뮈와의 논쟁이 진행되고 있던 바로 그 시기였다. 바로 그 시기였다는 이야기는, 위에 인용된, 카뮈에 대한 사르트르 자신의 답변으로 보건대, 사르트르가 소련의 강제수용소에 대하여 이미 잘 알고 있었던 시기이며, 그것과 관련하여 소련에 비판적인 발언을 이미 여러 번 한 이후의 시기였다는 뜻이 된다. 그러한 시기에, 사르트르는, 그처럼 소련의 강제수용소에 대해 잘 알고 있었음에도 불구하고, 바로 그 소련을 <극도로 찬양하는> 글을 쓴 것이다. 방금 나온 <극도로 찬양하는>이라는 표현은, 사르트르의 그 글을 직접 상세히 검토해 본 변광배의 표현이다. 이처럼 소련을 극도로 찬양하는 내용으로 씌어진 그 글의 논조가 하도 <강경>해서, 달리 말해 열정적이어서, 원고를 읽어 본 메를로-퐁티도 놀랐다고 한다.[3]

---

2) Jean-Paul Sartre, *Situations*, Ⅳ(Gallimard, 1964), pp. 248~249. 변광배, 「사르트르와 메를로-퐁티의 이념 논쟁과 한국전쟁」, 정명환 외, 『프랑스 지식인들과 한국전쟁』(민음사, 2004), p. 138에서 재인용.
3) 위의 논문, p. 139.

만약 사르트르가 그 당시 소련의 강제수용소에 대해서 미처 몰랐다든가, 알기는 알았지만 혼란에 빠져서 입장 표명을 유보하는 상태에 있었다든가 했다면 조금이라도 <정상 참작>을 받을 여지가 있을 터이다.

하지만, 이미 보았다시피, 사르트르는 소련의 강제수용소에 대하여 이미 잘 알고 있었으며, 그것과 관련하여 소련에 비판적인 발언을 이미 한 적도 있는 상태에서, 바로 그 소련을 극도로 찬양하는 쪽으로 치달은 사람이다. 여기에는 도무지 정상 참작의 여지가 없다. 그러니까 사르트르가 <소련의 강제수용소에 대하여 이미 잘 알고 있었으며, 그것과 관련하여 소련에 비판적인 발언을 이미 한 적도 있는 상태에서> 바로 그 소련을 극도로 찬양하는 쪽으로 치달았다는 사실은, 그에 대한 나의 비판을 무색하게 만드는 것이 아니라, 그와는 정반대로, 나의 비판이 옳다는 사실을 더욱 극적으로 증명해 주는 것이다.

2. 강제수용소를 비판하는 사람들에 대한 사르트르의 공격

다시 카뮈-사르트르 논쟁에로 돌아가, 한 가지를 더 검토해 보기로 한다. 사르트르는 강제수용소의 문제와 관련하여 다시 아래와 같은 말을 하고 있다.

> 나는 당신처럼 수용소는 용납될 수 없다고 생각합니다. 그러나 소위 부르주아 신문이 그것을 매일 이용하고 있는 것도 역시 용납될 수 없습니다.[4]

사르트르에 의하면 그처럼 수용소 문제를 <매일 이용>하고 있는 <소위

---

4) 알베르 카뮈 · 장 폴 사르트르, 앞의 책, p. 67.

부르주아 신문>쪽의 인간은 한 마디로 말해 <더러운 사람>이라고 한다. 그런 <더러운 사람>들—사르트르 자신이 사용한 또다른 표현을 빌리자면 <개>들—이 한 건 잡았다는 식으로 날뛰는 꼴을 자기로서는 도저히 용서할 수 없다고 한다. 이러한 말을 함으로써 사르트르는 카뮈에 대해 상당히 효과적인 일격을 가한 셈이라고 생각한 듯하다.

이러한 사르트르의 발언을 우리는 어떻게 보아야 할 것인가? 찬찬히 한번 생각해 보자.

소련의 강제수용소에서 엄청난 규모로 저질러지고 있었던 잔인무도한 인권 유린에 대하여 분노를 표시하며 비판한 사람들 가운데에는, 정작 인권의 소중함에 대해서는 별 관심도 없으면서, 정략적인 의도로 공격에 나선 사람도 물론 없지 않았을 것이다. 당연히, 있었을 것이다.

하지만, 그런 사람이 비판자들의 <전부>였을 수는 없다. 당장 카뮈만 해도 그런 사람이 아니지 않은가?

순수하게 자유를 사랑하는 마음으로, 그리고 순수하게 인권을 존중하는 마음으로 비판의 대열에 참가한 사람이 분명 있었을 것이다. 내가 믿기로는, 바로 그런 사람이 비판자들 가운데 다수를 이루었을 것이라고 확신한다. 하지만, 설령 그런 사람이 비교적 소수였다 해도 관계없다. 그런 사람이 존재하기만 했으면 그걸로 충분하다. 그리고 분명히 존재하기는 했다. 이 점은 사르트르도 부정하지 못할 것이다. 아니, 스탈린이라 해도 부정하지 못할 것이다.

그런 사람이 다만 존재하기만이라도 했다면, 사르트르의 저 <더러운 사람>이라는 욕설은, 용서받을 수 없는 폭언으로, 중상(中傷)으로 비난받아 마땅하다.

그뿐만이 아니다. 사르트르의 위와 같은 발언은 초점을 의도적으로 흐리면서 논쟁의 방향을 왜곡하는 것이기도 하다.

왜 그런가? 논의의 초점은 어디까지나 강제수용소의 존재 자체에, 그리고 성격 자체에 맞추어져야 하기 때문이다. 강제수용소에 대하여 그 강제수용소로부터 아득히 떨어진 다른 곳에 있는 사람들이 이런 얘기를 하느냐, 저런 얘기를 하느냐라는 문제에 의해서, 강제수용소의 존재와 성격 자체가 영향을 받는 것은 결코 아니다. 그럼에도 불구하고 이런 문제가 강제수용소의 존재와 성격 자체만큼이나 커다란 무게를 갖는 것처럼 논지를 전개해 나가는 사르트르의 태도는 교활하다는 느낌까지 준다.

3. 정찬의 「섬」과 사르트르

바로 이 지점에서 나는 새삼스럽게 정찬의 소설 「섬」에 나오는 정섭과 그 친구의 논리를 돌이켜보지 않을 수 없다.

소련의 공산주의 체제가 붕괴하자, 그 붕괴를 기뻐하는 사람들이 많았다. 그런 사람들을 향하여, 정섭과 그 친구는, <어이없다>는 말로, 또 <천박하다>는 말로 비난을 가하고 있다. 이러한 그들의 행태는, 사르트르가 일찍이 소련의 강제수용소를 비판하는 사람들을 향하여 <더러운 사람>이라는 말로 비난을 가한 사실을 연상시키기에 모자람이 없는 것이다.

그런데, 과연 그러한 비난에 정당성이 있는가?

나 자신, 소련의 공산주의 체제가 붕괴했을 때, 그 붕괴를 진심으로 기뻐한 한 사람이다. 수없이 많은 사람들이 자유를 회복할 수 있게 된 데 대한 나의 기쁨이 <어이없는> 것이었던가? 수없이 많은 사람들이 인권 유린의 지옥에서 가까스로 벗어날 수 있게 된 데 대한 나의 기쁨이 <천박한> 것이었던가? (2005)

김학철의 『20세기의 신화』와 마오쩌둥(毛澤東)

　노무현 대통령은 중국 방문 중 존경하는 중국 정치인이 누구인가라는 질문을 받았을 때, 덩샤오핑(鄧小平)과 더불어 마오쩌둥을 든 것으로 보도되었다. 이 보도를 접한 순간 나의 머리 속에는 연전에 작고한 재중 조선족 작가 김학철이 한국에서 출판한 장편소설 『20세기의 신화』(창작과비평사, 1996)가 금방 떠올랐다. 이 작품은 마오쩌둥이 대약진 운동이니 인민공사니 하는 것들을 밀어붙이면서 중국 전체를 뒤흔들어 놓고 있던 1950년대 후반기에 얼마나 혹독하게 진실이 억압당하였으며 얼마나 철저하게 기본적 인권이 유린되었던가를 폭로·고발하면서, 그런 상황 가운데서도 꺾이지 않는 자유혼의 아름다움을 부각시켜 보이고 있다.

　김학철은 이런 작품을 썼다가는 어떤 고난을 겪을지 모른다는 공포에 시달리면서도 마오쩌둥 1인 독재의 해악을 도저히 그냥 두고 볼 수 없다는 분노와 사명감 때문에 기어이 이 작품을 썼다. 하지만 작품을 다 쓰고 난 후에도 발표할 길이 없어, 그 원고를 그대로 자신의 집에 보관해 둔 채, 일단 일본어로 번역하는 작업을 진행하였다. 그러던 중, 1950년대의 대약진 운동이니 인민공사니 하는 것들보다 훨씬 더 잔인한 문화대혁명의 광풍이 몰아쳤다. 누구나 다 아는 것처럼, 마오쩌둥이 일으킨 파괴와 죽음의 광풍이었다. 그 광풍의 와중에서 김학철의 집도 가택수색을 당했고,

홍위병들에게 소설의 원고가 발각되었다. 원고는 물론 압수당했고, 김학철 자신은 재판에 회부되었다. <자기 변호를 못하게 목을 졸라 쓰러뜨리고 아갈잡이를 당한> 처참한 상태에서 재판을 받고, 10년 징역을 살았다. 그가 출옥한 것은 마오쩌둥이 죽은 다음이었다.

문제의 소설 원고는 그가 출옥한 지 다시 10년이나 더 지난 후에 <발표하지 않는다>는 조건으로 본인에게 되돌려졌다. 김학철은 원고를 되돌려 받은 지 9년이 지난 시점에 이 작품을 한국에서 출판하였다. 작가가 이 작품을 출판한 것은, 그것이 아무리 한국에서 이루어진 일이라 해도, 따지고 보면 중국 관헌의 조치를 정면으로 위반한 행위이다. 대단한 용기라고 느껴진다. 이러한 사연을 안고 있는 『20세기의 신화』라는 작품을 실제로 읽어 보면, 저 악명 높은 문화대혁명의 시대가 열리기 오래 전부터 마오쩌둥의 중국 통치는 엄청나게 많은 비극을 창출한 것이었음을 선명하게 확인할 수 있다.[1]

그런데 지난 1970년대와 1980년대에 걸친 기간 동안, 한국의 독자들에게는 마오쩌둥 통치 시대의 이러한 실상이 거의 알려지지 않았다. 그 대신, 마오쩌둥이 장제스(蔣介石)에 맞서서 국공투쟁(國共鬪爭)을 전개하던 시기를 <혁명투쟁>이라는 이름 아래 다분히 낭만적으로 서술하는 데 역점을 둔 책들이 대단한 호응을 받으며 널리 읽혔다. 그런 책들을 보면, 중국 대륙을 완전히 장악한 후의 마오쩌둥에 대해서는 아예 언급을 하지 않거나, 언급을 하더라도 사실과 거리가 있는 미화된 내용을 몇 마디 기술하고 적당히 넘어가는 것이 일반적이었다. 이러한 책들이 대단한 호응을 받으며 널리 읽힌 결과, 그 시대에 지적인 토대를 쌓은 세대의 마오쩌둥 인식에는 커다란 문제점이 생기게 되었다.

여기서 내가 말하는 <문제점>은 단순히 마오쩌둥이라는 한 개인과 관련

---

1) 『20세기의 신화』에 대한 보다 자세한 이해를 원하는 사람이라면 내가 쓴 「김학철·마오쩌둥·리영희·레닌」이라는 글로부터 도움을 받을 수 있을 것이다. 이 글은 나의 책 『한 자유주의자의 세상 읽기』(문이당, 1999) 속에 수록되어 있다.

된 내용으로만 그치는 성격의 것이 아니다. 이 점은 그러한 종류의 책들에서 마오쩌둥에 대한 기술이 왜곡된 방향으로 이루어지게 된 원인이 무엇인가를 생각해 보면 분명하게 이해될 수 있을 것이다. 그런 책을 쓴 사람들은 <혁명>이라는 말로 상징되는 추상적·교조적 이념의 가치에 대한 환상을 과도하게 지닌 반면, 살아 있는 구체적 인간의 진실이나 현실세계를 실제로 움직여 나가는 원리를 있는 그대로 통찰하고 또 존중하고자 하는 자세를 결여하고 있었다. 사실 알고 보면 살아 있는 인간의 진실이나 현실세계를 실제로 움직여 나가는 원리는 추상적·교조적 이념처럼 단순한 것도 아니고, 매혹적인 것도 아니다. 그것들은 훨씬 복잡하고 또 산문적인 것들이다. 하지만 이런 복잡하고 산문적인 것들을 있는 그대로 통찰하고 또 존중하는 자세 속에서만 세상을 제대로 이끌어가는 성숙한 지혜가 나올 수 있다. 그런데 마오쩌둥을 <혁명가>의 이상형으로 보고 왜곡되게 미화한 사람들은 바로 이런 지혜의 길과는 정반대의 방향으로 난 길을 바른 길이라고 가르친 사람들이었다.

이번에 보도된 노무현 대통령의 발언을 볼 때, 바로 그러한 사람들의 정신적 영향력이 압도적이었던 시대의 문제점이 과거의 문제점으로만 끝나지 않고 지금에 이르기까지도 우리의 현실 속에 그대로 남아 있다는 사실을 새삼 깨달으면서 놀라지 않을 수 없다는 것이 솔직한 심경이다. (2003)

3부

선비들의 전통과 20세기 한국 작가들

1. 조선시대 선비들의 전통

조선시대의 많은 선비들은 재물이라는 것을 철저히 경멸하였다. 돈 문제
에 관심이 없고 돈에 관련된 일이라면 도무지 모르는 것이 미덕이라고 믿었
다. 돈이란 추악한 것이라고 생각하였기 때문에 돈에 손을 대는 것 자체를
기피하였다. 그런가 하면 토지문서 같은 것에 손을 대는 것도 역시 기피하였
다.

그랬기 때문에, 선비들이 기방(妓房)에서 놀다가 화대를 준다든지, 심부
름꾼에게 팁을 준다든지, 집안 아이들에게 세뱃돈을 준다든지 하는 일로
해서 불가피하게 돈에 손을 대야 할 경우, 돈을 접시에 얹어 오도록 하고
젓가락으로 집어서 줄 정도였다고 한다. 그런가 하면 토지매매 등의 일로
해서 할 수 없이 토지문서를 만져야 하게 되었을 경우에는 종에게 그 일을
시켰으며, 위임장을 써서 그 종으로 하여금 재산매매 행위를 대행하도록
했다고 한다.[1]

조선시대 5백 년을 지배한 선비들의 이러한 정신에는 그것대로의 어떤
아름다움이 존재한다는 것을 부정할 수 없다. 그리고 이러한 정신의 아름다
움은 당연히 긍정적인 평가를 받아야 한다. 하지만 그것이 가진 아름다움을
긍정적으로 평가하는 한편으로 심각하게 제기해야 할 물음이 있다는 사실

---

1) 이것은 모두 이규태가 쓴 『선비의 의식구조』(신원문화사, 1984) 속에 나오는 이야기들
이다.

을 우리는 또한 잊지 말아야 한다. 그 물음이란 무엇인가? 한 나라의 운명을 책임진 집단이 바로 그러한 종류의 정신을 가지고 나라를 경영해 나갈 때 그 나라의 궁극적인 종착점은 과연 어떤 곳이 되겠는가 하는 물음이다.

위에서 말한 바와 같은 종류의 정신을 가지고 있었기 때문에 조선시대의 선비들은 상업을 천시하였다. 사농공상(士農工商)이라 하여, 상인을 직업으로 본 가치 서열표의 맨 끝자리에 놓았다. 기업으로 치부(致富)하는 것을 결코 긍정하지 않았다. 그러니 물론 기업가 정신이라는 것을 경멸하였다. <경영>이라는 개념을 갖지 못하였다. 무역에 관심이 없었다.

우리 모두가 잘 알고 있는 바와 같이, 이러한 선비들의 정신에 의하여 지배된 조선이라는 나라는 그 당연한 귀결로서 자본주의적 근대화의 과업을 일찌감치 수행하지 못하고 낙후한 국가들의 그룹에 속하게 되었다. 그리고 마침내 이 나라는 자기보다 더 빨리 근대화된 이웃나라에 의해 식민지로 전락하는 비운까지 겪게 되었다. 조선이 이러한 비극의 주인공으로 전락하게 된 책임의 전부를 그러한 선비들의 정신에다 돌리는 것은 물론 잘못일 테지만, 선비들의 정신이 그 책임의 일부—그것도 매우 큰 일부—를 져야 한다는 사실만은 부정할 도리가 없다.

그런데 이러한 사실을 지적하면서 우리가 결코 잊어버리지 말아야 할 사항이 또하나 있다. 자본주의적 근대화의 과업이 이 나라에서 일찌감치 이루어지지 않았다는 사실은 이 나라가 약소국으로 전락하도록 만든 가장 중요한 원인의 하나가 되었을 뿐 아니라, 이 나라에서 본격적인 인간해방의 드라마가 일찌감치 이루어지지 못하도록 만든 가장 중요한 원인의 하나가 되기도 했다는 사실이 바로 그것이다.

<자본주의적 근대화가 일찌감치 이루어지지 않은 것과 본격적인 인간해방의 드라마가 일찌감치 이루어지지 않은 것 사이에 도대체 무슨 상관이 있단 말인가?>하고 고개를 갸우뚱하는 사람이 있을지 모른다. 하지만 실제

에 있어서 그 양자 사이에는 이루 말할 수 없을 정도로 밀접한 상관관계가 있다. 자본주의적 근대화가 제대로 이루어지지 않은 상태에서 본격적인 인간해방의 드라마가 제대로 창조되는 것은 절대로 불가능하다는 의미에서의 상관관계이다. 송희식이 다음과 같이 인상적인 표현으로 갈파한 바와 같은 의미에서의 상관관계이다.

　　우리가 전근대적 사회를 돌아보면, 사회적 · 체제적 부조리에 대하여 분노를 금할 수 없고, 때로는 야만적이라고 느끼기도 한다. 그런데 그 모든 부조리를 쓸어내어 버린 것이 무엇인가 하면, 그것이 바로 화폐이다. 근대사회로의 전환에 대하여 문명의 진보, 자유의 승리, 이성의 승리, 인간정신의 위대한 진보 등이라고 말하기도 하지만, 그것은 지극히 추상적인 언어일 뿐이다. 인류 수천 년의 역사에서 근대 이전의 부조리를 쓸어낸 것을 구체적으로 말하면, 그것은 화폐인 것이다. 화폐가 인간에게 자유를 선물하였다. 화폐가 민주주의를 선물하였다. 화폐가 인간을 계급으로부터 해방시켰다. 그것은 공자도 할 수 없었던 일이었다.[2]

　송희식의 이 같은 지적은 전적으로 정당한 것이다. 그리고 앞에 인용된 글에서 송희식이 <화폐>라는 말로 표현한 것을 우리의 표현으로 바꾸면 자본주의적 근대화가 된다. 자본주의적 근대화를 상징하는 것이 화폐, 즉 돈이기 때문이다.

　돈으로 상징되는 자본주의적 근대화는 전통과 권위의 힘에 입각하여 사상의 자유를 제한하는 일이 당연시되던 세상으로부터 그런 것이 결코 당연시되지 않는 세상으로의 이행을 의미하였다. 또한 그것은 신분에 따라서, 성별(性別)에 따라서, 인종에 따라서 사람의 가치를 차별하는 것이 당연시되던 세상으로부터 그런 것에 입각한 일체의 차별이 결코 당연시되지 않는

---

2) 송희식, 『자본주의 우물을 벗어난 문명사』(모색, 1995), p. 180.

세상으로의 이행을 의미하였다. 이 점에 있어 그것은 만인이 자유롭고 평등한 경지를 향한 위대한 전진으로서의 의미를 가지는 것이었다(여기에 비하면, 자본주의적 근대화에 이어서 더욱 자유롭고 평등한 세상을 만들기 위해 나왔다고 선전된 공산주의 체제는, 자본주의적 근대화 덕분에 당연한 것으로 인정되기에 이른 사상의 자유를 또다시 폐기처분하고 권력기구에 의한 사상 검열과 억압이 오히려 전통사회의 경우보다 더 혹독하게 자행되는 세상을 만들려고 했다는 점에서, 그리고 출신성분 및 당성(黨性)이라는 것에 따라 사람의 가치를 차별하는 것이 당연시되는 세상을 만들려고 했다는 점에서, 자본주의적 근대화가 이룩한 소중한 성과를 망가뜨리고 다시 비인간적인 억압과 불평등이 판치는 세상으로 후퇴하고자 한 것에 불과하였다).

자본주의적 근대화가 제대로 이루어지지 않은 상태에서 본격적인 인간해방의 드라마가 제대로 창조될 수 없다는 말의 뜻은 이로써 충분히 설명되었다고 믿어진다. 아무튼 조선시대가 끝날 때까지 우리 한국인들은 자본주의적 근대화도 이루어지지 않고 본격적인 인간해방의 드라마도 펼쳐지지 않은 세상에서 살았다.

2. 선비들의 전통과 20세기 한국 작가들

위에서 나는 조선시대의 선비들이 재물을 철저히 경멸하는 사상을 가지고 있었다는 사실을 지적하는 것에서 출발, 조선시대의 우리 역사에 대하여 이런저런 논의를 펴왔다. 그런데 시선을 조선시대로부터 우리 자신의 시대로 돌려서 <20세기에 발표된 한국소설들>이라는 것을 관찰해 보면, 20세기에 들어온 이후로 세상이 엄청나게 변했음에도 불구하고, 재물을 경멸하는 것, 돈 문제에 관심이 없고 돈에 관련된 일이라면 도무지 모르는 것이 미덕이라고 믿는 것 등으로 특징지어지는 조선시대 선비들의 전통은 20세기의 한국 작가들 중 상당수의 마음속 깊은 곳에, 비록 어느 정도 완화된 모습을 띠기는 했지만 그래도 그 본질에 있어서는 변하지 않은 모습으로, 여전히 완강하게 살아 있음을 발견하게 된다. 염상섭이나 채만식과 같은 소수의 특출한 작가를 제외하고는 이러한 지적에서 분명하게 제외될 수 있는 사람을 찾아보기가 쉽지 않은 것이다.

나는 지금 1999년의 시점에서 위와 같은 발언을 하고 있는 터이거니와, 지금으로부터 33년 전, 그러니까 1966년의 시점에서, <20세기의 한국소설들>을 두고, 비록 나와 상당히 다른 발상에서 출발하기는 했지만, 결론에 있어서는 나와 상통하는 취지의 발언을 한 문학평론가가 있었다. 그 문학평론가의 이름은 김현이다. 김현이 1966년에 발표한 「풍속적 인간」이라는 글을 보면 다음과 같은 말이 나오는 것이다.

한국소설에 여러 가지 타입으로 형상화되어 있는 소위 <근대인>들이 겪고 있는 치명적인 결점은 돈에 대한 모멸, 혹은 경멸과 근대화되어 온 과정에 대한 투철하지 못한 인식에 그 구체적인 기반을 두고 있는 듯하다. <군자는 손에 돈을 쥐지 않는다>는 속언(俗諺)에 한국소설에 나타난 인물들은 충실히 동의하고 있다.

(…) 돈은 사람을 <잘난 체>하게 만들고, 이 <잘난 체하는 것>은 시대의 매너를 만들어낸다. 그리고 대부분의 우수한 평가(評家)들이 말하듯이 <소설에 있어선 풍습이 인간을 만든다는 것은 불가피하게도 진리>이다.

(…) 한국소설의 대부분이 아무런 현실감도 우리에게 주지 않고, 아무런 밀접한 동류의식도 우리에게 주지 않는 것은 바로 이러한 잘난 체하는 것의 결여 때문인 것이 확실하다. 인물을 규정하는 유일한 수단인 풍습, 시대를 가르는 매너를 찾지 못했을 때 그 인물이 유령인 그대로 남아 있으리라는 것은 두말할 필요가 없을 것이다. (…) 한국소설이 그처럼 재미없이 성교를 다루고 그처럼 구질구질하게 관념을 잘게 짓이겨 놓은 것은 바로 이 <돈에 대한 경멸>때문이라고 나는 확신한다.3)

앞에서 이미 밝힌 바와 같이, 김현이 위와 같은 얘기를 하게 된 바탕은 나의 경우와 반드시 같지 않다. 하지만 재물을 경멸하는 것, 돈 문제에 관심이 없고 돈에 관련된 일이라면 도무지 모르는 것이 미덕이라고 믿는 것 등으로 특징지어지는 조선시대 선비들의 전통이 20세기의 한국 작가들 중 상당수의 마음속 깊은 곳에 여전히 완강히 살아 있음을 발견하였다는 점, 그리고 이러한 현상에는 문제가 없지 않다는 결론에 도달하였다는 점—최소한 이 두 가지 점에서 김현과 나는 정확히 일치하고 있는 것이다.

그런데 이러한 사실을 주목하면서 동시에 관심을 표하지 않을 수 없는 사항이 한 가지 있다. 그것은 김현이 우리나라의 문학평론계에 엄청난 영향력을 발휘한 인물이지만, 그로부터 영향을 받았다고 고백하는 어떤 다른 문학평론가도, 「풍속적 인간」 속에 담겨 있는 김현의 통찰, 즉 <돈을 경멸하는 소설가들의 태도에는 문제가 있다>는 통찰을 수용하고 발전시켜 나가지는 않았다는 점이다. 내가 짐작하기에는, 김현이 개척한 다채로운 발상들 가운데서 후대에 미친 영향이 가장 적었던 것이 바로 이 부분이 아닐까 한다. 아마 틀림없이 그럴 것이다. 왜 그렇게 되었을까? 대다수의 우리 문학평론가들도 <돈을 대하는 태도>라는 문제에 있어서는 대다수의 우리 소설가들과 비슷한 입장에 서 있었기 때문에 저절로 그렇게 된 것이 아닐까?

그리고 여기에 덧붙여서 또 한 가지 지적해 두어야 할 사실이 있다. 그것은 김현 자신도 그가 젊은 날에 쓴 「풍속적 인간」 속에서 보여주었던 위와 같은 통찰을 그후에 꾸준히 견지·심화·발전시키지 못하고 말았다는 사실이다. 그렇게 하는 대신 후기의 김현은 인간의 욕망을 진짜 욕망과 가짜 욕망으로 구분하고, 자본주의적 근대화와 관련된 부분은 대체로 후자에 귀속시켜 비판하는 논리를 전개해 나가게 된다. 그러나 인간의 욕망을 진짜 욕망과 가짜 욕망으로 구분할 수 있다고 믿는 것은 타당성을 인정받기 어려

3) 김현, 「풍속적 인간」, 『사회와 윤리』(일지사, 1974), pp. 208~210.

운 태도가 아닐까? 그런 구분법이 가지고 있는 문제점에 대해서는 복거일이 다음과 같이 적절하게 비판한 바 있다.

찬찬히 들여다보면, 그러나 우리는 참 욕구와 거짓 욕구를 가려낼 길이 좀처럼 보이지 않는다는 사실을 깨닫게 된다. 당사자들에겐 모든 욕구들이 참된 것이다. 그래서 거짓 욕구를 들먹이는 것은 어떤 개인이 무슨 욕구를 가져야 옳은지 당사자보다 평가를 내리는 사람들이 더 잘 안다는 가정에 바탕을 둔 권위적인 태도이다.

(…) 모든 욕구는 참되다. 자신의 욕구들에 대해 우리가 따질 수 있는 것은 그것들의 우선 순위일 따름이다. 다른 사람들이 그것들의 진위를 가릴 자리는 없다. 물론 그런 욕구들이 사회적 문제들을 일으켜서 제약을 받아야 할 경우도 많다. 그리고 실제로 갖가지 제약들을 받는다. (…) 그러나 그렇게 제약을 받는 것은 그것들이 거짓 욕구들이기 때문은 아니다.

이렇게 보면, 참 욕구와 거짓 욕구를 가려내는 것은 실제로는 뜻이 없는 <거짓 논점>임이 드러난다. 그리고 다른 모든 거짓 논점들과 마찬가지로, 그것은 사회에 이로울 수 없다.[4]

김현의 문학평론과 관련된 논의는 이 정도로 하고, 다시 이야기의 본 줄거리로 돌아와 보기로 하자.

앞에서 나는, 재물을 경멸하는 것, 돈 문제에 관심이 없고 돈에 관련된 일이라면 도무지 모르는 것이 미덕이라고 믿는 것 등으로 특징지어지는 조선시대 선비들의 전통이 20세기의 한국 작가들 중 상당수의 마음속 깊은 곳에 여전히 살아 있다는 사실을 지적했다. 그렇다면 이러한 사실은 어떻게 평가받아야 할 것인가?

소설의 목적이라든가 가치라든가 사회적 기능이라든가 하는 것들은 여러 가지로 나뉘어 설명될 수 있다. 그 여러 가지 가운데는 <인간의 내면을

---

4) 복거일, 『소수를 위한 변명』(문학과지성사, 1997), pp. 144~146.

깊이 탐색하는 것>도 있고, <일상으로부터의 초월을 꿈꾸는 것>도 있다. 그런가 하면 <현실의 구조를 정확하게 꿰뚫어 보는 것>도 있고, <본격적인 인간해방이 이루어지도록 하기 위해 효과적인 길을 찾는 것>도 있다. 물론 이밖에도 또 여러 가지가 있을 터이다.

그런데 실제에 있어서 20세기의 한국 작가들 가운데 다수가 자신의 주된 과제로 삼은 것은 위에서 내가 구체적으로 제시해 본 네 가지 것들 중에서 앞의 두 가지가 아니고 뒤의 두 가지였다. 20세기의 한국 작가들 가운데 다수는 바로 이 뒤의 두 가지를 자신의 주된 과제로 삼고 정말 뜨거운 열정과 다대한 노력을 거기에 쏟아왔다. 그러나 불행히도 20세기의 한국 작가들 가운데 다수는 바로 이 뒤의 두 가지 영역에서 높은 수준의 성과를 풍부하게 이룩했다고 보기 어렵다.

왜 그렇게 되었을까? 거기에는 다양한 이유가 있으리라. 하지만 나로서는 지금 내가 이 글에서 지적하고 있는 현상이야말로 그 다양한 이유들 가운데서 가장 큰 비중을 차지하고 있는 것이 아닌가 하는 생각을 버릴 수 없다.

3. 언제까지 기업인을 부정적으로만 볼 것인가?

이제 내가 이 글에서 다루어온 문제와 관련하여 한 가지만 더 언급하고 마무리를 짓기로 하자. 20세기의 한국 소설가들이 돈의 문제에 어떤 시각을 가지고 있는가 하는 점에 관심을 가지면서 그들이 쓴 소설작품들을 두루 읽어볼 경우 금방 눈에 들어오는 현상 가운데 한 가지는 그들이 자신의 작품 속에서 기업인을 다루는 방식이 천편일률적인 <부정> 일변도라는 점이다. 나는 바로 이러한 사실에 주목하여, 일찍이 한 편의 글을 쓴 적이 있다. 그 글의 제목은 「언제까지 기업인을 덮어놓고 부정적으로만 볼 것인가?」이다. 나는 그 글의 서두를 아래와 같이 시작하였다.

우리나라의 소설가가 자신의 작품 속에 기업인을 등장시킬 경우, 그 기업인을 긍정적인 시각으로 조명하는 예는 별로 많지 않다. 중립적인 시각으로 대하는 경우조차 흔하지 않다. 부정적인 시각으로 그리는 경우가 압도적이다. 이런 것이 우리 소설문학의 확고한 전통으로 되어 있다. 왜 이런 것이 우리 소설문학의 확고한 전통으로 자리잡게 되었을까?

위의 물음에 대하여 금방 떠올릴 수 있는 한 가지 대답은, <그거야 우리나라 기업인들의 실상이 원래 부정적인 면모 일변도로 되어 있으니까 필연적으로 그렇게 된 거지! 우리나라의 기업인들이 원래 부도덕한 집단이라는 사실은 만인이 알고 있는 바이지! 우리나라의 소설가들은 그러한 기업인들의 실상을 정확하게 재현하고 있는 것일따름이지!>라는 것이다.

하지만 나는 위의 대답이 잘못된 것이라는 사실을 알고 있다.

우리나라의 기업인들 가운데에는 물론 부도덕한 사람도 많이 있지만 그렇지 않은 사람도 많이 있다. 그러니 만큼 어느 특정한 기업인의 부도덕성을 구체적으로 지적해서 공격하는 것은 올바른 일일 수 있지만, 기업인들 전반을 싸잡아서 부도덕한 집단으로 규정하는 것은 터무니없는 중상(中傷)에 불과하다. 그들은 특별히 도덕적인 집단도 아니지만, 특별히 부도덕한 집단도 아니다. 도덕성이라는 기준을 가지고 따지자면, 그들은 그저 한국인의 평균치에 해당하는 집단일 따름이다. 그럼에도 불구하고 왜 우리나라의 소설가들은 기업인들을 그토록 부정적으로만 보고 있는 것일까?

이런 식으로 시작하여, 위에 인용된 대목의 말미에 나와 있는 물음에 대한 내 나름의 답변을 제시한 후, 기업인이라는 대상을 <있는 그대로, 공정하게, 진짜 리얼리스트의 안목을 가지고 보아주기를 요구>하면서 끝낸 것이 바로 「언제까지 기업인을 덮어놓고 부정적으로만 볼 것인가?」라는 글이었다.

그런데 재미있는 것은, 원래 나에게 <수필 한 편>을 청탁해 왔던 잡지사에서 정작 이 글을 받아서 읽어보고는 잡지에 싣지 않기로 결정해 버렸다는 사실이다. 이러한 사실이 시사하는 바는 무엇일까?

재물을 경멸하는 것, 돈 문제에 관심이 없고 돈에 관련된 일이라면 도무지 모르는 것이 미덕이라고 믿는 것 등으로 특징지어지는 조선시대 선비들의 전통이 20세기의 한국 작가들 중 상당수의 마음속 깊은 곳에 여전히 완강하게 살아 있다는 사실과, 돈을 경멸하는 소설가들의 태도에는 문제가 있다고 한 초기 김현의 소중한 통찰이 다른 문학평론가들로부터 거의 아무런 반향도 불러일으키지 못했다는 사실과, 기업인들은 지금껏 우리 작가들의 소설 속에서 너무 부정적으로만 그려져 왔으며 이러한 경향은 수정될 필요가 있다는 주장을 담은 나의 글이 잡지사로부터 게재를 거절당했다는 사실— 이 세 가지 사실은 분명 어떤 공통된 바탕에서 파생되어 나온 사실들일 것이다. 그 공통된 바탕을 우리는 간단히 <한국 현대 지식인들 일반의 반자본주의적 편향>이라 부를 수 있으리라. 바로 이런 <반자본주의적 편향>을 정면에서 문제삼고 비판하는 일이 지금 우리에게는 절실하게 요청되고 있다. 우리 사회가 참다운 의미에서의 근대적 사회, 진보된 사회, 열린사회로 나아가도록 하기 위해서는 이러한 편향성을 철저하게 극복하는 일이 반드시 필요하기 때문에 그러하다. (1999)

개성상인과 『베니스의 개성상인』,
그리고 스마일즈의 『자조론(自助論)』

1. 개성상인의 전통

장사에 종사하는 사람을 상인(商人)이라 일컫는다는 것은 누구나 다 아는 일이다. 그러면 대체 어떤 연유로 해서 장사에 종사하는 사람을 하필 <상인>이라 일컫게 되었을까? 이는 옛날 중국의 상(商)나라—다른 말로 하면 은(殷)나라—사람들이 장사를 잘했다는 데서 유래한다. 주(周)나라에 의해서 상나라가 멸망하자, 조국을 잃고 출세길을 차단당한 상나라 사람들은 강인한 생활력을 발휘하여 장사로 성공하는 데서 활로를 찾았다고 한다. 그래서 급기야는 <상나라 사람>이라는 말이 <장사를 잘하는 사람>이라는 말과 동의어로 쓰이게 되었고, 더 나아가서는 <장사하는 사람 일반>을 두루 가리키는 말이 되기에까지 이르렀다는 것이다.

상인이라는 말의 어원이 위와 같은 것이라는 사실을 알고 나서 시선을 돌려 우리나라의 역사를 살펴보노라면, 조선시대의 개성상인들이야말로 <상인>이라는 말의 참뜻에 가장 잘 어울리는 사람들이라는 생각이 저절로 들게 된다. 왜냐하면 이성계가 고려를 멸망시키고 조선을 세운 후, 고려의 수도였던 개성을 고향으로 둔 사람들이 강인한 생활력을 발휘하여 장사로 성공하는 데서 활로를 찾았다는 사실이야말로 저 유명한 개성상인의 전통을 만들어낸 원천이기 때문이다.

이러한 개성상인의 전통에서 특히 인상적인 것은, 개성 지방의 사대부들 가운데서도 상당수가 학문을 익혀 관직으로 나아가는 조선조 선비들의 정통 코스를 택하지 않고 상업에 뛰어들었다는 점이다. 이처럼 개성상인들 가운데는 상당수의 사대부들이 포함되어 있었기 때문에, 개성상인들의 평균적인 교양이나 지성은 다른 지방 상인들의 그것보다 현격하게 높았다. 조선시대의 상업계에서 개성상인이 가장 커다란 세력을 떨칠 수 있었던 데는 바로 이러한 사실이 결정적인 작용을 했다 해도 과언이 아니다.

뿐만 아니라 개성상인들은 그들의 탁월한 지식수준을 활용하여 세계 최초로 복식부기를 발전시키는 성과를 거두기도 했다. 사개치부법(四介置簿法)이라는 말로 불린 그들의 기장(記帳) 방법이야말로 세계 최초로 개발된 수준 높은 복식부기법이었던 것이다.

사대부 출신으로 당대 최고 수준의 교양과 지성을 지니고 있으면서도 관계(官界)에서 출세하는 데 연연하지 않고, 관존민비(官尊民卑)의 고루한 인습에 얽매이지 않으며, <선비는 돈을 만지지 않는 법>이라는 계율에 구속당하기를 거부하고, 경제계의 최전선에 나서서 기업가로 성공하는 일에 평생을 바친 사람들, 그리고 자신들의 지적 능력을 활용하여 정교한 복식부기법을 개발하고 그것에 입각하여 사업을 해나간 사람들—이런 사람들의 모습을 떠올려보노라면 저절로 가슴이 시원해지는 것을 느끼게 된다. 전형적인 조선조 선비의 모습을 떠올릴 경우 답답하다는 기분과 일말의 존경심이 착잡하게 엉키는 느낌을 받게 되는 것과는 자못 대조적이다.

이런 개성상인과 같은 부류의 사람들이 조선사회를 주도하였더라면 우리의 역사는 과연 어떻게 전개되었을까? 이런 물음은 물론 부질없는 물음이다. 하지만 조선시대에서 일제 강점기로 이어지는 역사의 전개 양상을 들여

다볼 때마다 느끼게 되는 안타까움이 나로 하여금 이런 부질없는 물음을
떨쳐버릴 수 없도록 만든다.

2. 오세영의 소설 『베니스의 개성상인』

우리나라의 현대문학을 관심 깊게 읽어오고 있는 한 사람으로서 나는
개성상인에 대한 이야기를 하면서 도저히 빼놓고 지나갈 수 없는 한 편의
소설을 알고 있다. 오세영이 1993년에 세 권 분량으로 발표한 장편『베니스
의 개성상인』(장원)이 바로 그것이다. 이 작품을 쓴 오세영은 경희대 사학과
를 졸업한 후 개인사업을 하면서 10여 년 동안 꾸준히 자료수집과 구상을
계속해 온 끝에 이 회심의 역작을 내놓았다고 한다.

이 작품은 구성에 있어서 매우 독특한 방법을 택하고 있다. 서로 간에
수백 년의 거리를 두고 떨어져 있는 두 개의 이야기를 나란히 병치시켜
전개하면서 그 양자가 독자의 마음속에서 서서히 접근하여 끝내는 하나의
통일된 윤곽을 갖추도록 유도하는 방식이 그것이다. 그 두 개의 이야기란
무엇인가? 그 첫째는 16세기 말부터 17세기 전반기까지에 걸쳐 살았던 안토
니오 꼬레아—원래 한국인으로서 가졌던 이름은 유승업—라는 인물을 중
심으로 해서 펼쳐지는 이야기이고, 그 둘째는 1990년 전후의 수년간을 배경
으로 하여 전개되는, 유명훈이라는 한국인을 중심으로 한 이야기이다.

우선 유승업의 이야기부터 보기로 하자. 그는 개성상인의 가문에서 태어
난 사람으로, 당연히 가업을 이어받아 개성 지방을 지키며 살도록 예정되어
있었다. 그러나 그가 아직 어린 소년이었을 때 발발한 임진왜란은 그의
운명을 근본에서부터 뒤집어놓는다. 그의 가족은 일본군의 칼날 아래 희생
당하며, 그 자신은 소년 병사로 참전하였다가 일본군에게 붙잡혀 끌려가는
신세가 되고 마는 것이다. 그러나 이 불운한 전쟁포로는 포로가 된 그날부터

자신의 불운을 빛나는 인간 승리의 행진으로 바꾸는 대사업을 전개하게 된다. 개성상인의 후예답게 탁월한 사업가적 자질을 가는 곳마다에서 발휘한 결과 그는 우선 일본땅을 벗어나 중국으로 건너가게 되고, 거기서 다시 자유인의 신분이 되어 베니스로 향하게 되며, 베니스에서는 델 로치 상사라는 큰 회사의 직원으로서 찬탄에 값하는 성과를 거듭거듭 쌓아간 끝에 마침내는 이 회사—소설의 마지막 단계에서 이 회사의 이름은 꼬레아 캄파넬라 상사로 바뀌게 된다—의 총지배인까지 역임하고 명예로운 노년을 보내게 되는 것이다.

한편 유명훈은 역시 개성상인의 혈통을 이어받은 사람이며 소설 속의 현재 시점에서는 한국 굴지의 재벌인 정명그룹의 간부사원으로서 세계 곳곳을 뛰어다니며 열정적으로 사업상의 임무를 수행하는 인물이다. 유승업, 즉 안토니오 꼬레아와 델 로치 상사 사이의 관계와 동일한 성격의 관계가 유명훈과 정명그룹 사이에 성립하는 셈이다. 그리고 유승업이 델 로치 상사를 위하여 큰 공을 숱하게 세웠듯이, 유명훈 또한 정명그룹을 위하여 많은 공을 세운다.

유승업 이야기와 유명훈 이야기를 각각 나누어서 요약하면 이상과 같이 되거니와, 이 두 개의 이야기는 어떤 구체적 장치에 의하여 상호 연결되는가? 그것은 첫째로 유명훈이 베니스의 미술관에서 루벤스의 「한복을 입은 남자」라는 그림을 보고 깊은 감명을 받은 후 그 모델이 된 사람의 정체를 나름대로 추적해 가는 과정에서 안토니오 꼬레아라는 인물을 찾아내고 그를 자신의 한 전범으로 삼게 된다는 설정에 의해서이고, 둘째로 소설 진행의 마지막 단계에서 유명훈이 다시 베니스로 가 그곳의 캄파넬라 상사라는 회사와 손잡고 꼬레아 캄파넬라 상사를 설립하여 그 회사의 부사장(한국측 대표)으로 취임한다는 설정에 의해서이다. 그런데 유명훈과 손잡은 캄파넬라 상사란 바로 안토니오 꼬레아가 총지배인을 지냈던 바로 그 회사였던 것이니, 유명훈은 루벤스의 그림을 보는 순간에 시작된 안토니오 꼬레아와의 인연을 바로 자신이 꼬레아 캄파넬라 상사의 한국측 대표가 됨으로써 완성시키게 되는 셈이다.

대략 위와 같은 내용을 가지고 있는 『베니스의 개성상인』이라는 소설은 출간되자마자 일반 독자들 사이에서 커다란 호응을 불러일으킨 바 있다. 그러나 정작 이 나라의 전문 문학인들은 이 작품에 대하여 지극히 냉담한 반응을 보였을 따름이다. 그 반응의 요점은, 『베니스의 개성상인』 같은 작품은 고작해야 대중소설의 영역에 속하는 존재일 따름이며 본격적인 문학작품으로 인정해서 논하기 어렵다는 것이었다. 표현을 달리해서 이야기하자면, <너 같은 친구는 우리 문학동네의 한 식구로 인정해 줄 수 없다>는 것이 이 작품을 바라보는 대다수 전문 문학인들의 시각이었던 셈이다.

우리나라의 전문 문학인들이 『베니스의 개성상인』에 대하여 이러한 반응을 보인 데는 부분적으로 얼마쯤 이해가 가는 점이 있다. 한 예로, <문체>의 측면에 초점을 맞추어 생각해 보자. 어떤 소설이 본격적인 문학작품으로 인정받기 위해서는 문체의 측면에서 무언가 독자적인 개성과 밀도를 갖추고 있는 것이 바람직하다. 그것이 절대적인 필수조건이라고 말할 수는 없지만, 그것이 부재하는 경우보다는 그것을 갖추고 있는 편이 본격적인 문학작품으로 인정받는 데 훨씬 유리한 것이다. 그런데 이러한 측면에서 볼 때 『베니스의 개성상인』은 대체로 소극적인 평가를 감수할 수밖에 없다. 물론 이 작품에서 오세영이 구사하고 있는 문장은 대단히 정확하며, 세련되어 있다. 일반 독자라면 누구나 편안한 기분으로, 아니 친밀감까지 느끼면서 읽을 수 있는 문장이다. 하지만 그것이 독자적인 개성과 밀도를 갖추고 있는 문장이라고 말할 수는 없다.

그러나 이 작품이 이처럼 문체의 측면에서 얼마간의 약점을 지니고 있다는 사실을 충분히 인정한다 해도, 그리고 이 밖에 또다른 몇몇 소소한 결함들이 이 작품에 존재한다는 사실을 충분히 인정한다 해도 그것만으로 이 작품이 대다수의 전문 문학인들로부터 <한 식구로 인정해 주기도 어려운> 존재로 격하당한 이유를 전부 설명할 수는 없다. 왜냐하면 이 작품에는 그런 모든 결함들을 메워주고도 남을 만한 장점들이 여럿 존재하기 때문이다. 이 작품은 거대한 스케일, 빈틈없는 구성, 치밀한 세부 묘사로 시종일관 독자를 매혹한다. 그런가 하면 이 작품의 작가인 오세영은 살아 숨쉬는 인물들을 조형해 내는 능력, 역사의 심층을 꿰뚫어보는 통찰력, 인생에 대한 원숙한 안목을 두루 지닌 사람이라는 사실을 이 작품에서 충분히 입증해 보인 것으로 생각된다.

그렇다면 왜 우리나라의 대다수 전문 문학인들은 이런 여러 가지 장점들이 분명히 존재함에도 불구하고 끝까지 이 작품을 문학동네의 한 식구로 받아들이기를 거절했을까? 이 물음에 대한 답은 내가 「선비들의 전통과 20세기 한국 작가들」에서 지적한 바 있는 <대다수 문학인들의 반자본주의적 심리>에서 찾을 수밖에 없을 듯하다.

위에서 내가 정리한 줄거리만 보아도 누구나 금방 알 수 있는 것처럼 이 작품은 자본주의의 가치를 긍정하고 적극적으로 부각시키는 방향에서 씌어진 소설이다. 이 작품이 전해주고 있는 자본주의 옹호의 메시지는 차분하면서도 강한 설득력을 가지고 있다. 내가 생각하기에는, 균형감각과 현실감각을 결여한 반자본주의의 심리에 의해 일방적으로 지배당해 온 우리나라의 문학계는 이 작품이 전해주고 있는 그러한 메시지를 특별히 주목하고 높이 평가해야 마땅하다고 여겨진다. 그러나 바로 그 반자본주의 심리에 반성 없이 매달려 있는 대다수 문학인들로서야 이 문제에 관해 나와 정반대되는 입장을 취할 수밖에 없었으리라. <너 같은 친구는 우리 문학동네의 한 식구로 인정해 줄 수 없다>는 식으로 말이다.

이러한 나의 지적에 대해, 어떤 사람은 정색하고 반론을 제기해올지 모른

다 : <우리나라의 문학인들 대다수가 『베니스의 개성상인』을 무시하는 것은 어디까지나 이 작품 자체의 결함 때문이다. 그것 이외에는 다른 어떤 이유도 존재하지 않는다. 이 문제를 가지고 쓸데없는 상상에 기초하여 애꿎은 우리 문학인들을 비판하지 말라!> 이런 식으로 말이다. 하지만 나는 그러한 반론에 승복하기 어렵다. 앞에서 내가 열거한 바와 비슷한 종류의 장점을 이 작품과 동일한 수준으로 지니고 있으면서 반자본주의적인 메시지를 적극적으로 개진한 작품이 발표되었을 경우를 상정해 보면 대번에 사태의 진상을 알 수 있기 때문이다. 그랬을 경우에도 우리나라의 대다수 문학인들이 그처럼 냉담한 외면으로 시종하였을까? 절대로 그렇지 않았을 터이다. 그 점은 지난 1970년대 이래 지금까지의 우리나라 문학사 전체가 증명한다. 그렇다면 이 사태의 진상은 명백한 것이다.

3. 스마일즈의 『자조론(自助論)』

『베니스의 개성상인』에 대한 이야기가 나온 김에, 그 소설을 읽어가는 동안 내가 끊임없이 떠올렸던 한 권의 책에 대한 이야기까지 해 두기로 하자. 그것은 사무엘 스마일즈가 쓴 『자조론(Self-Help)』이다. 『베니스의 개성상인』과 『자조론』을 모두 읽어본 일이 있는 독자라면, 아니 아직 『베니스의 개성상인』을 직접 읽어보지 못하고 이 글의 앞부분에 제시된 소개만 접한 독자일지라도 진작에 『자조론』을 읽어볼 기회를 가졌던 사람이라면, <『베니스의 개성상인』을 읽어가는 동안 끊임없이 『자조론』을 떠올렸다>고 한 나의 고백에 대하여 금방 공감을 표시하며 고개를 끄덕일 것이다. 하지만 솔직히 말해서 나는 그런 독자가 많이 있으리라고는 결코 기대하지 않는다. 도대체 우리 시대에 『자조론』을 찾아서 읽는 사람이 몇이나 되랴?

재미있는 것은, 『자조론』이 출간된 1859년은 마르크스의 『정치경제학 비판』제1권이 출간된 해이기도 하다는 사실이다. 그로부터 140년의 세월이 흐른 지금도 마르크스의 이름은 찬란하지만 스마일즈의 이름을 기억하는 사람은 거의 없다. 그러나 이것은 결코 바람직한 상황이 아니다. 정상적인 상황도 아니다. 이런 바람직하지도 정상적이지도 못한 상황을 내가 바꾸어놓기란 불가능한 일이다. 하지만 문제를 제기하는 정도야 못하겠는가? 그런 의미에서 『자조론』이야기를 이 자리에 조금 해두기로 한다.

『자조론』의 저자인 사무엘 스마일즈는 1819년에 태어나 1904년에 별세한 스코틀랜드의 저술가이다. 스마일즈가 이 책을 쓴 취지는 그가 개정판을 내면서 붙인 서문에 잘 나타나 있다.

> 이 책의 목적은 진부하지만 건전한, 아래와 같은 교훈을 되풀이하는 데에 있는데, 이것은 아무리 자주 강조해도 지나치다고 할 수 없으며, 그 내용을 열거하면 다음과 같다.
>
> - 청년 시절에 고생하면 노후에 즐길 수 있다.
> - 칭찬을 받을 만한 일은 전심전력을 기울여야만 성취될 수 있다.
> - 공부하는 사람은 난관에 부딪쳐 주춤하지 말고 인내와 굳은 의지로 그것을 극복해야 한다.
> - 공부하는 사람은 인격 도야에 힘써야 한다. 그것이 없으면 능력도 가치 없는 것이요, 인생 성공도 무의미하다.[1]

위에 인용된 대목 속에 적절히 정리되어 있는 스마일즈의 인생관은 따지고 보면 근대 자본주의의 기본 윤리를 집약한 것에 다름 아니다. 그는 이러한 인생관을 뒷받침해 줄 만한 실례를 유럽의 근대사 속에서 풍부하게 찾아내어 『자조론』의 본문 속에 유려한 필치로 기록해 보이고 있다. 그러한

---

1) 사무엘 스마일즈, 『자조론』(남용우 역, 을유문화사, 1994), pp. 14~15.

실례로 소개되고 있는 인물들 가운데는 뉴턴과 같은 과학자도 있고, 아크라이트와 같은 발명가도 있으며, 필과 같은 정치가도 있고, 바클레이와 같은 사업가도 있으며, 리빙스턴과 같은 탐험가도 있고, 자비에르와 같은 선교사도 있다. 귀족 출신의 인물도 있고, 사회의 밑바닥에서부터 역경을 헤치고 올라온 인물도 있다. 그렇게 다양한 인물들이 있지만, 그들은 모두 한 가지 점에서 뚜렷한 공통점을 가지고 있으니, 그것은 곧 <하늘은 스스로 돕는 자를 돕는다>라는 격언이 정당하다는 사실을 그들의 생애 전체를 통하여 입증해 보이고 있다는 점이다. 이 점에서 그들은 모두 『베니스의 개성상인』의 주인공 안토니오 꼬레아와 동일한 부류에 속하는 존재들이라 할 수 있다. 이러한 안토니오 꼬레아 형(型)의 인물들을 찬양하고 독자들에게 그들을 모범으로 삼을 것을 권유하고 있다는 점에서 스마일즈는 전형적인 개인주의자요, 전형적인 19세기인이라 할 수 있다. 실제로 그는 『자조론』의 본문 서두 부분에서 단호히 다음과 같은 주장을 펴고 있는 터이다.

> 자조 정신은 올바른 개인 성장의 근원이며, 많은 사람들이 그것을 실행하면 곧 국가의 힘이 되는 것이다. (…) 법도가 아무리 훌륭하다 해도 그것이 인간에게 실제적 도움을 줄 수는 없다. 사회 제도가 할 수 있는 최상의 일은, 아마도 인간을 속박하지 않고 자유롭게 향상·발달할 수 있게 하는 것이리라. 그러나 예나 지금이나 인간은 자신의 행동에 의해서보다 국가 사회의 힘으로 행복과 안녕을 얻을 수 있는 것이라고 잘못 믿어왔다.[2]

이러한 신념에 입각하여 스마일즈가 우리에게 소개해 주고 있는 수많은 사람들의 생애 가운데는 사실 안토니오 꼬레아의 그것 못지않게 인상적인 것들이 많다. 나 개인으로서는 특히 영국 및 그 식민지 전역에서 노예제도를 폐지하기 위하여 평생을 두고 투쟁한 끝에 드디어 그 성공을 본 그랜빌

---

2) 위의 책, p. 25.

샤프의 모습으로부터 가장 깊은 감동을 받았다. 상인이라는 말의 어원에 대한 이야기로 시작해서 『베니스의 개성상인』을 논하다가 여기까지 온 글의 흐름으로부터 조금 빗나가는 느낌이 없지 않지만, 지금 이 글을 읽고 있는 모든 사람들이 이 위대한 인물의 이름을 기억하도록 하기 위해서, 『자조론』 중 그랜빌 샤프를 다루고 있는 대목의 일부를 아래에 굳이 인용해 두고자 한다.

마지막 순간까지 그는 생애의 위대한 목표, 즉 노예제도의 폐지를 고수했다. 이러한 사명을 완수하는 동시에 점점 수가 늘어가는 동지들을 조직화하기 위하여 노예제도 폐지 협회를 창설하니, 샤프의 모범과 열성에 감동된 새로운 사람들이 궐기하여 이에 참여했다. 그의 정력이 그들의 정력이 되고, 그가 그토록 오랫동안 혼자서 애쓰면서 보여준 희생적인 열성이 마침내 온 국민의 열성으로 변했다. 클락슨, 윌버포스, 브루엄, 그리고 벅스턴 같은 사람들이 그의 감화를 받아 같은 정력과 굳은 의지로 노력을 기울인 결과, 온 영국 영토 내에서 노예제도가 폐지되기에 이르렀다. 그러나 비록 이런 사람들의 노력으로 이 위대한 명분이 마침내 승리를 보게 된 것이라고 흔히들 말하고 있지만, 그 원천이 되는 공적은 말할 것도 없이 그랜빌 샤프에게 돌려야 한다. 그가 처음 이 일을 시작했을 때는 누구 하나 만세를 외치며 격려해 주는 사람이란 없었다. 가장 유능한 변호사들과 당시의 뿌리 깊은 편견이 반대하는 가운데 그는 완전히 외톨이였으며, 자기 자신의 돈을 써가면서 혼자 분투하여 끝까지 싸워 이긴 것이니, 이것이야말로 이 나라의 국체 보존과 영국민의 자유를 위해 극히 중요했던 투쟁으로서 현대 역사에 기록될 만한 일이다. 이후의 성과는 오직 그가 꾸준히 끈질기게 노력한 결과에 지나지 않았다. 횃불에 불을 붙인 사람이며, 이 횃불로 해서 많은 사람들 마음에 불이 붙었고, 그것이 전파되어 온 국민이 밝은 빛을 보게 된 것이다.[3]

---

3) 위의 책, p. 210.

이처럼 감동적인 생애를 살다 간 인물의 경우를 비롯하여 다수의 안토니오 꼬레아 형(型) 인물들을 생동감 넘치게 제시하면서 근대 자본주의의 기본 윤리를 집약해 보인 이 책은 출간 당시에는 대단한 호응을 불러일으켰다. 하지만 불행하게도 그 호응은 그다지 오래 계속되지 못했다. 해리 B. 액튼이 『시장의 도덕』이라는 책 속에서 다음과 같이 말하고 있는 것을 보면 그 점을 잘 알 수 있다.

> 오늘날 개인사업, 부지런한 노동, 자립 등을 찬양하는 책을 읽는 근로자들은 없다. (…) 1905년, 사무엘 스마일즈의 『자서전』 편집자는 그 서문에서 『자조론』이 사회주의자들로부터 점점 더 조롱받고 있다고 쓰고 있다. 내가 생각하기에 오늘날 그 책은 오로지 사상사가들이나 들여다보는 책이 된 것 같다. 광산이나 공장으로 내몰려진(필경 그 부모들에 의해) 아이들에 대해서는 끊임없이 얘기되는 반면, 자본주의적 산업발달로 생활수준이 향상된 것에 대한 얘기는 점점 더 줄어들고 있다.4)

위에 인용된 대목 속에서 액튼은 서양의 경우를 말하고 있는 것이지만, 우리나라의 경우, 사정은 더욱 나쁜 형편이다. 앞에서 이미 말했던 대로 스마일즈의 『자조론』이 출간된 바로 같은 해에 마르크스는 『정치경제학 비판』의 제1권을 출간한 바 있거니와, 오늘날 우리나라에서 마르크스가 누리고 있는 명성에 비하면 스마일즈의 존재란 얼마나 초라한가. 혹시 우연한 기회를 얻어 『자조론』을 펼쳐보는 사람이 있다 해도 그가 보이는 반응은 아마 <조롱>이나 그것과 비슷한 것이 되기 십상일 터이다.

하지만 나는 앞에서도 말했듯 이러한 풍토가 바람직한 것이라고는 결코 생각하지 않는다. 물론 『자조론』에는 오늘날 우리가 보기에 도저히 수긍할 수 없는 요소—이를테면 반성 없는 서양중심주의 같은 것—가 없지 않으며,

---

4) 해리 B. 액튼, 『시장의 도덕』(이종욱·유주현 공역, 자유기업센터, 1996), pp. 28~29.

이 책에 담겨 있는 개인주의도 지나치게 소박한 것으로 여겨지는 터이기는 하다. 그러니 만큼 우리가 이 책을 읽을 때 냉철한 비판적 자세를 견지하는 것이 꼭 필요하다는 점은 아무리 강조되어도 지나치지 않다. 하지만 우리는 결코 이 책을 조롱해서는 안 된다. 무시해서도 안 된다. 마르크스의 저서들이 아주 조금은 진실된 부분을 담고 있지만 그 대부분은 심각한 오류로 가득 차 있는 것임에 반해, 이 책은 그 대부분이 소중한 진실을 담고 있는 것이기 때문에 우선 그러하다. 마르크스의 저서들이 인류의 역사에 아주 조금은 공헌을 했지만 또 한편으로는 그 작은 공헌을 압도하고도 남을 만큼 어마어마한 해악을 끼친 것임에 반해, 이 책이 인류에게 줄 수 있는 영향은 대부분 귀중한 긍정적 공헌으로 평가될 만한 것이기 때문에 또한 그러하다.

(1999)

해방 전의 예술가소설이 자본주의
문제를 다룬 방식

1. 양반 유학자들과 예술가소설의 주인공들

현진건이 1921년에 발표한 단편소설 「빈처(貧妻)」의 주인공은 예술가로 자처하고 있는 인물이다. 이 작품을 보면 주인공의 아내가 <당신도 살 도리를 좀 하셔요>라는 말을 조심스럽게 건네자 주인공이 <사나운 어조로 몰풍스럽게 소리를 꽥> 지르는 장면이 나온다. 그가 <몰풍스럽게> 내던진 말은, <막벌이군한테나 시집을 갈 것이지, 누가 내게 시집을 오래서! 저 따위가 예술가의 처가 다 뭐—야!>라는 것이었다.[1] 이러한 주인공의 말은, <살 도리를 찾는 일> 즉 <생활의 세계에 관심을 갖는 일>은 <막벌이군>과 같은 부류의 사람들에게나 해당되는 일이며, <예술가>는 그런 하찮은 일 따위는 전혀 무가치한 것임을 알기 때문에 거기에 괘념할 까닭이 없다는 뜻을 담고 있다.

이러한 그의 말을 접할 때 나는 대번에 빌리에 드 릴라당의 『악셀』에 나오는 주인공 악셀 백작의 다음과 같은 말을 연상하지 않을 수 없다.

---

[1] 현진건, 「빈처」, 『개벽』 1921. 1, p. 164.

「인생이라구? 그건 하인들이 우리 대신 살아 줄 거야」[2]

사실 「빈처」의 주인공이 보여주는, 도도한 고자세로 생활을 무시하는 태도에는, 분명 악셀 백작으로 대표되는 서양 근대 예술지상주의자들의 태도와 상통하는 점이 있다. 그렇다면 적어도 이 점에 있어서 「빈처」의 주인공은 자신이 진심으로 존경하고 또 닮기를 원했던 서양 근대문학·예술인들 중 일부의 면모에 꽤 가깝게 다가가 있는 셈이다.

하지만, 이 지점에서 조금 더 깊이 생각을 진전시켜 보면, 「빈처」의 주인공이 서양의 근대문학·예술인들 중 일부와 어느 정도 닮은 모습을 보여주고 있는 것은 사실이지만, 실인즉 그들보다도 훨씬 더 그와 가까운 존재가 따로 있다는 것을 깨닫게 된다. 그 <훨씬 더 가까운 존재>란 누구인가? 바로 조선시대의 양반 유학자들이다. 「빈처」의 주인공이 행하는 고백 가운데에 들어있는 다음과 같은 내용을 보라

나는 보수 업는 독서와 가치 업는 창작으로 해가 지고 날이 새며 쌀이 잇는지 나무가 잇는지 망연케 몰랏섯다. 그래도 때때로 맛난 반찬이 상에 오르고 입은 옷이 과히 추하지 아니함은 전혀 안해의 힘이엇다. 전들 무슨 별이가 잇스리요. 부끄럼을 무릅쓰고 친가에 가서 눈치를 보아 가며 구차한 소리를 하여 가지고 어더온 것이엇다. 그것도 한 번 두 번 말이지 장구한 세월에 어찌 늘 그럴 수가 잇스랴! 말경(末境)에는 안해가 가져온 세간과 의복에 손을 대는 수밧게 업섯다. 잡히고 파는 것도 나는 알은 체도 아니하엿다. 그가 애를 쓰며 특명스러운 엽집 한멈에게 돈푼을 주고 시켯섯다.[3]

2) 아르놀트 하우저, 『문학과 예술의 사회사: 현대편』(백낙청·염무웅 공역, 창작과비평사, 1974), p. 185에서 재인용.
3) 현진건, 앞의 작품, pp. 165~166.

근대 서양의 예술지상주의자들은 비록 도도한 고자세로 생활을 무시하기는 하였을망정, 「빈처」의 위에 인용된 대목에 나오는 그 주인공의 고백이 선명하게 보여주는 것처럼 자기 배우자의 희생적인 고통과 노력에 무턱대고 의지하는 방법으로 나날의 기본적인 의식(衣食)을 해결하고자 하는 유아적인 태도를 취하지는 아니하였다. 그런데, 「빈처」의 주인공에 앞서서, 그와 기본적으로 똑같은 유아적 태도를 가지고 인생을 살아간 사람들이 있었다. 바로 조선시대의 양반 유학자들이었다. 조선시대의 양반 유학자들이 아무런 회의 없이 준수하였던 삶의 틀은 다음과 같은 것이었다.

> 부인은 남편이 과거에 급제하여 관리가 되어 생계를 유지할 녹봉을 얻을 때까지 그의 과거 시험 준비를 뒷받침해야 하였는데, 대부분의 유학인들에게 이러한 생활이 일시적인 것이 아니라 항구적인 것으로 되어 가자, 조선의 남자들은 일하지 않고 책만 보며 시를 읊는 생활에 안주하였다.[4]

남편은 <책만 보며 시를 읊는> 일로 나날을 보내는 반면 아내가 생계를 전적으로 책임지고 고투하는 이러한 부부의 <업무 분담> 양상은 바로 「빈처」에 나타나 있는 주인공 부부의 <업무 분담> 양상과 한 치도 다르지 않다. 그렇다면 여기에서 도출되는 결론은 자명하다. 「빈처」의 주인공에게 진정한 모범으로 다가온 것은 근대 서양의 예술지상주의자들이라기보다 차라리 조선시대의 양반 유학자들이라는 결론이 그것이다. 「빈처」의 주인공은 일찍이 <지식에 목마른> 것을 느끼고 <지식의 바닷물을 얻어 마시려고> 길을 나섰던 사람인데, 그가 지식의 바닷물을 찾아 탐색의 길을 떠난 다음에 실제로 행한 것은 <광풍에 나부끼는 버들잎 모양으로 오늘은 지나, 내일은 일본으로 굴러[5]>다니는 것이었으니, 그가 그 탐색의 길에서 열심히

---

4) 변원림, 『역사 속의 한국 여인』(일지사, 1995), pp. 63~64.

익혔던 것은 조선시대의 양반 유학자들이 남겨준 정신적·문화적 유산이 아니라 근대 서양의 문학이요 예술이었을 것임이 확실하다. 그럼에도 불구하고 그가 정작 삶의 틀을 선택함에 있어 모범으로 삼은 존재는 다시 말하지만 근대 서양의 문학·예술인들이라기보다 차라리 조선시대의 양반 유학자들이었던 것이다.

그런데 이처럼 조선시대의 양반 유학자들이 걸어갔던 길을 고스란히 따라 걷고 있는 주인공에 대하여 작가인 현진건이 보여주는 태도는 주로 연민과 동정의 심리에 의하여 지배되고 있다. 주인공의 한계를 모르고 있지는 않지만, 그 한계를 이유로 주인공을 비판할 생각은 별로 없으며, 따뜻한 미소로 그 한계의 문제점을 덮어 버리고 있는 것이다.

원래 현진건은 대대로 많은 무관과 통역관을 배출하였던 서울의 중인층 출신이다.6) 주지하다시피 1910년대에서 1920년대 초까지에 걸친 시점에서 이광수·김동인 등의 평안도 출신자들과 최남선·염상섭 등의 중인 출신자들로 대표되는 신문학 개척의 열성적 주도 그룹들은 과거 조선시대 문화의 헤게모니를 장악해 왔던 양반 유학자 그룹에 대하여 강렬한 대결의식 혹은 거부의식을 내보인 바 있으며, 자기들이 한국 문화계의 주역이라는 자리를 차지할 수 있도록 만들어 준 서양식 근대문학·예술을 헤게모니 쟁취의 주요한 수단으로 활용하는 데에 용의주도하였거니와, 현진건 역시 중인 출신의 작가로서 이러한 <열성적 주도 그룹>의 의식과 전략개념을 고스란히 지녔던 사람이다. 그가 양반 유학자들의 학문이나 문학을 하지 않고 서양식 근대문학을 자신의 직분으로 선택하였으며 비상한 열의로 그 길에 매진하였다는 사실 자체가 이미 그가 이광수나 김동인과 어깨를 나란

---

5) 현진건, 앞의 작품, p. 165.
6) 대구가 현진건의 출생지로 기록되게 된 것은 그의 부친이 대구의 우체국장으로 근무할 때 그가 태어났기 때문이다. 그가 속한 가문은 어디까지나 서울에 뿌리를 둔 중인 집안이다. 이어령 편, 『한국작가전기연구』, 하(동화출판공사, 1980), p. 203 참조.

히 하여 저 헤게모니 쟁취의 전선에 나선 투사였음을 말해 준다.

그런 그가 정작 삶의 틀을 선택하는 자리에서 조선시대의 양반 유학자들이 걸어갔던 길을 고스란히 따라 걷는 길을 선택한 「빈처」의 주인공에 대하여 전혀 비판을 가하지 않고 오히려 연민과 동정의 시선으로 임하게 된 것은 어떤 연유에 의하여 가능했던가? 이 물음에 대한 답은 한 가지밖에 없을 것이다. 주인공이 행하는 <독서>와 <창작>이 유교나 과거시험과 관련된 것이 아니라 서양식 근대문학·예술에 초점을 맞춘 것이었기 때문이라는 답이 그것이다. 여기에서 우리는 <서양 근대문학·예술에 대한 추종이라는 외피를 쓰고 있기만 하면 삶의 틀에 있어서는 양반 유학자들의 선례를 고스란히 이어받아도 긍정할 수 있다>는 논리와 <바로 그 양반 유학자들로부터 한국의 정신적·문화적 헤게모니를 반드시 빼앗아 와야겠다>는 욕망 사이에서 현진건이 기묘한 혼란과 분열을 노정하고 있는 모습을 발견하게 된다.

2. 예술가소설에 나타난 자본주의 체제 비판

「빈처」를 보면 주인공과 그의 손윗동서가 흥미로운 대조를 이루고 있다. 주인공의 동서는 그의 아내—즉 주인공의 처형—가 자랑하는 바에 따르면 <기미(期米)를 하여 가지고 이번엔 돈 10만원이나 착실하게 땄다>고 할 정도로 유능한 사업가이다. 그처럼 유능한 사업가와 결혼한 덕분에 주인공의 처형은 <비단을 나리감고 치감고 얼굴에 부유한 태가 질질 흐른다.7)> 하지만 이 유능한 사업가는 또 한편으로는 <그 돈을 딴 뒤로는 주야 요리점과 기생집에 돌아단이더니 일전에 어떤 기생을 어더가지고 미쳐 날뛰며 집에만 들면 집안 사람을 들복고 걸핏하면 처형을 친다한다. 이번에도 별로

---

7) 현진건, 앞의 작품, p. 169.

대단치 안혼 일에 처형에게 밥상을 냅다 갈겨 바로 눈 우에 그렇게 멍이 들었다[8]>는 소식이 들려오는 사람이기도 하다. 그러니까 이 사람은 근대적 자본주의 체제가 서서히 정착되어 가고 있던 당신의 시대상황 속에서 남보 다 민활하게 대처하는 능력을 가진 덕분으로 큰 성공을 거둔 승리자이지만 내면적으로는 철저히 타락한 모습을 보여주는 속물에 불과한 것이다. 한편 그와 대비되는 주인공은 <물질적으로는 가난하지만 그 내면에는 문학·예 술인으로서의 순수성과 자존심을 간직한 인물>이다.

「빈처」에서 마련된 이러한 대비 구도는, 1930년대에 들어가서 발표된 박태원이나 이태준의 여러 예술가소설들에서 충실하게 계승된다. 박태원 이 1934년에 발표한 「소설가 구보씨의 1일」에서 주인공 구보가, 어떤 미모 의 여성을 동반하고 월미도로 놀러가는 길인 중학 시절의 동창생을 우연히 만나 속으로는 싫으면서도 어쩔 수 없이 한 잔의 차를 같이 나누고 헤어진 후 다음과 같은 상념에 잠기는 장면을 보자.

　　문득, 구보는, 그러한 여자가 웨 그자를 사랑하러드냐, 또는 그자의 사랑
　　을 용납하는 것인가 하고, 그런것을 괴이하게 여겨본다. 그것은, 그것은
　　역시 황금까닭일께다. (…) 사실, 같은 돈이라도 그사나이에게 있어서는
　　헛되이, 그리고 또 아까웁게 소비되어 버릴께다. 그는 날마다 기름진 음식
　　이나 실컷 먹고, 살찐 계집이나 질기고, 그리고 아무 앞에서나 그의 금시
　　계를 끄내보고는 만족하여 할께다.[9]

그런가 하면 이태준의 단편 「장마」(1936)에 나타나는 주인공 <나>와 그 동창생 <강> 사이의 대비나, 같은 이태준의 「패강랭(浿江冷)」(1938)에 나타나는 주인공 <현>과 그 동창생 <김>의 대비도 완전히 동일한 구도를

8) 위의 작품, p. 171.
9) 박태원, 「소설가 구보씨의 1일」, 『소설가 구보씨의 1일』(문장사, 1938), p. 254.

보여준다. 「장마」에 나오는 <강>은 <한 사오십정보 맨드러놨네. (…) 잘 팔리면 오십만원쯤은 무려할걸세 난 본부에 드러가서두 막 뻗히네> 하고 으시대며, <본부>라는 말을 몰라서 반문하는 주인공에게 <허— 이사람 서울 햇있네그려 본불 몰라? 총독불!> 하고 무안을 주는 인물이지만, 또 한편으로 <양복저고리 에리에는 일장기 뺴지를 척 꽂>고 다닐 정도의 친일파이기도 하다. <세상일이 다 낙시질이데그려 알아듯겠나? 미끼가 든 단말일세 허허……>라는 것이, 그가 자신만만하게 갈파하는 처세철학이다.[10] 그런가 하면 「패강랭」에 나오는 <김>은 평양의 부회의원이요 성공한 실업가로서 작가인 주인공 <현>을 향해 <자네들 이제부턴 실속채려야 하네. (…) 팔릴 글을 쓰란 말일세[11]>라는 충고를 던지는 위인이다. 이러한 유형의 인물들과 대비되는 「소설가 구보씨의 1일」의 구보, 「장마」의 <나>, 「패강랭」의 <현>은 하나같이 <물질적으로는 가난하지만 그 내면에는 문학·예술인으로서의 순수성과 자존심을 간직한 인물>로 나타난다.

그러면, 앞에서 내가 「빈처」의 경우를 두고서 언급한 바 있는, <양반 유학자들로부터 한국의 정신적·문화적 헤게모니를 뺴앗아 오고자 하는 그룹>과 바로 그 <양반 유학자 집단> 사이에서 발견되는 내면적 관련성이라는 문제는, 「소설가 구보씨의 1일」, 「장마」, 「패강랭」 등의 작품들이 쒸어진 1930년대에는 어떤 양상으로 나타나는가? 특별히 흥미로운 양상을 보여주는 이태준의 경우에 초점을 맞추면서 이 문제를 조금 검토해 보기로 하자.

양반 유학자들의 문화에 대해서 이태준이 보여준 태도는, 그의 선배 세대에 속하는 이광수·김동인·염상섭 등과 같은 작가들의 그것과 비교할 때, 훨씬 호의적인 것이었다고 말할 수 있다. 잘 알려진 「패강랭」의 서두 부분을

---

10) 이태준, 「장마」, 『가마귀』(한성도서주식회사, 1937), pp. 168~170.
11) 이태준, 「패강랭」, 『삼천리문학』 1938. 1, p. 29.

잠깐 보기로 하자.

　다락에는 제일강산(第一江山)이라, 부벽루(浮碧樓)라, 빛낡은 편액(扁
額)들이 걸려 있을 뿐, 새 한마리 앉아 있지 않았다. 고요한 그속을 드러서
기가 그림이나 찢는것 같아 현은 축대 아래로만 어정거리며 다락을 우러
러본다.
　질퍽하게 굵은 기둥들, 힘 내닷는 대로 밀어던진 첨자와 촛가지의 깎음
새들, 이조(李朝)의 문물(文物)다운 우직한 순정이 군대군대서 구수하게
풍겨나온다.[12]

　이러한 대목에서 어렵지 않게 읽어낼 수 있는 이태준의 조선시대 양반
유학자 문화에 대한 호의적 태도는 사실 그의 수많은 소설과 수필에서 반복
적으로 제시되고 있는 것이기도 하다. 이태준이 조선시대 양반 유학자들의
문화에 대하여 이러한 태도를 취할 수 있었던 데 대해서는 다양한 측면에서
설명이 가능하다. 그 다양한 설명들 가운데서도 특히 유력한 지위를 점할
만한 것은 이태준이 일찍 사별한 그의 아버지―그 아버지의 상상도(想像圖)
를 그는 개화파이면서도 진지한 유학자의 풍모를 지닌 인물로 그리고 있었
다―에 대해서 품고 있었던 동경과 숭앙의 심리일 것이다.
　하지만, 아무리 그렇다 하더라도, 내가 앞에서 언급했던 저 <헤게모니
쟁탈전>의 상황은 이태준이 조선시대의 양반 유학자 문화에 대하여 호의
적인 태도로 임하는 것을 조금이라도 방해할 만한 요소로 작용하지 않았을
까? 나는 그렇지 않았으리라고 생각한다. 이태준이 한국을 대표할 만한 소
설가의 한 사람으로 공인되면서 활발한 창작활동을 전개하였던 1930년대
라는 시기는, 일찍이 지난 1910년대 이래 이광수를 도전파(挑戰派) 혹은
신파(新派)의 대표적인 전사로 등장시킨 가운데 전개되어 왔던 저 <헤게모

---

12) 위의 작품, p. 21.

니 쟁탈전>이 바로 그 도전파의 압도적인 승리로 끝난 지도 한참 지난 시점이었기 때문이다. 이광수가 그의 싸움을 시작하던 무렵만 해도 막강한 권위를 동반하면서 군림하고 있었던 저 양반 유학자 집단의 정신적·문화적 세력은 1930년대에 이르면 적어도 문학·예술의 세계에서는 이미 완전한 몰락의 선고를 받은 상태였던 것이다. 이미 완전한 몰락의 선고를 받은 상대에 대하여 더 이상 긴장된 대결의식을 가질 필요는 없다. 얼마든지 관대한 태도로 임해도 전혀 문제될 바가 없는 것이다.[13] 사정이 이러한 만큼, 조선시대 양반 유학자의 문화에 대하여 1930년대의 이태준이 그처럼 호의적인 태도를 취하는 데 있어서 저 <헤게모니 쟁탈전>의 문제가 걸림돌로 작용할 까닭은 전혀 없었던 것이다.

그러나 아무리 조선시대 양반 유학자들의 문화에 대하여 뚜렷한 호의를 내보이고 있었다 하더라도 이태준이 그 자신의 진정한 자리 혹은 궁극적인 귀의처로 설정한 곳은 역시 서양식의 근대문학과 예술이 지배하는 세계였다. 그가 조선시대 양반 유학자들의 문화에 대하여 지녔던 감정의 핵심은 앞에서 이미 말한 바 있듯 <호의>였다. 어디까지나 <호의>였을 뿐 그

---

13) 자타가 공인하는 <헤게모니 쟁탈전>의 주역으로서 양반과 그들의 문화에 대해서 온갖 신랄한 말로 공격을 퍼붓는 일에 지칠 줄을 몰랐던 바로 그 이광수는, 참으로 희한하게도, 훗날에 가서 다음과 같은 말로 양반을 찬양한 바 있다. <양반이란 민족의 꽃이요, 지도자를 의미함이요, 홍익인간의 민족적 이상을 지키고 발전하고 실현하는 것으로 제 구실을 삼는 사람들이지 권세를 잡고 저를 높이고 다른 동포들을 낮추어 일종의 특권 계급을 이루는 자들을 가리키는 것이 아니다>(「내 나라」, 『이광수전집』, 10(우신사, 1979), p. 235). 이광수의 이처럼 희한한 발언은, 그가 평생을 두고 일관해서 보여주었던 것이 바로 혼란 그 자체라고 해도 지나치지 않을 정도의 사상적 잡거성(雜居性)이었다는 사실을 감안하면, 이해를 하지 못할 바도 아니다. 하지만 아무리 그렇다 하더라도, 그와 그의 동류들이 <헤게모니 쟁탈전>에서 완전히 승리를 거둔 결과 양반 유학자 집단의 정신적·문화적 권위 상실이 결정적으로 굳어진 후에도 한참 더 세월이 흐른 시점이 되지 않고서는, 위의 발언은 도저히 나올 수 없었을 것이다. 실제로 위의 발언이 실려 있는 텍스트는 이광수가 1948년에 간행한 수필집 『돌베개』이다.

이상은 아니었던 것이다. 어떤 대상에 대하여 <호의>를 지닌다는 것은 기본적으로 그것이 <남의 것>이라는 인식을 전제로 한다. 이태준은 조선시대 양반 유학자들과 자신은 전혀 다른 부류에 속한다는 인식 아래 그 유학자들의 문화에 대해 호의를 보냈던 것일 따름이다. 그가 이광수, 김동인, 염상섭, 현진건 등과 마찬가지로 양반 유학자들의 학문이나 문학을 하지 않고 서양식 근대문학을 자신의 직분으로 선택하였으며 비상한 열의로 그 길에 매진하였다는 사실 그 자체만으로도 이 점을 증명하기에는 충분하다.

이처럼 이태준의 입장은 조선시대 양반 유학자들의 문화에 대하여 호의적인 태도로 임하기는 하되 그 자신은 기본적으로 어디까지나 서양식 근대문학·예술의 세계에 몸담고 있는 존재로 파악하고 있었던 것으로 요약된다. 이태준은 그러한 입장을 취하는 한편, 그러한 입장의 연장선상에서 <예술가> 혹은 <예술가 이상 가는 존재>로서의 강렬한 자부심을 견지하고 있었으며, 바로 그러한 자부심에 입각하여, <자본주의 체제 속에서 승리를 거두고 있기는 하되 내면적으로는 타락한 속인>들에 대한 비판의식을 드러내었다. 「패강랭」에서 <현>이 돈많은 속물 <김>을 향해 사이다 컵을 던지며 <이자식? 되나 안되나 우린 이래뵈두 예술가다! 예술가 이상이다 이자식……14)> 하고 절규하는 대목을 읽을 때 우리는 그러한 <현>의 모습 위로 작가인 이태준 자신의 면모가 떠오르는 것을 느끼지 않을 수 없거니와, 여기에서 만나게 되는 이태준의 면모를 요약할 수 있는 말로 우리는 <자부심>과 <비판의식>이라는 두 개의 단어 이상 가는 것을 찾기 어려운 것이다. 그리고 이것은, 앞에서 이미 이야기된 바 있듯, 「빈처」의 주인공이나 「소설가 구보씨의 1일」의 구보, 그리고 이태준 자신이 쓴 「장마」 속의 <나>가 지녔던 태도에 그대로 이어지는 것이기도 하다.

그런데, 이처럼 「빈처」, 「소설가 구보씨의 1일」, 「장마」, 「패강랭」 등 여러

---

14) 이태준, 「패강랭」, p. 30.

편의 예술가소설들에서 일관되게 나타나고 있는, 저 <자본주의 체제 속에서 승리를 거두고 있는 속인들에 대한 비판>이라는 것은, 「빈처」가 발표되었던 1920년대 초의 시점에서보다는, 「소설가 구보씨의 1일」, 「장마」, 「패강랭」 등의 작품들이 발표되었던 1930년대의 시점에서 더 큰 현실감을 확보할 수 있는 것이었다. 주지하다시피, 한국 사회가 전체적으로 어느 정도나마 자본주의적인 삶의 실감을 느끼게 하는 공간으로 변모해 간 것은 아무래도 1930년대에 들어서서부터의 일이기 때문이다.[15)

그렇다면, 이들 일군의 예술가소설들에서 공통적으로 나타나고 있는, <자본주의 체제 속에서 승리를 거두고 있는 속인들에 대한 비판>이라는 것에 대해서 우리는 어떤 평가를 내릴 수 있을까?

이 물음에 답하기 전에 잠깐 시야를 넓혀서 일반론적인 차원의 검토를 조금 해 두기로 한다.

<자본주의적 체제 속에서 승리를 거두고 있는 속인들에 대한 비판>이라는 것은, 따지고 보면, <자본주의 체제에 대한 비판>의 일부를 이루고 있는 것이다. 조금 더 구체적으로 말하면, 근대의 문학·예술인들이 <자본주의 체제에 대한 비판>을 시도할 경우 가장 자주 선택하는 방법이 바로 <자본주의 체제 속에서 승리를 거두고 있는 속인들에 대한 비판>이라고 할 수 있는 것이다.

그런데 이처럼 <자본주의 체제 속에서 승리를 거두고 있는 속인들에 대한 비판>이라는 방법을 가장 즐겨 선택하는 가운데에서 이루어져 온 <자본주의 체제에 대한 비판>이라는 것은, 서양 지역의 경우에나 비서양 지역의 경우에나, 근대문학·예술의 핵심적인 전통 가운데 일부를 이루고 있다고 해도 과언이 아닐 정도이다. 그런가 하면, 자본주의 체제를 긍정적으

---

15) 1930년대에 들어와 자리잡기 시작한 자본주의적 삶의 실감을 당대의 소설계에서 가장 잘 표현해 준 존재가 바로 「소설가 구보씨의 1일」이라고 할 수 있다.

로 평가하고 그것의 공적을 부각시키는 작업은, 19세기 전반기 이전의 서양에서 일부 나타났던 사례들을 제외하고 보면, 거의 전무하다고 해야 할 정도로 미미하기 짝이 없다. 그렇다면 자본주의 체제라는 것은 과연 수많은 근대문학·예술작품들 속에서 그처럼 압도적으로, 그리고 지속적으로 비판받아야 마땅할 만큼 근본적으로 문제투성이인 것일까? <자본주의 비판론>의 정당성을 믿어 의심치 않고 있는 세상의 수많은 문학·예술인들이 보기에는, 이러한 질문을 제기하는 것 자체가 불필요한 수고인 것처럼 여겨질지도 모른다. 하지만 조금만 더 깊이 생각해 보면, 위의 질문에 대한 답이 그렇게 간단한 것일 수 없다는 사실을 깨닫게 된다. 자본주의 체제가 출현한 결과 비로소 이 지구상에서는 본격적인 인간해방의 드라마가 전개될 수 있었다는 <엄연한 역사적 진실>을 그 누구도 외면할 수 없기 때문이다.

우리가 전근대적 사회를 돌아보면, 사회적·체제적 부조리에 대하여 분노를 금할 수 없고, 때로는 야만적이라고 느끼기도 한다. 그런데 그 모든 부조리를 쓸어내어 버린 것이 무엇인가 하면, 그것이 바로 화폐이다. 근대사회로의 전환에 대하여 문명의 진보, 자유의 승리, 이성의 승리, 인간정신의 위대한 진보 등이라고 말하기도 하지만, 그것은 지극히 추상적인 언어일 뿐이다. 인류 수천 년의 역사에서 근대 이전의 부조리를 쓸어낸 것을 구체적으로 말하면, 그것은 화폐인 것이다. 화폐가 인간에게 자유를 선물하였다. 화폐가 민주주의를 선물하였다. 화폐가 인간을 계급으로부터 해방시켰다. 그것은 공자도 할 수 없었던 일이었다.[16]

위에 인용된 글은 송희식이 쓴 『자본주의 우물을 벗어난 문명사』의 한 대목이거니와, 이 글에서 송희식이 제시하고 있는 주장은 인류의 역사를 편견 없이 검토해 본 사람이라면 누구도 부정할 수 없는 진실을 담고 있다. 그리고 역시 인류의 역사를 편견 없이 검토해 본 사람이라면, 위에 인용된

16) 송희식, 『자본주의 우물을 벗어난 문명사』(모색, 1995), p. 180.

글에서 송희식이 사용하고 있는 <화폐>라는 표현을 <자본주의 체제>로 바꾸어도 아무런 문제가 없다는 사실을 인정하지 않을 수 없을 것이다.

엄연한 역사적 진실이 이러한 것임에도 불구하고, 수많은 근대문학·예술인들은, 그가 서양 지역의 사람이거나 비서양 지역의 사람이거나를 막론하고, 어찌하여 자본주의 체제에 대한 비판을 그처럼 집요하게, 지칠 줄 모르고 수행해 온 것일까? 그리하여 급기야는 자본주의 체제에 대한 비판이 근대문학·예술의 핵심적인 전통 가운데 일부를 이룰 정도에까지 이르게 된 것일까? 이 물음에 대한 답은 두 가지로 정리될 수 있다.

우선적으로 제시될 수 있는 첫 번째의 답은, 자본주의 체제가 분명 이 지구상에서 처음으로 본격적인 인간해방의 드라마가 전개될 수 있도록 만드는 공적을 이룩하기는 했지만, 빛이 강하면 어둠도 짙다는 식으로, 그러한 공적을 가능케 한 근본적 장점들의 이면에 또한 그나름의 문제점을 내장하고 있기도 한 것이 사실인데, 바로 그러한 문제점들의 존재가 근대문학·예술인들의 비판적 시각에 걸려들지 않을 수 없었으며, 그 자연스러운 결과로, 문학·예술의 영역에서 자본주의 비판론들이 계속 나오게 되었다는 것이다.

그렇다면, 자본주의 체제에 내장된 문제점들이란 구체적으로 어떤 것들인가? 『자본주의 우물을 벗어난 문명사』의 저자인 송희식은 그 책의 제8장 제1절에서 그 문제점을 무려 여덟 가지 항목으로 체계화하여 제시하고 있거니와[17] 여기서 잠깐 그 개요만을 열거해 보면 그것은 다음과 같다. (1) 경쟁과 대립과 적대를 그 본질적인 요소로 삼고 있다는 점, (2) 심각한 불평등의 문제를 안고 있다는 점, (3) 개인의 생존을 보장하지 않는다는 점, (4) 격심한 경제변동의 문제, (5) 개인주의와 물질주의의 문제, (6) 전쟁의 문제, (7) 환경파괴의 문제, (8) 인구의 문제. 이 여덟 가지 문제점들에 대한 송희식의 논의는 상당부분 초점이 빗나갔거나 과장된 것으로 보이지만, 어쨌든 그것은

---

17) 위의 책, pp. 261~265.

왜 수많은 근대·문학·예술인들이 자본주의에 대해 비판적인 태도를 취하게 되었는가를 적어도 부분적으로는 설명해 준다.

그리고 송희식의 설명을 참조하면서 다시 하나 덧붙여 생각해야 할 사실이 있다. 그것은 인간의 궁극적인 자유에 대한 이념을 자본주의 체제가 충족시켜 주지 않는다는 사실이다. 인간의 궁극적인 자유에 대한 이념은, 한자경의 유려한 표현을 빌려서 이야기하자면, 예컨대 <일체의 무대 위의 규정이 우리 자신들의 규정이고 속박이며, 우리는 본질적으로 그런 규정과 관계망을 넘어 자유로운 존재라는 것, 누구나 천리를 따라 하늘을 나는 한 마리 봉새라는 것, 일체의 연기적 규정 너머 자비를 실천하는 부처들이라는 것[18]>—이런 점들까지를 적극적으로 고려해 주기를 요청하는 것인데, 자본주의 체제가 인간에게 선물한 <자유>에는 불행하게도 이러한 점들에 대한 고려가 빠져 있는 것이다. <자본의 논리가 지배하는 무대 위의 최대 가치는 그것이 아무리 순수 진리와 학문, 개인의 인권과 자유와 평등이라는 그럴 듯한 옷을 입고 있어도 역시 돈[19]>일 따름이기에 그러하다. 그런데 근대의 문학·예술은, 많은 경우, 앞서 인용한 한자경의 말 속에 나타나 있는 바와 동일하거나 최소한 그것과 상통하는 의미에서의 <궁극적인 자유>에 대한 소망을 키우고 표현하는 것을 그 전통의 중요한 일부로 삼아온 것이 사실이다. 바로 이 점이 또한 근대의 수많은 문학·예술인들로 하여금 자본주의 체제에 대한 비판을 행하지 않을 수 없게 만드는 원인이 되는 것이다.

그러나 지금까지 제시된 답이 사태의 일면을 분명 잘 설명해 주고 있는 것임에는 틀림없지만, 그것이 곧 완전한 답이라고 말할 수는 없다. 이러한 답만 가지고서는, 수많은 근대문학·예술인들에 의한 자본주의 비판론이

---

18) 한자경, 「한국철학을 생각하며」, 홍원식 외, 『동양을 위하여, 동양을 넘어서』(예문서원, 2000), p. 78.
19) 위의 글, pp. 76~77.

어찌하여 그토록 집요하고 극단적인 형태로 진행되었으며, 비판에는 그토록 집요하고 극단적이었던 다수의 근대문학·예술인들이 정작 자본주의 체제에 의해 이룩된 <공적>을 인정하고 부각시키는 데에는 어찌하여 그토록 인색하였는가 하는 의문을 도저히 충분하게 설명해 줄 수 없는 것이다.

여기서 내가 <수많은 근대문학·예술인들에 의한 자본주의 비판론이 어찌하여 그토록 집요하고 극단적인 형태로 진행되었으며, 비판에는 그토록 집요하고 극단적이었던 다수의 근대문학·예술인들이 정작 자본주의 체제에 의해 이룩된 '공적'을 인정하고 부각시키는 데에는 어찌하여 그토록 인색하였는가>라는 표현을 쓴 데 대하여, <그것은 너무 지나친 표현이 아닌가> 하고 반발하는 사람이 있을지 모른다. 하지만 그것은 절대로 지나친 표현이 아니다. <자본주의 체제에 의해 이룩된 '공적'을 인정하고 부각시키는 데에는 어찌하여 그토록 인색하였는가>라는 표현을 놓고 한번 더 생각해 보자. 자본주의 체제가 이룩한 공적이 무엇인가는 앞에서 이미 설명한 바 있거니와, 복거일의 표현[20]을 빌려서 다시 정리하면, 그것은 <파는 사람이 그 돈을 내는 사람의 특질을 따진 뒤에야, 곧 인종·성별·신분·종교·출신 지역 따위를 따져 파는 사람이 정한 기준들에 맞아야, 비로소 무엇을 살 수 있는 사회>를 무너뜨리고 <돈을 내면 무엇이든지 살 수 있는> 사회를 만들어낸 것인데, 자본주의 체제의 출현에 의하여 이룩된 이러한 변화가 인간의 해방을 위해 기여한 바는, 다시한번 강조하거니와, 진실로 대단한 것이었다. <파는 사람이 그 돈을 내는 사람의 특질을 따진 뒤에야 비로소 무엇을 살 수 있는 사회>가 어떤 것인가를 한번 생각해 보라. 자본주의 체제가 출현하기 이전에 존재하였던 신분 사회를 제외하면, 복거일이 예시하고 있는 바와 마찬가지로, <나치 독일이나 남아프리카 연방이나 공산주의 사회들>이 바로 그런 사회이다.[21] 이 세 가지 사례는 모두

---

20) 복거일, 『소수를 위한 변명』(문학과지성사, 1997), p. 62.

자본주의 체제가 출현함으로써 이룩된 인간해방의 드라마를 다시 뒤집어 버리려고 시도하다가 실패한 예들이거니와, 이 끔찍한 사례들과 대비해 보면, 자본주의 체제에 의해 이룩된 인간해방의 드라마가 얼마나 뜻깊은 것인지 대번에 드러난다. 사정이 이러함에도 불구하고, 앞에서 말했듯이, 자본주의 체제가 이룩한 이와 같은 공적을 문학·예술의 영역에서 긍정적으로 부각시킨 작업은, 19세기 전반기 이전의 서양에서 일부 나타났던 사례들을 제외하고 보면, 거의 전무하다고 해야 할 정도인 것이다. 이러한 사태를 눈앞에 대했을 때, <어찌하여 그토록 인색하였는가>라는 표현이 떠오르는 것은 지극히 당연한 일이 아닐까?

어쨌든, 바로 이러한 이유 때문에 두 번째의 답을 모색하는 작업이 필요해지는 것인데, 하우저가 쓴『문학과 예술의 사회사』를 읽어 보면, 바로 그 두 번째 답이 나와 있다. 그 책 속에 하우저는 다음과 같은 말을 적어 두고 있는 것이다.

> 자기들의 고용주에 대한 교양계층의 원한은 새로운 것이 아니다. 르네상스 시기의 인문주의자들은 이미 그 병을 앓았고 그리하여 열등감의 여러 신경증적 증세를 드러냈던 것이다. 그러나 진리를 소유하고 있다고 믿는 계급이 어떻게 경제적 정치적 모든 실권을 소유한 계급에게 질투와 선망과 증오를 느끼지 않을 수 있었겠는가?[22]

<진리를 소유하고 있다고 믿는 계급>이 <경제적 정치적 모든 실권을 소유한 계급>에 대해서 느끼지 않을 수 없는 <질투와 선망과 증오>—바로 이것을 두 번째의 답으로 삼고, 이 두 번째의 답으로써 이미 제시되었던

---

21) 여기서 말하는 <남아프리카 연방>이란 물론 인종차별 정책이 고수되던 시절의 남아프리카 연방을 가리킨다.
22) 아르놀트 하우저, 앞의 책, p. 135.

첫 번째 답을 보충할 때에만, 앞의 물음에 대한 우리의 답은 완전해질 수가 있는 것이다.

그리고 여기서 덧붙여 한 가지 더 이야기해 두어야 할 것은, 근대의 많은 문학·예술인들이 자본주의 체제에 대한 비판을 시도할 때 구체적으로 가장 자주 선택한 방법이 왜 하필이면 <자본주의 체제 속에서 승리를 거두고 있는 속인들에 대한 비판>이었던가 하는 의문을 우리는 당연히 품어볼 수 있는데, 위에 인용된 하우저의 설명은 바로 그 의문에 대한 답도 제시해 주고 있다는 사실이다.

지금까지 나는 근대문학·예술의 전반에 걸쳐 나타나고 있는 <자본주의 체제에 대한 비판>의 문제와 관련하여 <일반론적인 차원의 검토>를 조금 시도해 본 셈이거니와, 그렇다면 지금까지의 논의에서 이야기된 내용은 「빈처」, 「소설가 구보씨의 1일」, 「장마」, 「패강랭」 등 일군의 한국 예술가소설들에 대하여서도 그대로 적용되는 것일까? 대체로 그렇다고 대답할 수 있다.

그렇기는 하지만, 지금까지의 일반론적인 논의에서 이야기된 내용이 이 작품들에도 그대로 적용된다는 사실을 인지하는 것만으로 이 작품들에 나타난 <자본주의 비판>—좀더 구체적으로 말하자면, <자본주의 체제 속에서 승리를 거두고 있는 속인들에 대한 비판>—의 성격에 대한 이해를 완결지을 수 있는 것이냐 하면, 그렇지는 않다. 무엇보다 먼저, 앞에서 논의되었던, <조선시대 양반 유학자들 및 그들의 문화>와 <이 작품들의 주인공 및 작가> 사이의 연관관계에 대한 이해를 여기에 추가시킬 필요가 있다.

앞에서 논의되었던 바와 같이, 「빈처」를 비롯한 일군의 예술가소설들에 나타났던 대비 구도는, 기본적으로, <양반 유학자가 보여준 삶의 틀을 이어받고 있는 근대적 문학·예술인>과 <자본주의 체제 속에서 승리를 거두고 있기는 하되 내면적으로는 타락한 속인> 사이의 대비 구도로 요약될 수 있는 것이었다. 뿐만 아니라, 이태준의 경우에는, 여기에 덧붙여서, 조선시대의 양반 유학자 문화에 대한 작가의 호의적인 태도가 명시적으로 나타나기까지 했었다. 그런데, 자본주의 체제의 근간을 이루는 화폐라는 것에 대해, 상인계급에 대해, 그리고 <부의 축적>을 삶의 중요한 목표로 삼는 태도에 대해, 바로 이 조선시대의 양반 유학자들만큼 강렬한 적대감과 경멸감을 지속적으로 보여준 부류는 유사 이래 그 유례를 찾기 어려울 정도이다. 양반 유학자들이 체제의 주도권을 잡고 이끌어갔던 조선이라는 나라가 경제 문제에 대하여 도대체 어떤 정책을 취했던가 하는 점을 살펴보면 그 점을 생생하게 확인할 수 있다.

유교적 덕치의 실현을 이상으로 삼았던 조선시대에 정부는 당연히 국가의 재정이나 국방과 같은 국가경영의 현실적 문제에 소홀하였다. 유교에서는 부의 축적을 여색에 빠지는 것과 함께 군자로서 가장 경계해야 할 일이라고 보았다. 따라서 조선시대에 들어와 국가는 상공업 활동을 극도로 억압하여, 고려시대까지만 해도 성행하였던 대외무역이 금지되고 오직 조공무역만이 명맥을 유지하게 되었다. 상공업 활동은 정부의 엄격한 통제하에 놓이게 되는데, 예를 들면 당시 시전 상인들은 이윤의 대부분을 정부에 시장 건물의 사용료 명목으로 바치는 조건으로 정부에 물자를 독점적으로 공급하는 권리를 얻어야 했다. 그리고 그들은 천민 다음으로 가장 천시받는 계층이 되어, 그들의 자식에겐 과거시험을 볼 자격도 부여되지 않았다. 이토록 상공업자 계층을 천시한 것은 당시 중국[명ㆍ청]에도 없었던 일이다. 중국만 해도 선비로서 글공부를 하다가도 집안이 빈한하게 되면 장사를 하는 것이 집안의 수치가 아니었으나, 우리 나라에서는 혼자서 충분히 경작할 논밭이 있더라도 남에게 소작을 주고 선비는 집안에 양식이 떨어졌는지도 모르고 글공부에 전념하는 것을 집안의 자랑으로 여겼다.[23]

23) 김은희, 「경제위기에 대한 문화적 진단」, 김은희 외 2인 공저, 『문화에 발목잡힌

양반 유학자들이 체제의 주도권을 잡고 이끌어갔던 조선이라는 나라의 경제 정책이 이런 것이었을 뿐 아니라, 거기에 걸맞게, 사적인 삶의 공간에서도 양반 유학자들은 철두철미한 반(反)화폐, 반상공업, 반자본주의의 자세를 고수하였다.

> 선비의 조건은 재물로부터 자신을 완벽하게 소외시키는 것으로 근본을 삼는다. 왜냐하면 재물은 선비가 이상으로 삼는 삼강오륜을 해치는 가장 직접적인 요인으로 보았기 때문이다. 그러기에 재물의 단위인 금전은 저주하고 멀리해야 할 악마였다. (…) 곡식도 몇 말, 몇 되 구체적으로 분량을 말한다는 것은 상스럽게 여겼다. (…) 비단 금전을 말하는 것 이외에 금전에 손을 댄다는 것도 터부였다. (…) 토지문서도 재물이라 하여 선비들은 직접 그 문서에 손대는 법이 없었다. 토지매매 등 문서를 만져야 하는 일이 있으면 종을 시키되 위임장을 써서 그 종으로 하여금 재산 매매행위를 대행하도록 했던 것이다.24)

이처럼 극단적인 반(反)화폐, 반상공업, 반자본주의의 자세를 고수하면서도, 조선시대의 양반 유학자들은 어쨌든 그 시대 내내 조선이라는 국가 전체의 정치적·사회적 헤게모니를 통째로 장악한 주역으로 군림하였었다. 그런데 「빈처」의 주인공과 같은 인물로 대표되는 20세기 한국의 문학·예술인들은 조선시대 양반 유학자들이 보여준 삶의 틀을 물려받으면서 그들이 지녔던 반화폐, 반상공업, 반자본주의의 자세도 의식적으로든 무의식적으로든 물려받게 된 반면, 그들이 향유했던 정치적·사회적 헤게모니는 다 잃어버리고, 오히려 <경제적 정치적 모든 실권을 소유한 계급에게 질투와 선망과 증오를 느끼기나 하는 존재>로 전락한 셈이다. 사정이 이러한 만큼, 「빈처」의 주인공과 같은 20세기 한국의 문학·예술인들이 가지게 된 반자본주

한국 경제』(현민시스템, 1999), pp. 24~25.
24) 이규태, 『선비의 의식구조』(신원문화사, 1984), pp. 30~31.

의적 의식의 강도는 참으로 강렬한 것이 될 수밖에 없는 것이었다. 「빈처」,
「소설가 구보씨의 1일」, 「장마」, 「패강랭」 등의 예술가소설에 공통적으로
드러나는, <자본주의 체제 속에서 승리를 거두고 있는 속인들에 대한 비
판>의 근저에는, 바로 이러한 복합적 상황이 작용하고 있는 것이다.

3. 식민지 자본주의와 군국주의 파시즘의 문제

지금까지 나는 「빈처」를 비롯한 일군의 예술가소설들에 나타나 있는,
<자본주의 체제 속에서 승리를 거두고 있는 속인들에 대한 비판>이라는
요소의 본질이 무엇인가라는 물음을 놓고, 두 가지 차원에서 논의를 시도해
보았다. 첫 번째로는 서양 지역과 비서양 지역을 막론하고 보편적으로 적용
될 수 있는 일반론의 차원에서 논의를 시도해 보았고, 두 번째로는 조선시대
양반 유학자들의 전통과 관련된 측면에서 한국이라는 나라에만 존재하는
독특한 현상을 따지는 개별론의 차원에서 논의를 시도해 본 셈이다.

그런데 다시 여기에 덧붙여 또 한 가지 언급해 두어야 할 사실이 있다.
이 글에서 내가 직접적인 논의의 대상으로 삼고 있는 예술가소설들에서
문제가 되고 있는 <자본주의 체제>란 독립국가의 자본주의 체제가 아니라
<식민지>의 자본주의 체제이며, 바로 이 특수한 사정으로 말미암아, 이들
예술가소설들에 나타난 비판론들은 좀더 강한 설득력을 얻게 된다는 사실
이 바로 그것이다.

식민지 상황에서 전개되는 자본주의란 기본적으로 식민지 종주국의 이익
을 목표로 삼는 것이 될 수밖에 없다. 식민지 종주국의 이익을 창출하기
위해서라면 피지배민족의 이익은 언제든지, 얼마든지 짓밟힐 수 있으며,
실제로 무수히 짓밟히게 마련이라는 것이 식민지 자본주의의 근본원칙이
다. 식민지 자본주의의 본질이 이러한 것임에도 불구하고, 자기 자신 피지배

민족의 일원이면서 바로 그 자본주의 체제 속에서 <승리>를 거두는 편에서는 인간들이란, 물론 간단히 획일적으로 단정하기는 어렵지만, 어쨌든 많은 경우, 내면적 타락상을 보여주는 인간들이 아닐 수 없다. 그들이 이런 부류의 인간들이기 때문에, 지금 우리가 살펴보고 있는 일군의 예술가소설들 속에서 행해지고 있는 그런 인간들에 대한 비판은, 독립국가의 문학·예술인들이 그 독립국가를 무대로 해서 전개하는 작품의 경우에 비해, 좀더 강한 설득력을 동반하는 것이 될 수밖에 없는 것이다.

이러한 지적은, 특히 이태준이 쓴 예술가소설들에서 가장 인상적으로 확인된다. 이태준은 「장마」에서도, 「패강랭」에서도 저 <승리한 속인>들을 비판할 때에는 그들이 피지배민족의 구성원이면서도 식민지 지배자들에게 적극적으로 빌붙어서 이익을 추구할 정도로 타락한 인간들이라는 사실을 빼놓지 않고 상기시킨다. 「장마」의 경우, 이태준은 성공한 속인의 전형으로 <강>을 등장시키면서, 그가 <양복저고리 에리에는 일장기 빼지를 척 꽂>고 다니는 인물임을 지적함으로써 그가 내면적으로 타락한 친일파의 일원임을 선명하게 부각시킨다. 또한 「패강랭」에서는 <김>으로 하여금 대화 중에 자주 일본어를 쓰게 만듦으로써 그의 친일적인 면모를 독자들이 인상적으로 기억하도록 유도한다. <김>은 계속 일본어를 쓰더니 마침내는 <팔릴 글을 쓰란 말일세>라는 말을 했다가 분노한 <현>의 공격을 받고 <빨근해>졌을 때조차 <뭐야?>라고 한국말로 대드는 대신 <나니?>라는 일본어를 쓸 정도이다. 이에 더욱 격분한 <현>이 <더러운 자식! 나닌 무슨 말라빠진……> 하고 외치며 컵을 던져 버리는 사태가 벌어지는데,[25] 여기서 현이 내뱉는 <나닌 무슨 말라빠진……>이라는 대사에는 <김>의 친일성에 대한 비판이 함축되어 있음을 독자는 자연스럽게 느낄 수 있다. 그리고 이러한 느낌은 <자본주의 체제 속에서 승리를 거두는 편에 서 있는 속인>

---

25) 이태준, 「패강랭」, p. 29.

으로서의 <김>에 대한 <현>의 비판이 전체적으로 강한 설득력을 갖도록 만드는 효과를 창출하는 것이다.

이처럼 자신이 예술가소설 속에서 문제삼고 있는 자본주의가 식민지 자본주의라는 사실을 분명히 인식하고 그러한 인식을 작품 속에 명시적으로 담아내는 이태준의 태도는 그 연장선상에서 자연스럽게 일본 제국주의 자체에 대한 비판적 표현으로 이어진다. 「장마」 속에 나오는 다음과 같은 대목은 그 대표적인 예이다.

> 안국동(安國洞)서 전차로 갈아탔다. 안국정(安國町)이지만 아직 안국동 이래야 말이 되는 것 같다. 이 동(洞)이나 이(里)를 깽그리 정화(町化)시킨 데 대해서는 적지않은 불평을 품는다. 그렇게 삐지네쓰의 능률만 본위로 문화를 통제하는 것은 그릇된 나치스의 수입이다. 더구나 우리 성북동(城北洞)을 성북정(城北町)이라 불러보면 <이주사>라고 불러야 할 어른을 <리상>이라고 남실거리는 격이다. 이러다가는 몇 해 후에는 이가니 김가니 박가니 정가니 무슨 가니가 모다 어수선스럽다고 시민의 성명까지도 무슨 방법으로던지 통제할런지도 모른다.
> 모든 것에 있어 개성(個性)을 살벌하는 문화는 고급한 문화는 아닐 게 다.26)

우리는 위의 인용문을 통하여, 그의 예술가소설 속에서 이태준이 내보이는 비판의식이 단지 식민지 자본주의 체제 속에서 적극적인 친일의 길을 택할 정도로 타락한 한국인들을 겨냥하는 것으로 그치지 않고, 일본 제국주의 자체에 대한 비판으로까지 나아가고 있음을 확인하게 된다. 이 점을 확인하면서 우리가 한 가지 더 짚고 넘어갈 것은, 위에 인용된 대목의 후반부에 나타나 있는, 몇 년 후에는 일제 통치자들이 혹시 시민의 성명에까지도 손을 댈지 모른다고 한 주인공 <나>의 불안이, 일제 말기에 이르러 그들이

---

26) 이태준, 「장마」, pp. 156~157.

대대적으로 창씨개명이라는 것을 강행함으로써, 정말로 맞아떨어진 셈이 되었다는 사실이다.

물론, 「장마」에 나타나 있는 이태준의 이와 같은 비판의식은, 소설 속에서 지속적으로 부각되지 못하고, 단지 주인공 <나>의 머리 속을 일시적으로 스쳐 지나가는 파편적 상념의 수준에 그치고 있다는 점에서, 엄연한 한계를 지니고 있음이 사실이다. 그리고 이러한 지적은, 박태원의 「소설가 구보씨의 1일」 속에 들어 있는 다음과 같은 대목들—식민지 백성의 운명으로 추락한 민족의 일원으로서 느끼는 비애를 드러낸다는 방법을 통해 일본 제국주의에 대한 비판의식을 은근히 암시하고 있는 대목들—에 대해서도, 마찬가지로 적용되는 것이 또한 사실이다.

> 그 빈약한, 넘우나, 빈약한 옛 궁전은, 역시 사람의 마음을 우울하게 하여 주는 것임에 틀림없었다.[27]

> 가난한 소설가와, 가난한 시인과……어느 틈엔가 구보는 그렇게도 구차한 내 나라를 생각하고 마음이 어두었다.[28]

(2001)

---

27) 박태원, 앞의 작품, p. 245.
28) 위의 작품, p. 284.

서울 사람들의 삶, 자본주의 체제 속의 삶
—『압구정동엔 비상구가 없다』와 『서울은 만원이다』의 경우

1. 글을 시작하며

「서울 사람들의 삶에 대한 소설적 형상화의 두 가지 양상」이라는 논문의 말미에서 나는, 이 논문에서 다룬 주제를 계속해서 다루되 논의의 대상을 장편으로 바꾸어서 다시 한 편의 논문을 쓰고자 한다는 뜻을 밝힌 바 있다.[1] 그러한 뜻을 실행에 옮기고자 했을 때, 나의 머리 속에 가장 먼저 떠오른 것은 이순원의 『압구정동엔 비상구가 없다』였다. 나는 1997년에 「주류파의 문학」이라는 제목으로 이순원론을 쓰면서 이 작품을 대충 검토해 본 바가 있는데, 강남구 압구정동의 풍속으로 상징되는 현대 서울의 세태 가운데 한 단면을 비판적으로 문제 삼으면서 자못 심각한 어조로 목소리를 높이고 있는 이 작품에 대하여 그 당시 나는 매우 할 말이 많다는 느낌을 가졌으나 막상 이순원론을 쓰는 자리에서는 지면의 제약 때문에 대단히 불충분한 논의로 끝낼 수밖에 없었던 기억이 남아 있었기 때문이다. 그래서 나는 이 작품을 다시 꺼내어 정독했고, 그 결과 이 작품 하나만으로도 한 편의 독립된 글을 초하는 데 모자람이 없을 정도의 생각들을 정리할 수 있었다.

---

1) 이동하, 「서울 사람들의 삶에 대한 소설적 형상화의 두 가지 양상」, 『도시문화와 인문학』(서울시립대학교 인문과학연구소, 1998), p. 27.

그런데 실제로 이번의 독서를 통하여 내가 새롭게 정리한 생각들이란, 서울이라는 한 도시의 특성에 초점을 맞춘 것이라기보다는 한국 자본주의 체제 전체, 그리고 더 나아가서는 세계 자본주의 체제 전체의 근본문제에 초점을 맞춘 것으로서, 처음 이 작품을 다시 꺼내어 들었을 때의 예상과는 다소 거리를 가지는 것이 되었다. 하지만 내가 실제로 초점을 맞추게 된 문제가 원래의 예상과는 다소 거리를 가지게 되었다 해도 그것 자체로서 나름대로의 중요성을 가지는 것임에는 틀림없다는 판단에서 그대로 이 작업을 밀고 나가기로 했다.

그런데 막상 집필에 들어가고자 하는 단계에서, 이『압구정동엔 비상구가 없다』라는 작품 하나만을 가지고 논문을 쓰기보다는 이 작품과 마찬가지로 현대 서울의 세태를 다루되 현실을 보는 작가의 시각에 있어 이 작품과 차이를 보여주는 장편소설을 하나 더 거론하면서 상호 대비를 시도하는 데까지 나아가는 것이 더 의미 있는 일이겠다는 생각이 들었다. 그러한 생각으로 또 다른 작품을 찾아 나서서 한동안 헤맨 끝에 선택하게 된 것이 이호철의『서울은 만원이다』이다. 본론에서 자세히 언급되겠지만, 실제로『압구정동엔 비상구가 없다』와『서울은 만원이다』를 나란히 놓고 검토해 보면, 그 양자는 현실을 보는 작가의 시각에서 뚜렷한 차이를 보여준다. 그리고 이 차이는 상당히 뜻 깊은 차이이기도 하다. 이런 차이를 보여주는 작품을 선택하여 다룬 결과 나는『압구정동엔 비상구가 없다』한 편만을 다루는 경우에 혹시 빠질 수도 있었던 단조로움의 함정을 벗어날 수 있었다고 생각된다.[2]

『압구정동엔 비상구가 없다』와『서울은 만원이다』두 편을 대상으로 하여 이 글을 쓰기로 계획을 변경한 후 구체적인 구상을 거의 완료한 단계에서

---

[2] 논문의 구상과 집필이 이상과 같은 경로를 거쳐서 이루어졌기 때문에 실제로 이 글에서는『압구정동엔 비상구가 없다』에 대한 논의가 주를 이루고『서울은 만원이다』에 대한 논의는 보조적인 것으로 그치게 되었다.

나는 관심을 끄는 한 편의 평문을 읽게 되었다. 오생근이 쓴 「소설 속에 나타난 서울과 서울 사람들」이라는 글이 그것이다. 이 글에서 오생근은 일곱 편의 작품을 거론하고 있는 바, 『압구정동엔 비상구가 없다』와 『서울은 만원이다』의 두 편도 모두 그 속에 포함되어 있다. 그런데 오생근의 평문을 읽어 보니, 이 두 작품에 대한 그의 평가 가운데에는 내가 동의할 수 있는 부분보다 동의할 수 없는 부분이 더 많았다. 그러면 오생근과 나 사이의 이러한 입장 차이는 어떤 의미를 갖는 것일까? 단순한 개인적 의견의 차이로 규정해 버리면 그만인 것일까? 그렇지는 않은 것 같았다. 서울 사람들의 삶에 대해서, 그리고 자본주의 체제의 문제에 대해서 우리가 상정할 수 있는 여러 가지 입장들 가운데서 흥미로운 대조를 보이는 두 가지 입장이 오생근과 나 두 사람에 의해 각각 대표되고 있음을 나는 여기서 알 수 있었기 때문이다. 그렇다면 이러한 입장의 차이를 그냥 어물어물 넘기지 않고 분명하게 드러내는 것도 의미 있는 일이라는 판단을 나는 하게 되었다. 그리고 이러한 판단은 나로 하여금 이 글을 조금 특이한 방식으로 구성해 보고자 하는 생각을 갖게 하였다. 구체적으로 설명하자면 이렇다. 우선 제2장에서는 『압구정동엔 비상구가 없다』라는 작품의 면모를 간단히 요약하고, 이 작품에 대한 오생근의 평가를 소개한 후, 이 작품 및 오생근의 『압구정동엔 비상구가 없다』론에 대한 나 자신의 견해를 기술하는 순서로 논의를 진행한다. 제3장에서는 『서울은 만원이다』를 대상으로 해서 역시 동일한 작업을 진행한다. 제4장에서는 앞의 논의를 이어받으면서 종합하고 결론을 제시한다.

2-1. 『압구정동엔 비상구가 없다』의 경개

이순원은 『문예중앙』 1992년 봄호에 『그곳엔 비상구가 없다』라는 제목의 장편소설을 발표한 후 같은 해 4월에 그 작품을 『압구정동엔 비상구가 없다』로 개제하여 출간한다. 줄거리의 측면에서 볼 때 이 작품의 뼈대를 이루고 있는 것은 작품이 끝날 때까지 정체가 밝혀지지 않는 한 테러리스트가 압구정동을 무대로 해서 행하는 연쇄살인극이다. 작품 속에서 그에 의해 살해되는 사람은 다음과 같다. (1) 우연히 접하게 된 포르노 비디오테이프에 그만 정신적으로 중독 되어 버린 노파. (2) 오랫동안 여자가 되기를 소망해 오다가 마침내 성전환 수술을 받고 그 소망을 이룬 청년. (3) 부잣집 딸로서 돈을 물쓰듯하며, 자기와 비슷한 남자와 목하 연애중에 있기도 한 여대생. (4) 부동산 투기로 큰 돈을 번 후 이런저런 사업에 손을 대는 한편 호스트바에 출입하기도 하는 중년 여성. 이상 네 명을 차례로 살해한 테러리스트가 그 다음 순서로 모 재벌그룹 회사의 젊은 부사장—그룹 회장인 아버지로부터 후계자 실습을 요구받고 있지만 정작 그 일에는 도무지 흥미가 없고 맨날 놀러 다닐 궁리만 하고 있는 인물—을 노리고 있는 듯한 암시를 주면서 이 소설은 끝난다.3) 그러면 이 무시무시한 테러리스트는 왜 그런 연쇄살인극을 저지르며 압구정동 거리를 돌아다니는 것일까? 소설 속에서 작가 자신의 생각을 상당부분 대변해 주고 있는 것 같은 느낌을 주는 이태호라는 잡지사 기자는 세 번째 살인이 벌어진 직후의 시점에서 위의 물음에 대하여 다음과 같은 답을 제시한다.

　　제가 보기에 이 사건은 누군가 어떤 분명한 목적을 가지고 저지르는 테러가 아닌가 싶습니다. 범위를 넓게 보면 지역적으로는 압구정동을 중심으로 한 강남 사람들에 대한 테러고, 계층적으로 보면 자본의 무절제한 타락에 대한 테러고요. 아니 그 두 부분 집합에 대한 반대 테러겠지요. (…) 제가 생각하기에 범인은 테러의 시작을 자본주의의 끝간 데 모를

---

3) 이 부사장은 『압구정동엔 비상구가 없다』의 속편인 『압구정동엔 무지개가 뜨지 않는다』(중앙일보사, 1993) 속에서 결국 살해된다.

부패와 타락이 생산해 낸 쓰레기로부터 잡은 게 아닌가 보여집니다. 그러다 어젯밤엔 그런 쓰레기와 쓰레기를 생산하는 자본의 실질적 주체의 중간쯤 되는 여대생으로 옮겨왔고요. (…) 만약 잡히지 않는다면 테러의 대상이 점점 에스컬레이트되겠지요. (…) 제 짐작이 어느 정도 맞는 거라면 단순히 자본을 테러의 대상으로 삼는 건 아닐 겁니다. 그랬다면 쓰레기 청소부터 시작할 것도 없는 일일 테니까요. 그 자본의 부패와 타락이 대상이지……4)

2-2. 『압구정동엔 비상구가 없다』에 대한 오생근의 비평

위에서 소개한 바와 같은 면모를 지니고 있는 『압구정동엔 비상구가 없다』의 문학적 성과에 대하여 오생근은 매우 높은 점수를 주고 있다. 그의 글 가운데 『압구정동엔 비상구가 없다』에 대한 평가를 담고 있는 부분을 아래에 인용한다.

사실상 우리에게 압구정동이란 무엇일까. 이 소설에서 화자의 진술을 근거로 말하자면, 그곳은 <이 땅 신흥 자본 상류층의 집단 대명사요, 넘치는 부의 상징>이며, <이 땅 졸부의 끝없는 욕망과 타락의 전시장>이다. 그곳에는 압구정동식 삶의 양태가 있어, 소비가 멋으로 통용되고, 성의 자유가 왜곡되어 나타나며 무절제한 사치와 향락적 유희, 도덕적인 무감각과 정치적 무관심이 지배하고 있다. 그곳은 <욕망의 해방구>이자 <욕망의 하수구>이며, 이국적인 화려함으로 사회의 모순을 은폐하고 끊임없이 욕망을 자극하며 우리의 실상을 외면하게 만든다. 물론 소설 속의 이러한 압구정동과 실제의 압구정동 생활이나 풍속이 다를 수 있고, 소설적 과장이 있다 하더라도, 이러한 과장과 단순화가 사실상 서울의 강남 지역을 중심으로 드러난 부패한 자본의 번창과 정신적인 황폐화, 도덕적인 타락의 정곡을 찌르는 면이 있음을 인정해야 한다. 그리하여 그의 작품이

---

4) 이순원, 『압구정동엔 비상구가 없다』(중앙일보사, 1992), pp. 200~201.

보여준 문학적 미덕이나 성과가 표면적으로는 현실 폭로적인 고발소설이나 대중성의 요소를 갖추고 있는 듯하면서도 이 소설이 상투적인 인식이나 표면적 현실진단을 넘어서서 현실의 모습을 포괄적이면서 깊이 드러낸 점에 있음을 긍정해야 할 것이다. 그의 작품은 결국 압구정동의 이야기가 압구정동만의 이야기가 아니라 우리의 현실이며, 그곳에서의 타락과 부패는 양상만 달리할 뿐, 우리가 미처 의식할 수도 없는 사이에 우리의 내면 속에 스며들어 우리의 무딘 가치관과 판단력에 동화된 요소임을 충격적으로 일깨워주었다는 점에서도 그 의의가 덧붙여진다고 말할 수 있다.[5)]

2-3. 『압구정동엔 비상구가 없다』를 어떻게 볼 것인가?

2-1에서 이미 언급한 바와 같이, 줄거리의 측면에서 볼 때 『압구정동엔 비상구가 없다』라는 작품의 뼈대를 이루고 있는 것은 연쇄살인극이다. 그렇다면, 『압구정동엔 비상구가 없다』에 대한 평가를 제대로 내려 보기 위해서 우리가 맨먼저 생각해야 할 것은 작품 속에 나타나 있는 연쇄살인범의 살인행위가 과연 어떤 뜻을 가지느냐 하는 점일 터이다. 『압구정동엔 비상구가 없다』에서 그의 살인행위는 실제로 행해진 것만 따지면 네 차례, 예정되어 있는 것까지 합치면 다섯 차례 등장한다. 이제부터의 모든 논의는 예정되어 있는 것까지 포함해서 진행하기로 하겠거니와, 이 다섯 차례의 살인행위 가운데 앞의 두 개에서는 사람을 죽이는 일이 바로 그 사람에게 구원을 베풀어주는 것으로 나타나며, 나머지 세 개에서는 그 일이 그 사람의 <죄악>에 대한 응징을 가하는 것으로 나타난다. 그런데 이처럼 그 살해행위들은 크게 두 가지 유형으로 나누어 볼 수 있지만, 독자의 입장에서 그 살해행위들을 볼 때 어느 경우에나 예외 없이 다가오는 느낌은, 그 모든

---

5) 오생근, 『현실의 논리와 비평』(문학과지성사, 1994), pp. 49~50.

행위들이 철저하게 작가의 의도에 의해 조립되고 있다는 것이다. 그 작가의 의도란, 좀더 구체적으로 말하자면, 자본주의의 악을 규탄해야 하겠다는 의도이다. 무엇의 이름으로 규탄하는가? 도덕의 이름으로 규탄한다. 도덕의 이름으로 자본주의의 악을 규탄해야 하겠다는 작가의 의도가 맨처음부터 압도적인 무게로 버티고 있고, 그 의도를 효과적으로 표현하기 위한 방법으로서 다섯 명의 피살자와 연쇄살인범 등 여섯 명의 인물이 만들어지며, 그들을 당사자로 한 이런저런 사건들이 만들어져 배치되는 것이다.6) 작가는 이러한 방식으로 작품을 엮어나가면서, 자신의 의도를 더욱 효과적으로 전달하기 위해, 이태호라는 이름의 잡지사 기자와 조씨 성을 가진 르포작가를 따로 만들어 적절히 활용하기도 한다. 이 두 인물은 작품 속에서 이를테면 작가의 메시지를 대변해 주는 역할을 맡고 있는 셈이다. 그리고 물론 이 작품 전체를 이끌어 나가고 있는 서술자도 서술자 나름대로 그러한 대변인의 역할을 충실히 수행한다.

『압구정동엔 비상구가 없다』의 성격이 기본적으로 이상과 같은 것이라면, 우리는 이 작품을 검토하면서 당연히 이 소설의 서술자, 이태호 기자, 그리고 조씨 성을 가진 르포 작가 등 세 사람이 일치해서 수행하고 있는 <도덕의 이름 아래 행해지는, 자본주의의 악에 대한 규탄>이 과연 수긍될 만한 것인가를 따지는 일에 관심을 기울일 필요가 있다. 그런데 이 작품에서 이러한 규탄의 행위는 무엇보다도 피살자들 가운데 두 번째 유형에 속하는 사람들—구체적으로 말하자면, 자신의 <죄악>에 대한 응징을 받아서 죽는 사람들—을 그려내고 비판하는 과정에서 두드러지게 나타난다. 이 두 번째 유형의 사람들이 가진 <악>을 그려내고 비판하는 일이 수행되면서, 그것을 통하여, 자연스럽게, 그들 개개인이 보여주는 구체적인 <악>들의 배경

---

6) 이런 점에서 『압구정동엔 비상구가 없다』라는 작품은 리얼리즘 문학의 전통과는 거리가 멀다. 그것은 차라리 카프카나 장용학의 여러 작품들처럼 알레고리 소설의 성격을 강하게 띠고 있다.

이자 근원에 해당한다고 그들이 믿고 있는 것, 즉 <자본주의 일반의 악>을 규탄하는 일이 행해지는 것이다. 그러니 만큼 나는 이제부터 위의 두 번째 유형에 속하는 사람들의 면모를 구체적으로 차근차근 따져보는 데 일단 나의 관심을 집중하고, 그렇게 한 다음에, <자본주의 일반의 악>으로 다시 논의를 진전시켜 보기로 하겠다.

우선 여대생의 경우부터 보자. 작품 속에서 그의 면모로서 제시되어 있는 사항을 요약하면 다음과 같다: (1) 대단히 사치스러운 생활을 하고 있다는 것. (2) 가난한 친구와 함께 의상실에 갔다가 그 친구가 7만 원짜리 옷을 놓고 의상실 주인과 실랑이하는 것을 보고 <애, 넌 무슨 애가 7만 원짜리 옷 하나 사며 그렇게 부들부들 떠니? 같이 온 사람 창피스럽게……7)>라는 말을 함으로써 모욕감을 안겨준 일이 있다는 것. (3) 자기와 마찬가지로 부유하고 사치스러운 남학생과 연애중이며, 성관계도 있다는 것. 이 세 가지 사항 하나하나를 잘 따져보자.

우선 그가 대단히 사치스러운 생활을 하고 있다는 것이 문제가 되는가? 작품의 서술자는 이것이 굉장한 <악>으로서, 도덕적으로 규탄 받아 마땅한 문제가 된다고 여기는 모양이다. 작중의 여대생과 같은 사람의 생활방식을 두고 <과소비>라는 말로 비난하는 것이 우리 사회에서는 큰 유행을 이루고 있거니와, 작중의 잡지사 기자나 르포작가나 또 이 작품의 서술자나 그런 유행을 아무 깊은 생각 없이 기계적으로 추종하면서 굉장히 흥분하여 목소리를 높이고 있는 것이다. 하지만 그들의 그런 태도는 정당하지 않다.8)

---

7) 이순원, 앞의 작품, p. 124.

8) 사치니 과소비니 하는 개념들과 관련해서 우리에게 매우 적절하고 설득력 있는 깨달음을 주는 글 가운데 두 편을 아래에 발췌해서 인용해 두고자 한다.
　　<사치에 대하여 바보스러운 얘기들이 많이 씌어지고 언급되어 왔다. 한쪽에서는 궁핍한 생활을 하는데, 다른 한쪽에서는 분수에 넘치는 생활을 하는 게 부당하다고 해서 사치스런 소비에 대한 반대가 제기되었다. 이 주장은 일리가 있는 듯싶다. 그러나 오직 그럴 듯싶을 뿐이다. 만일 사치스런 소비가 사회적 협력체계 속에서 유용한

기능을 수행함을 보일 수 있다면 그런 주장은 옳지 않기 때문이다. 이제 바로 그런 사실을 입증하고자 한다.

(…) 사치성 소비의 사회적 기능이 무엇인지 알려면 무엇보다도 먼저 사치라는 것이 전적으로 상대적인 개념임을 알아야 할 것이다. 사치란 그 동시대의 대중과는 아주 대조적인 생활방식을 말한다. 따라서 사치의 개념은 본질적으로 역사적인 것이다. 오늘날의 우리에게는 필수품인 많은 것들이 한때는 사치품으로 여겨졌다.

(…) 오늘날의 사치품은 내일의 필수품인 것이다. 모든 발전은 처음에는 소수의 부자들만이 쓸 수 있는 사치품의 형태로 출현하지만, 머지않아 모든 이가 당연한 것으로 발견하고 도입하도록 자극을 준다. 그것은 우리 사회가 갖고 있는 동태적 발전원인의 하나이다. 그것 덕분에 우리는 인구의 모든 계층의 생활수준을 점진적으로 향상시켜 온 진보적 기술혁신들을 가질 수 있었던 것이다.

우리는 전혀 일하지 않고 인생을 쾌락 속에 보내는 부유한 유한계급을 동정하지 않는다. 그러나 그들조차도 사회적 유기체의 어떤 기능을 담당하고 있다. 사치스러움의 전형을 보임으로써 대중의 의식 속에 새로운 욕구를 일깨우고 산업으로 하여금 그러한 욕구를 충족시키도록 하는 유인을 준다. 한때는 부자만이 외국을 방문할 수 있었다. 쉴러는 『빌헬름 텔』에서 찬양해 마지 않았던 스위스의 산들이 고국 스와비아에 연해 있음에도 가 보지 못하였다. 괴테는 파리나 비엔나, 런던을 보지 못하였다. 그러나 오늘날에는 수십만 명의 사람들이 해외여행을 하고 있으며 머지않아 수백만 명이 그렇게 할 수 있을 것이다.>(루드비히 폰 미제스,『자유주의』(이지순 역, 한국경제연구원, 1998), pp. 74~76.)

<모든 소비는 합리적이다. 아무리 비합리적이고 퇴폐적으로 보이는 소비도 당사자들에겐 합리적이다. 모든 사치품들은 당사자들에겐 필수품들이다. '과시적 소비'란 말이 일깨워 주는 것처럼, 실은 사치품일수록 필수적이다. (…)

소득이 높아지면, 누구라도 좀더 나은 물건들을 찾게 된다. 물론 그런 유효수요는 사회 발전의 원동력이니, 한 세대의 사치품들은 어김없이 다음 세대들의 필수품들이 된다.

어느 사회에서나 시민들의 사치가 갖가지 사회문제들의 원인으로 여겨지고 거센 비판을 받으므로, 사치의 성격을 밝히고 그것에 관한 잘못된 '상식들'을 걷어내는 일은 무척 중요하다. 그래서 이 문제에 관해 깊이 생각한 하이에크의 견해는 길게 인용할 만하다.

"(지식의 성장을 통해서 사회가 발전해 가는 과정의 어느 단계에서나) 우리가 생산하는 방법을 이미 알지만 몇몇 사람 이상에게 공급하기엔 너무 비싼 물건들이 늘 많이 있을 것이다. (…) 대체로 새로운 재화는 처음엔 '공중의 필요가 되어 삶의 필수품들의 한 부분이 되기 전엔 선택된 소수의 변덕'에 지나지 않는다. 더욱이 새로운 물건들은 그것들이 소수의 사치품들이었기 때문에 더 많은 사람들이 향유할 수 있게 되는 경우가 흔하다. (…) 중요한 점은 우리가 소량을 비싸게 만드는 길을 알고 있는 물건들 사치는 그것 자체로서는 도덕적으로 비난받을 일이 아니다. 사치를 가능하게 하는 돈이 어떤 불법행위에 의해 마련된 것이라면 그 불법행위를 비난할수 있을 따름이다. 이 경우의 비난도, 오로지 그 불법행위가 불법행위라는 사실 자체에 대해서 가해져야 할 따름이며, 사치의 문제를 여기에 끌어들일 이유는 없는 것이다. 그런데 『압구정동엔 비상구가 없다』의 여대생에게는 불법행위의 혐의가 전혀 없다. 그에게 돈을 주는 것은 그의 부친인데, 그의 부친에게도 불법행위의 혐의는 없다. 그의 부친은 <미국에서도 몇 손가락 안에 들어갈 만큼 규모가 큰 패스트푸드사의 한국 지사장[9]>으로 설정되어 있는데, 작가가 그를 하필이면 미국 회사의 한국 사장으로 설정해 놓은 것은 아마도 <외국 자본의 앞잡이=매국노>라는 뉘앙스를 그에게 부여함으로써 국수주의적인 독자의 공분(公憤)을 자극하고자 한 의도가 깔려 있지 않은가 짐작해 볼 소지가 있지만 그것이 사실이든 아니든 미국 회사의 한국 지사장이라는 직책에 대하여 조금이라도 부정적인 느낌을 가지는 것은 한마디로 우물 안 개구리의 국수주의적 망상으로서 일종의 난센스에 지나지 않는 것이고, 아무튼 소설 속에 나타나 있는 바에 따르면 그의 축재(蓄財)에는 불법행위의 혐의가 전혀 없다. 그렇다면 이 문제는 끝난 것이다.

다음으로, 그 여대생이 가난한 친구에게 모욕감을 안겨준 것이 문제가 되는가? 이것은 문제가 된다. 이 문제에서는 명백히 여대생이 잘못했다. 하지만 그것이 살인으로써 응징해야 할 정도의 죄가 될 수는 없다. 이 점에 대해서는, 최소한의 상식을 가진 이라면, 누구도 이의를 제기하지 않을 것이다.

을 싸게 많이 만드는 길을 점차 배워간다는 것만이 아니다. 앞선 자리에서만 다음 단계의 욕망들과 가능성들이 보이므로, 새로운 목표들의 선택과 그것들을 이루려는 노력이, 다수가 그것들을 위해 노력하기 훨씬 전에, 시작된다는 것도 중요하다.">(복거일, 『소수를 위한 변명』(문학과지성사, 1997), pp. 147~149.)
9) 이순원, 앞의 작품, p. 117.

그런데, 바로 그 모욕 사건에 대해서, 그 사건은 단일한 사건으로 그 의미가 한정되는 것이 아니라, 여대생의 자기중심적이고 이기적인 심성을 보여준 상징적 사건이라는 점을 주목해야 한다는 지적이 나올 수 있다. 그것은 물론 타당한 지적이다. 작가도 당연히 그런 상징성을 의도하고 이 사건을 만들어 냈을 것이다. 하지만 그래서 어쨌다는 말인가? 어차피 대부분의 인간은 자기중심적이고 이기적인 존재이다. 그것을 누가 모르고 있는가? 우리는 그 점을 일단 솔직히 인정해야 한다. 그 점을 솔직히 인정한 자리에서, 교육을, 예의를, 도덕을 이야기해야 한다. 그러기를 거부할 때, 인간이라는 존재의 실상을 직시하지 않고 거창한 이상론부터 펴려고 할 때, 거대한 위선이 태어나고, 진짜로 무서운 악이 창궐하게 되는 법이다.[10]

셋째로, 여대생의 연애가 문제될 수 있는가? 연애하는 사람들 본인과 그 가족들을 제외한 나머지 사람들에게는 이것이 전혀 문제될 수 없다. 작품의 서술자는 이 연애사건에 대해서도 아마 독자들의 공분을 불러일으키려는 의도에서인 듯 여대생과 그 연인의 인상을 아주 부정적인 것으로 조형해 내기 위해 다양한 기법상의 전략을 구사하고 있지만 그가 아무리 대단한 노력을 기울여도 소용이 없다. 본질에서 문제가 되지 않는 것이 기법상의 전략 덕분에 문제로 둔갑할 수는 없는 것이다.

물론 나로서는 이 여대생이 자기 자신의 진정한 내적 행복을 가능하게

---

10) 이러한 지적은 물론 <이상> 자체의 존재가치를 부정하는 것이 절대 아니다. 우리는 어떤 상황에서도 이상 자체의 존재가치를 부정할 수 없다. 다만 내가 여기서 말하고자 하는 것은, 우리는 이상을 추구해 나가는 마당에서도 어디까지나 냉철하게 인간이라는 존재의 실상을 직시할 줄 아는 리얼리스트의 위치를 견지하는 가운데서 우리의 작업을 수행해야 한다는 것이다. 그리고 이상을 추구해야 한다는 당위에만 시선을 집중한 나머지 인간이라는 존재의 실상을 직시하지 않고 거창한 이상론으로 치달리는 행위는, 거대한 위선을 탄생시키고 진짜로 무서운 악이 창궐하도록 만드는 행위이기 때문에, 그 반대의 경우, 즉 인간이라는 존재의 실상을 있는 그대로 살펴보는 데 열중한 나머지 이상을 추구하는 일에 소홀해지는 경우보다도 오히려 더 나쁘다는 것이다.

하는 것과는 반대되는 길을 가고 있다는 사실에 대하여 안타까움과 연민의
정을 느끼지 않을 수 없는 것이 사실이다. 하지만 내가 이 여대생과 같은
사람에 대하여 느끼는 안타까움이나 연민의 정은 도덕의 이름으로 그를
규탄하는 일과는 전적으로 방향이 다른 것이다.

다음으로, 중년 여성의 경우는 어떤가? 작품 속에서 그의 면모로 제시되
어 있는 사항을 요약하면 다음과 같다. (1) 부동산 투기로 큰 돈을 벌었다는
것. (2) 여관과 고급 술집을 운영한다는 것. (3) 호스트바를 드나든다는 것.
(4) 초등학교 4학년 아이가 백화점에 있는 46만 원짜리 장난감을 사고 싶다
는데 피곤해서 갈 수가 없을 것 같길래 1백만 원짜리 수표를 주어서 혼자
사 오도록 시킨 일이 있다는 것. 이 네 가지 사항 가운데 어느 것이 문제가
되는가?

부동산 투기로 큰 돈을 번 것? 부동산을 요령있게 굴리기만 하면 엄청나
게 큰 돈을 벌 수 있는 시절이 오래 지속되어 왔다는 것은 우리 경제의
큰 문제점으로 진지하게 검토되고 분석되어야 마땅하다. 그러나 이러한
사실을 검토하고 분석하는 것과, 그 시절 부동산을 실제로 요령있게 굴린
결과 큰 돈을 버는 데 성공한 사람을 <도덕적> 차원에서 도매금으로 <악
한 자>라 단정하여 규탄하는 것은 전혀 번지수가 다른 문제이다. 전자는
정당한 것이지만 후자는 전혀 정당하지 않다.[11]

---

11) 이 문제에 대한 독자의 이해를 돕기 위하여 『갈등하는 본능』 가운데 한 대목을
조금 길게 인용해 두고자 한다.
<1988년 올림픽을 전후해서 전국의 집값이 폭등을 거듭했다. 오른 전세값을 부담할
수 없어서 자살한 사람까지 생겨나는 판이었다. 심각한 상황이었다. 당시 언론은
그 원인을 복부인들이나 재벌들의 투기로 몰아갔다. 아마 이 글을 읽고 있는 독자들
도 대부분 그렇게 믿고 있음이 분명하다.
하지만 그것은 본말이 전도된 생각이다. 투기꾼 때문에 집값·땅값이 오른 것이
아니라, 오히려 그 반대로 많은 사람들이 집값이 오를 것이라고 예상했기 때문에
많은 사람들이 투기꾼으로 되어 버린 것이다. 더 근본적인 원인은 그린벨트 제도
등으로 인해 쓸 수 있는 땅과 집·건물의 공급은 원활하지 못한 반면에 국민소득의

여관과 고급 술집을 운영한다는 것? 그것이 그 자체로서 비난받아야 할 일인가? 우리 사회에서 여관이 다 없어져야 하는가? 고급 술집도 다 없어져야 하는가? 여관 주인이라는 직종 자체가 사라져야 하는가? 고급 술집 주인이라는 직종도 사라져야 하는가?

호스트바에 드나든다는 것? 그것을 잘하는 일이라고 할 수는 없다. 하지만 이 문제는 그와 그의 가족이 알아서 해결할 문제이지, 엉뚱한 제3자가 나서서 살인극을 벌일 문제가 아니다. 제3자가 그것을 도저히 그냥 보고 묵과할 수 없을 정도로 <정의감>에 불타는 사람이라면 그의 남편에게

급속한 증가로 인해 집이나 건물에 대한 수요는 급등했다는 사실이다.

투기꾼이 집값을 올린다는 생각은 환상이다. 투기는 우리나라의 국민소득이 급격히 증가하는 기간에만 있어 왔다. 70년대 말의 투기는 해외건설 경기의 호황 때문이었고, 80년대 말의 투기는 막대한 무역흑자 때문이었다.

만약 투기꾼들이 (그들이 누구인지는 불확실하지만 어쨌든) 집값을 올릴 수 있는 '마력'이 있다면 왜 아무 때나 집값을 올려서 이득을 취하지 못하는 걸까? 왜 하필이면 투기는 국민소득이 급격히 증가하는 기간에만 생기는 것일까? 투기꾼이 집값을 올리는 것이 아니라 소득의 증가에 따른 수요증가가 투기꾼을 만들어내는 것이다. 앞으로도 어느 때이건 우리 국민들의 소득이 급격히 증가하는 한, 그리고 그에 맞추어 토지와 집과 건물의 공급이 원활히 이루어지지 않는 한 토지와 집의 가격은 폭등할 것이고 투기꾼은 나타날 것이다.

그런데 세상을 그렇게 이해하고 나면 곤란한 문제가 생긴다. 책임의 소재가 불분명해지는 것이다. 국민소득이 올라가는 것은 좋은 것인데, 그것 때문에 집값이 올라가다니. 결국 집값 폭등의 책임자는 대부분의 국민들이 되는 셈이다. 집값이 폭등해서 생기는 공포와 스트레스를 해소하기 위해서는 우리 조상들이 늘 그래 왔듯이 누군가를 공격하고 비난하고 희생양을 삼아야 할 텐데 대상이 마땅치 않은 것이다.

그것보다는 몇몇 나쁜 작자들의 소행이라고 결론짓고 그들을 처단해야 한다고 주장하는 것이 훨씬 더 훌륭하다는 소리를 들을 수 있고 또 신문도 더 많이 팔 수 있다. 그래서 언론은 말한다. "서민 여러분, 여러분이 겪는 고통은 여러분의 탓이 아닙니다. 재벌과 투기꾼들 때문에 여러분들이 고통을 겪고 있는 것입니다. 그들을 처단합시다. 그들이 가지고 있는 부동산은 강제로 처분하게 만듭시다."

(…) 사람들은 자기가 고통을 겪는 원인을 남의 탓으로 돌리려고 한다. 언론은 비난하기에 가장 안전한 '남'이 누구인지를 독자들에게 가르쳐 주어야 한다.>(김정호·공병호, 『갈등하는 본능』(한길사, 1996), pp. 234~236.)

이 사실을 알려 주는 것이 최상일 터이다.

아이에게 1백만 원짜리 수표를 주어 보낸 것? 바로 여기서 사치 혹은 <과소비>의 문제가 다시 등장하는 셈인데, 앞서 거론한 여대생의 경우와 조금 다른 것은, 이 경우에는 초등학교 4학년 아이에 대한 교육의 문제가 겹친다는 점이다. 이 가운데 사치 혹은 <과소비>의 문제에 대해서는 앞서 자세히 거론한 바가 있으므로 그 문제 자체에 대하여 새삼 다시 길게 언급할 필요는 없을 듯하다. 결론만 적으면 되리라. 우리의 결론은, 아이에게 그런 돈을 쓰게 할 정도의 사치를 가능하게 만든 원인과정, 즉 그 중년 여성이 부를 축적해 온 과정 가운데에 불법행위에 해당하는 것들이 있다면 그것을 문제삼아야 하며, 사치를 사치 자체로 비난할 이유는 없다는 것이다. 그리고 우리는 그러한 행위를 통하여 드러나는 그 중년 여성의 내적인 황폐함에 대해 안타까움이나 연민의 정을 느낄 수 있지만, 그러한 감정은 그를 도덕의 이름으로 규탄하는 것과는 아무 상관이 없을 뿐 아니라, 전적으로 방향이 다르다는 것이다. 그렇다면 초등학교 4학년생에 대한 교육의 문제? 이것은 물론 가볍지 않은 문제라 할 수 있다. 하지만 그것 역시 기본적으로는 우리로 하여금 그들 모자(母子) 모두에 대하여 안타까움과 연민의 정을 갖게 만드는 것일 뿐이며, 한 가지 더 이야기하자면 교육의 방법론이라는 문제에 대하여 새로운 성찰을 하도록 자극하는 것일 뿐이다.

그런데 이 소설을 보면―충분히 예상할 수 있었던바 그대로이지만―이 문제가 그런 식으로 처리되고 있지 않다. 우리의 결론과는 달리, 격렬한 비분강개조의 이야기가 거침없이 튀어나오는 쪽으로 나아가는 것이다. 작가는 이 사건의 뒷이야기를 다음과 같이 전개해 나간다.

이 사건이 있은 지 이틀 후, TV에서 「과소비 이래도 좋습니까」라는 캠페인 프로를 방영한다. 그 프로에서 이 사건이 재연된다. 아나운서가 이런 말을 한다. <이것은 이틀 전 강남 모 백화점에서 실제 있었던 상황입니다. 여러분,

지금 이걸 본 여러분의 심정은 어떻습니까?[12]> 이 프로를 어떤 젊은 소설가
가 보고 비분강개한다. 비분강개해서, 한 편의 글을 어느 신문에 발표한다.
그 글은 다음과 같은 내용으로 끝맺는다.

그것을 본 순간 내 가슴 한가운데 구멍이 뻥 뚫리는 심정이었습니다.
더구나 조금 전 우리 부부는 아이에게 천 원짜리를 제 마음대로 썼다고
야단을 치고 벌을 주고 있는 중이었습니다. 그 아이의 부모는 어떤 사람들
일까요. 꼭 한 번 그 잘난 얼굴들을 보고 싶습니다. 나는 아이에게 그만
일어서라고 말했습니다. 정말 울고 싶은 심정이었습니다.
지금 그 아이의 부모가 경제적으로 우리를 울리고 지배하듯, 그런 천박한
부모 밑에서 어려서부터 1백만 원짜리 수표를 들고 다니는 걸 배운, 천박한
가정환경 속에서 역시 천박한 생각을 가질 수밖에 없도록 배우고 자란 그
아이는 이 다음 커서도 경제적으로 우리의 아이들을 지배하겠지요.
그날 밤, 나는 솔직히 혁명을 꿈꾸었습니다. 그 혁명을 <반자본주의>
라고 해도 좋고, 그 <반자본주의>를 <사회주의>라거나 또 다른 어떤
이름으로 불러도 좋습니다. 우리가 그런 부모들의 지배를 받지 않을, 그리
고 우리 아이들이 그런 아이들의 지배를 받지 않을 세상을 만드는 꿈이었
습니다. 거듭 그 아이 부모의 얼굴이 나는 보고 싶습니다.[13]

이 젊은 소설가의 발언을 어떻게 보아야 할까? 나로서는 다음과 같은
몇 가지 점에서 그가 심각한 오류를 범하고 있다는 사실을 지적하지 않을
수 없다.
첫째, 부동산 투기로 큰 돈을 번 중년 여성은 젊은 소설가를 경제적으로
울리고 지배하는 사람이 아니다. <지배>라는 살벌한 말을 그처럼 부정확
하게, 함부로 써서 어쩌자는 것인가? <지배>라는 말을 빼고, <젊은 소설가
가 경제적으로 어려움을 겪고 있는 것은 부동산 투기로 돈을 번 중년 여성의

12) 이순원, 앞의 작품, p. 173.
13) 위의 작품, p. 175.

횡포 때문이다>라고 표현하면 어떨까? 그것 역시 사태의 진상과 동떨어진 얘기에 불과하다. 그렇다면, <젊은 소설가와 같은 부류에 속하는 사람들이 경제적으로 어려움을 겪고 있는 것은 부동산 투기로 돈을 번 중년 여성과 같은 부류에 속하는 사람들의 횡포 때문이다>라는 식으로, 문제를 일반화 시켜서 표현한다면 어떨까? 그것 역시 사태의 진상과는 동떨어진 얘기에 불과하다. 알고 보면 그 젊은 소설가는, 각주 11)에서 내가 인용한 책의 한 구절을 빌려서 표현하자면, <서민 여러분, 여러분이 겪는 고통은 여러분의 탓이 아닙니다. 재벌과 투기꾼들 때문에 여러분이 고통을 겪고 있는 것입니다>라는 식의 기만적인 선동에 속고 있다. 속고 있으면서, 다시 그런 기만적 선동을 더 널리 퍼뜨리는 역할까지 수행하고 있다.

둘째, 중년 여성의 아이와 같은 무리가 나중에 자라면, 그 동안 우리 한국 땅에 <혁명>이나 그것에 준하는 정도의 일대 변혁이 발생해 있지 않는 한, 틀림없이 소설가 자신의 아이와 같은 무리를 다시 한번 경제적으로 지배하게 되리라는 것이 소설가의 생각인데, 이런 생각은 어처구니없는 패배적 발상이라고 하지 않을 수 없다. 세상에 어디 그런 법칙이 있단 말인가? 우선 전자가 설령 대를 이어 부자가 되고, 후자가 역시 대를 이어 가난한 삶을 살더라도, 그 양자간의 관계는 지배-피지배의 관계일 수 없다. 단지 강자-약자의 관계일 따름이다. 우선 이 점에서 소설가의 착각을 바로잡을 필요가 있다. 그 다음으로 한 가지 더 지적해야 할 것은, 앞날은 정말 알 수 없다는 것이다. 전자가 경제적으로 몰락하고 후자가 경제적으로 성공해서, 강자-약자의 관계가 역전될 가능성도 얼마든지 존재한다. 사실은 그런 역전의 가능성을 최대한으로 보장하고 있는 체제가 자본주의 체제이다. 자본주의 체제와 전근대적 신분차별 체제를 비교해 보라. 어느 쪽이 역전의 가능성을 더 크게 보장하고 있는가?[14] 또 자본주의 체제와 사회주의 체제를

14) 실제로 바로 그러한 역전의 가능성이 철저하게 억제당하고 있던 전근대적 신분차별

비교해 보라. 어느 쪽이 역전의 가능성을 더 크게 보장하고 있는가? (작품 속의 젊은 소설가는 이 두 번째 물음에 대한 정답이 무엇인지 전혀 모르고, 안타깝게도 흑이 백이고 백이 흑인 줄 아는 식의 착각에 깊이 빠져 있는 모양이지만, 소련 사회주의 체제에 존재한 노멘클라투라(nomenklatura)를 생각해 보고, 북한의 사회주의 체제에서 이른바 출신성분이라는 것이 가지는 의미가 무엇인지를 생각해 보면, 이 물음에 대한 정답이 무엇인지 금방 깨달을 수 있다.)

셋째, 현실에 대해 이런저런 불만이 있다고 해서 혁명의 비용에 대한 깊은 성찰의 과정을 완전히 생략한 채 너무나 쉽게 혁명이라는 말을 입에 올리는 태도나 사회주의 체제의 참담한 실상에 대한 최소한의 사유도 해 보지 않은 채 너무나 쉽게 사회주의를 운운하는 태도, 심지어 반자본주의이기만 한다면 그것이 사회주의건 다른 무엇이건 상관없다는 식으로 그야말로 <막가는> 태도는, 그래도 지식인의 범주에 속하며 신문에 상당히 긴 글을 발표할 수 있을 정도로 사회적인 영향력까지 누리고 있는 사람의 태도 치고는 참으로 안타까울 만큼 유아적인 수준이라고 하지 않을 수 없다.[15]

체제의 질곡을 깨뜨리고, 그 역전 가능성의 크기를 비약적으로 확대했다는 사실이야 말로, 자본주의 체제가 인류사 위에 남긴 최대의 공적 가운데 하나라고 할 수 있다. 다음에 인용하는 송희식의 글은 인류사의 진실에 대한 참으로 중요한 통찰을 담고 있는 것인데, 이 글에서 <화폐>라는 말을 <자본주의>라는 말로 바꾸어 놓고 읽어 도 그 뜻에는 아무런 변화가 초래되지 않는다.
<우리가 전근대적 사회를 돌아보면, 사회적·체제적 부조리에 대하여 분노를 금할 수 없고, 때로는 야만적이라고 느끼기도 한다. 그런데 그 모든 부조리를 쓸어내어 버린 것이 무엇인가 하면, 그것이 바로 화폐이다. 근대사회로의 전환에 대하여, 문명 의 진보, 자유의 승리, 이성의 승리, 인간정신의 위대한 진보 등이라고 말하기도 하지만, 그것은 지극히 추상적인 언어일 뿐이다. 인류 수천 년의 역사에서 근대 이전의 부조리를 쓸어낸 것을 구체적으로 말하면, 그것은 화폐인 것이다.
화폐가 인간에게 자유를 선물하였다. 화폐가 민주주의를 선물하였다. 화폐가 인간을 계급으로부터 해방시켰다. 그것은 공자도 할 수 없었던 일이었다.>(송희식, 『자본주의 우물을 벗어난 문명사』(모색, 1995), p. 180.)
15) 신문에 상당히 긴 분량의 글을 발표하고 그것을 통해 일정한 사회적 영향력을 발휘

이제 마지막으로, 부사장의 경우를 살펴보자. 작품 속에 제시되어 있는 그의 면모는 앞에서 말한 대로 <그룹 회장인 아버지로부터 후계자 실습을 요구받고 있지만 정작 그 일에는 도무지 흥미가 없고 맨날 놀러 다닐 궁리만 하고 있다>는 것이다. 이런 면모를 지닌 인물이기에, 그는 아버지가 은퇴하거나 작고해서 그룹을 물려받게 되면 아예 전문 경영인에게 그 운영을 맡겨 버릴 생각이다. 그런데 이러한 그의 면모에서 연쇄살인범이 문제 삼은 것은, 그 <놀러 다니는 일>이 <퇴폐적인 행위>로 점철되어 있다는 점인 듯하다. 하지만 이런 정도의 요소를 근거로 해서 그를 <도덕의 이름 아래 악한 인간으로 단호히 규정되고 기세등등하게 규탄되어 마땅한 존재>로 몰아붙이는 일이 정당화될 수 있는가? 또 그를 살해해 버리는 행위가 정당화될 수 있는가? 전혀 그렇지 않을 것이다.

이상, 연쇄살인범이 <죽여 버림으로써 응징하는 행위>의 대상으로 선택한 세 사람의 경우를 전부 검토해 보았거니와, 그러한 검토의 결과는, 소설 속에 나오는 이태호 기자와 르포작가, 그리고 소설의 서술자 자신이 일치해서 확신하고 있는 바와는 매우 다른 것으로 나타났다. 즉 그 세 사람의 피살자 가운데 어느 누구도 도덕의 이름 아래 <악한 인간>으로 단호히 규정되고 기세등등하게 규탄되어 마땅한 존재와는 거리가 멀다고 할 수밖에 없는 것으로 나타났다.

그러면 이제는 논의의 초점을 더욱 심층적인 데로 옮겨 보자. 앞에서 나는 이태호 기자, 르포작가, 그리고 이 소설의 서술자가 일치해서 규탄하고 있는 것이 그 피살자들의 <악>일 뿐 아니라 그 <악>의 배경이자 근원에

할 수 있다는 것은 아무에게나 주어지는 권리가 아니다. 적어도 문제의 중년 여성은 그런 권리를 아마 절대로 누릴 수 없을 것이다. 적어도 이 점에서는 그가 강자이고 중년 여성이 약자이며, 그가 권력층이고 중년 여성이 무력한 서민이다. 하지만 그는 이 점을 꿈에도 생각해 보지 못하고 있는 것 같다. 남의 손에 있는 떡이 커 보이고, 자기 손에 있는 떡은 안 보이는 법이다, 하면 그만인 현상일까? 그렇지 않다. 적어도 지식인은 그런 수준의 어리석음에서 벗어나 있어야 한다.

해당한다고 그들이 여기고 있는 <자본주의 일반의 악>이기도 하다는 점을 지적한 바 있거니와 이제는 바로 그 <자본주의 일반의 악>에 대해서 살펴볼 차례가 된 것이다. 그런데 사실 이 문제에 대한 논점의 핵심은, 따지고 보면, 앞서 어느 젊은 소설가가 신문에 발표한 글을 검토하는 과정에서, 다 드러난 셈이다. 그러니 여기서는 예를 다양하게 드느라고 시간을 따로 소모할 필요가 없을 듯하다. 이 작품의 서술자가 바로 이 <자본주의 일반의 악>에 대해 얼마나 강렬한 분노를 품고 있는가 하는 점을 단적으로 보여주는 예문 하나만 들고 나의 논의를 계속하겠다.

> 시옷증권 지점장은 아까부터 그 여섯 개의 증권사 영업점 가운데 왜 하필이면 시옷증권 지점장실에 총알이 날아들었는지 생각하고 있었다.
> 그러나 그 총격에 대해 지점장은 <u>지나치게</u> 자기 주변으로 범위를 좁혀 생각하고 있었고, 경찰과 기자는 범인의 얼굴만 모른다 뿐이지 동기야 이미 판에 박혀 있는 것이 아니냐는 식으로 <u>지나치게</u> 안일하게 생각하고 있었다. 경찰의 추측대로 일확천금의 환상으로 주식투자를 했다가 거덜 난 한 투자가의 일그러진 화풀이일 수도 있지만, 어쩌면 그 이상의 것일 수도 있었다. 서울의 그 많은 증권사 영업점들 가운데 압구정동 영업점에 총알이 날아들었다는 것, <u>애써</u> 사람들은 간과하고 있지만 그것은 이 땅의 자본주의가 미덕(?)처럼 내세우고 있는 두 개의 어떤 상징을 한 표적으로 하고 있었다. 증권사 건물이 갖는 그것의 어떤 본질적이고도 체계적인 상징과 압구정동이 갖는 한국 자본주의의 현주소적인 (어느 시인의 말대로 <욕망의 평등사회>적인) 상징, 그 <u>끝간 데 모를</u> 부패와 타락에 대해 어느 누군가 마지막 경고와도 같은 사회적 증오감으로 거기에 총격을 가했던 것이라고는 아무도 생각하지 않고 있는 것이었다.[16](밑줄 인용자)

위에 인용된 부분은 어떤 작중인물의 발언이 아니다. 이 작품을 진행해 나가고 있는 서술자 자신의 발화에 해당하는 대목이다. 그런데 위의 인용문

---

16) 이순원, 앞의 작품, pp. 38~39.

전체에서 일관되게 보이다시피—그 가운데서도 밑줄 친 표현들에서 특히 잘 보이다시피—이 대목을 지배하고 있는 어조는 객관적으로 사태를 관찰하고 보고하는 중립적 서술자의 그것이 아니다. 객관적으로 사태를 관찰하고 보고하는 역할에만 스스로를 한정시키기에는, 서술자 자신이 <자본주의 일반의 악>에 대해서 느끼고 있는 분노와 증오가 너무나 뜨겁고 강렬하다. 그래서 그는 이야기의 전면에 뛰어나와, 자신의 분노와 증오를 거침없이 쏟아내고 있는 것이다. 그는 시옷증권사 지점장의 판단에 대해서는 <그것은 지나치게 좁은 생각이다. 틀렸어>라고 평가절하하고, 경찰과 기자들의 생각에 대해서는 <그것은 지나치게 안일한 생각이다. 역시 틀렸어>라고 평가절하하며, 불특정 다수 사람들의 생각에 대해서는 <당신들은 사태의 진실을 애써 간과하고 있는 거야. 역시 틀렸어>하고 평가 절하한다. 그렇게 하고 나서 그는 소설 속의 증권사 지점장도, 경찰도, 기자들도, 또 다른 불특정 다수의 사람들도 하나같이 모르고 있는 <정답>을 가르쳐 준다: <증권사 건물이 갖는 그것의 어떤 본질적이고도 체계적인 상징과 압구정동이 갖는 한국 자본주의의 현주소적인 (어느 시인의 말대로 '욕망의 평등 사회'적인) 상징, 그 끝간 데 모를 부패와 타락에 대해 어느 누군가 마지막 경고와도 같은 사회적 증오감으로 거기에 총격을 가했던 것>이라고.

이러한 <평가절하하기>와 <정답 가르쳐 주기>는 위에서 말한 대로 서술자가 <자본주의 일반의 악>에 대해서 느끼고 있는 분노와 증오가 얼마나 강렬한 것인지를 보여주는 것이어니와, 또 한편으로 그것은, 그 <자본주의의 악>을 둘러싼 문제에 대한 스스로의 판단이 정당하다는 것을 그가 얼마나 자신만만하게 확신하고 있는가를 인상적으로 보여주는 것이기도 하다. 자기의 판단이 혹시 잘못된 것일지도 모른다는 걱정은 그의 마음속에는 티끌만큼도 깃들여 있지 않은 것이다. 참으로 대단한 자신감이다.

그런데, 따지고 보면, <자본주의 일반의 악>에 대하여 『압구정동엔 비상구가 없다』의 서술자가 보여주고 있는 이와 같은 분노와 증오, 그리고 자신 감은, 앞서 살펴보았던 젊은 소설가의 그것과 완전히 동일한 성격을 띠고 있는 것이다. 그러니 만큼 앞에서 내가 젊은 소설가의 태도 속에 들어 있는 문제점으로 지적하였던 사항들이 기본적으로 여기에도 꼭같이 적용된다. 그렇다면 나로서는 여기서 다시 구체적인 지적을 되풀이하는 수고를 생략 하고,『압구정동엔 비상구가 없다』에 나타나 있는 자본주의관(資本主義觀) 을 종합적으로 간단히 요약·정리한 다음, 더욱 일반론적인 차원의 이야기로 곧장 나아가도 무방하지 않을까 싶다.

『압구정동엔 비상구가 없다』에 나타나 있는 자본주의관은 이 작품 속에 서 한국 현대사회의 제반문제들에 대한 지적 성찰을 담당하고 있는 이태호 기자, 르포작가, 젊은 소설가 등등이 추호의 이견도 없이 일치해서 보여주고 있는 것이며, 그것은 또한 이 소설의 서술자 자신이 절대적으로 지지하고 있는 관점이기도 하다. 그것은 요컨대 <한국의 자본주의는 오늘날 끝간 데 모를 부패와 타락의 온상이 되고 있다>는 것이다. 그 단적인 증거가 포르노 비디오테이프에 정신적으로 중독된 노파와 성전환한 청년의 고 통17), 여대생·중년여성·부사장의 사치와 방종 따위라는 것이다. 그리고

17) 노파와 성전환한 청년의 경우는 이 글의 본문에서 자세히 다루지 않았다. 그럴 필요 를 느끼지 않았기 때문이다. 여기서 간단하게 이들이 경우에 대한 내 생각의 요점만 말해 두기로 한다. 우선 노파에 대한 이야기는 분명 중요한 문제 제기로서의 의미를 갖는다. 그러나 이 문제를 <자본주의에 대한 매도>의 논거로 사용하는 것은 전혀 번지수를 잘못 찾은 것이다. 다음으로, 성전환한 청년(원래의 이름은 강혁주, 성전환 한 이후의 이름은 강혜리)의 경우를 살펴 보면 연쇄 살인범이 그를 죽이면서 <그냥 이대로 가거라. 슬프고도 불쌍한 인생……어느 곳 어느 부모 아래 다시 태어나든 그때엔 꼭 여자의 몸으로 태어나 이번 삶에 풀지 못한 한도 풀 것이며……>(위의 작품, p. 140)라는 대사를 읊조리는데, 그러한 대사나 또 그의 살해행위 자체나 모두 성에 대한 지극히 보수적이고 인습적인 관념의 소산에 불과한 것으로 비판되어야 한다. 그런가 하면 그 청년에 대한 취재기사를 쓴 이태호 기자의 견해도 비판받아 마땅하다. 두 가지 잘못 때문에 그렇다. 연쇄살인범과 마찬가지로 강혁주(강혜리)의 삶을 어디까지나 병적인 것, <슬프고도 불쌍한 것>으로 몰아붙인 점이 그 한 가지

이야기를 더 일반화시켜 보면, 유독 한국의 자본주의만이 그런 것이 아니라, 자본주의라는 것의 본성 자체가 그러하다는 것이다. 그런데 이토록 사악한 자본주의가 지금 한국을 포함한 전세계를 제패하고 있으며, 한국의 경우 그 제패가 가져오는 추악한 결과를 가장 잘 보여주는 곳이 압구정동인데, 이 압구정동에는, 아니 압구정동뿐 아니라 전세계에는, 이토록 사악한 자본주의의 지옥으로부터 탈출하는 것을 가능하게 해 주는 <비상구>가 어디에도 보이지 않으니 답답하다는 것이다.

『압구정동엔 비상구가 없다』에 나타나 있는 자본주의관을 요약·정리하면 이상과 같은 것이 된다. 그러면 이제 그것을 기초로 하면서, 더욱 일반론적인 차원의 이야기로 나아가 보기로 하자.

시야를 넓혀서 관찰해 보면, 『압구정동엔 비상구가 없다』에 나타나 있는 자본주의관은, 그 본질적인 측면에서, 오래 전부터 한국 문학계의 상당부분을 지배해 오고 있는 관점 바로 그것에 다름 아니라는 사실이 확인된다. 달리 말하자면, 『압구정동엔 비상구가 없다』에 나타나 있는 자본주의관은, 그 표현의 강도에서 특별히 인상적이라는 정도의 지적은 가능할지 모르나, 그 관점의 성격 자체에서는 조금도 특별한 것이 아니고, 지극히 전형적인 것이라 할 수 있다. 구시대의 신분차별 체제와 자본주의 체제를 차분하게 비교해 보지도 않으며, 흔히 막연하게 거론되는 혼합주의 체제와 자본주의 체제를 또한 차분하게 비교해 보지도 않은 채, 덮어놓고 자본주의 체제를 비난하는 데에만 열을 올리는 단순성이 오래 전부터 한국의 문학계에서는 큰 위력을 발휘해 오고 있는 바, 그 한 인상적인 표현이 『압구정동엔 비상구

잘못이고, 그에 대한 이야기를 하면서 역시 전혀 번지수가 맞지 않는 <자본주의>에 대한 격렬한 성토에다 논의의 대부분을 할애한 점이 다른 한 가지 잘못이다. 끝으로 참고 삼아 덧붙이자면, 이태호 기자의 글 속에 나오는 <일찍이 미국에 세이라는 경제학자가 있어……> 운운의 구절(p. 185)은 프랑스의 경제학자 장 바티스트 세를 미국의 경제학자로 착각한 오류의 소산이므로 바로잡아져야 한다.

가 없다』로 나타난 셈이라고 보면 되는 것이다.

이러한 지적을 하고 있는 나 자신은 그러면 자본주의 체제를 긍정하는 사람인가? 한 마디로 말하자면, 그렇다. 우리가 현실적으로 채택할 수 있는 선택지(選擇肢) 가운데서는 자본주의 체제 이상의 대안이 없다는 사실을 알고 있다는 점에서 그런 것이다.[18]

이러한 입장에 서 있다고 해서, 내가 한국 자본주의의 현실태(現實態) 자체를 액면 그대로 긍정하고 있는 것은 물론 아니다. 한국 자본주의의 현실태 가운데에는 개선되어야 할 문제점들이 산적해 있음을 나도 잘 알고 있다. 그리고 그것을 진짜로 개선하기 위해 많은 사람들이 지혜와 열정을 모아 구체적인 노력을 기울여야 할 필요성도 절감하고 있다. 바로 이러한 입장에 서 있기 때문에 나는 『압구정동엔 비상구가 없다』에 나타나 있는 바와 같은 유형의 자본주의관이 한국 문학계에서 큰 비중을 차지하고 있다는 사실에 대하여 더욱더 진한 안타까움을 금할 수 없는 것이다.

한국 자본주의의 현실태 가운데 들어 있는 여러 가지 문제점들은, 인간성에 대한 도덕적 호소를 통하여 해결될 수 있는 것들이 아니다. 인간의 도덕적 수준이란 어차피 다 비슷비슷한 것이다. 한국인이나 외국인이나 다 비슷

---

18) 요컨대, 나는 복거일의 다음과 같은 말을 지지하는 사람이다: <통념과는 달리, 황금이 만능인 사회는 실은 좋은 사회이다. 자유의 본질과 그것을 지키는 데 필요한 것들에 대해 가장 깊이 연구한 사람들 가운데 하나인 하이에크가 얘기한 것처럼, 돈을 내면 무엇이든지 살 수 있는 것이 아니라 파는 사람이 그 돈을 내는 사람의 특질을 따진 뒤에야, 곧 인종·성별·신분·종교·출신 지역 따위를 따져 파는 사람이 정한 기준들에 맞아야, 비로소 무엇을 살 수 있는 사회를 상상해 보면, 이 점이 이내 드러난다. 돈이 있어도 신분이 낮으면 좋은 재화들을 즐길 수 없는 전통적 귀족 사회나 인종·성별·종교, 또는 출신 성분에 따라 차별적 대우를 한 나치 독일이나 남아프리카 연방이나 공산주의 사회들이, 바로 그런 예들이었다. 그래서 '황금 만능'을 개탄하는 사람들은 자신들의 복을 탓하는 것이다. 구매력만을 보고 그 뒤에 선 사람들을 보지 않는 자본주의 사회가 소수파들을 가장 잘 보호하는 사회라는 밀턴 프리드먼의 얘기는 바로 그 점을 가리킨 것이다.>(복거일, 앞의 책, p. 62.)

비슷하며, 부유한 자나 가난한 자나 다 비슷비슷하다. 이러한 사실을 조금이라도 진지하게 생각해 본다면, <한국>의 <부유한 자들>이 도덕적으로 타락해 있기 때문에 온갖 사회문제들이 발생한다는 투의 사고방식—『압구정동엔 비상구가 없다』를 지배하고 있는 사고방식—이 얼마나 소박한 것인가를 금방 알 수 있다.

그렇다면 한국 자본주의의 현실태 가운데 들어 있는 여러 가지 문제점들은 왜 생기는 것인가? 그것은, 한 마디로 표현하자면, 자본주의 체제를 원활하게 움직이는 데 필요한 운영규칙들이 올바르게 정립되고 또 힘을 발휘하지 못하기 때문에 생기는 것이다. 그러니 만큼, 그 문제점들을 진정으로 개선하는 길은, 그 운영규칙들이 구체적으로 어떻게 잘못되어 있는가를 파악하고, 그것들을 제대로 정립하고 또 그것들이 제대로 힘을 발휘하게 하려면 구체적으로 어떤 전략이 필요한가를 모색하는 어려운 작업에 가능한 한 많은 수의 사람들이 힘을 보태야만 찾아질 수 있다. 이러한 작업은 소수 전문가만의 일일 수 없다. 누구나 다 자신의 전공분야를 살려가면서 이 작업에 힘을 보탤 수 있고 또 보태야 한다. 소설가라면 소설가의 전공분야를 살려 가면서 이 작업에 힘을 보탤 수 있고 또 보태야 한다.

그런데 이러한 작업은 방금 말한 것처럼 어려운 일이다. 대단히 어려운 일이다. <구체적인> 문제점을 조사하고 <구체적인> 대안을 모색하는 일은 언제나 어렵다. 구체적인 차원의 일은 언제나 어려운 것이다. 그렇기 때문에, 지적인 면에서 특별한 부지런함을 갖고 있지 못한 사람들의 경우, 이런 작업에 힘을 보태지 않고 빠지려 하는 경향이 강한 것도 이해가 되기는 한다.

여기에 비하면, 도덕적 구호를 소리 높여 외치는 것은 아주 쉬운 일이다. 그렇게 정밀한 조사도 필요 없고, 정밀한 사태분석도 필요 없고, 정밀한 대안의 탐색도 필요 없다. 깊은 사색이 필요하지 않다. 기껏해야 상식

수준의 현장조사, 상식 수준의 통계자료 수집 정도면 되고, 단순한 감정으로 치달리기만 하면 된다. 지적인 면에서 특별한 부지런함을 갖고 있지 못한 사람이 이 길을 쉽게 선택하는 경향이 있는 것도 이해가 된다.

어디 그뿐이랴. 전자의 길을 택하는 것보다 후자의 길을 택하는 편이 인기를 얻는 데도 대체로 유리하고, 존경을 끌어 모으는 데도 대체로 유리하다. 전자의 길이 대체로 논리에 호소하는 것이라면 후자의 길은 대체로 감정에 호소하는 것이기에 우선 그러하다. 전자의 길이 대체로 사람들에게 부담감을 주는 것이라면, 후자의 길은 대체로 사람들에게 통쾌하다는 느낌을 주는 것이기에 또한 그러하다.

어려운 길 대신 쉬운 길을 갈 수 있고, 인기나 존경을 획득하는 데에도 더 유리하고……얼마나 좋은가? 그러니 많은 소설가·지식인들이 후자의 태도를 자기 것으로 선택해 오고 있는 것은 충분히 이해되는 일이다.

그러나 많은 소설가·지식인들이 이러한 선택에 만족해 오고 있다는 것은, 정말 많은 사람들의 동참과 협력에 의해서만 겨우 개선의 길을 찾을 수 있는 저 다양한 문제점들이 해결을 향해 다가가지 못하고 계속 방치되도록 만드는 쪽으로 작용하는 것이 된다. 이것은 참으로 불행한 일이 아닐 수 없다.

또한 소설의 경우로 시야를 좁혀서 이야기하자면, 많은 소설가들이 이러한 선택에 만족하고 있다는 것은, 우리 소설이 리얼리티의 측면에서 더 높은 단계로 도약하는 것을 계속 불가능하게 만드는 방향으로 작용하는 것이 된다. 우리 소설이 리얼리티의 측면에서 더욱 높은 단계로 도약하기 위하여 필요로 하는 조건들이 어떠한 것인지는 물론 간단하게 한두 마디로 다 설명될 수 있는 것이 아닐 테지만, 최소한, <정밀한 조사, 정밀한 사태분석, 정밀한 대안의 탐색, 깊은 사색>을 필요로 하는 길을 회피하고 그런 것들을 필요로 하지 않는 길을 선택하는 태도가 사라지지 않고 강력하게 계속 버티고 있는 마당에서 <높은 도약>이 이루어질 수 없다는 것만은 누구나 쉽게 알 수 있는 노릇이기에 위와 같은 말이 가능하다.

2-4. 오생근의 비평을 논한다

지금까지 내가 전개해 온 논의의 연장선상에서 볼 때, 앞서 인용된 바 있는,『압구정동엔 비상구가 없다』에 대한 오생근의 비평은 설득력을 갖지 못하는 것으로 간주되지 않을 수 없다. 이제 그 점을 간단히 짚어 보고 『압구정동엔 비상구가 없다』에 대한 논의를 마치기로 하자.

앞서 인용된 글에서 오생근은『압구정동엔 비상구가 없다』가 우리 시대 의 사회문제에 대하여 <정곡을 찌르는 면이 있음을 인정해야 한다>고 했지만, 내가 보기에 그 작품은 전혀 정곡을 찌르지 못한 작품이다. 또 오생 근은 그 작품이 <상투적 인식이나 표면적 현실진단을 넘어서서 현실의 모습을 포괄적이면서 깊이 있게 드러낸> 것이라고 했지만, 내가 보기에 그 작품은 상투적 인식과 표면적 현실진단의 전형을 보여주는 데 그친 작품 이다. 그리고 오생근은 <우리의 무딘 가치관과 판단력>을 일깨워 준다는 점에『압구정동엔 비상구가 없다』의 중요한 가치가 있다는 투의 말을 했지 만, 내가 보기에는『압구정동엔 비상구가 없다』야말로 우리가 무딘 가치관 과 판단력으로부터 벗어나지 않고 계속 그 수준에 머무르도록 조장하는 작품이다.[19]

---

19)『압구정동엔 비상구가 없다』가 이런 작품이라면, 이 작품에 대해 <우리의 무딘 가치관과 판단력을 일깨워 주는 작품>이라는 찬사를 보낸 오생근의 비평 역시 우리 가 무딘 가치관과 판단력으로부터 벗어나지 않고 계속 그 수준에 머무르도록 조장하 는 것이라는 평가가 가능하다.

3-1. 『서울은 만원이다』의 경개

『서울은 만원이다』는 이호철이 1966년 2월부터 10월까지 『동아일보』에 연재한 장편소설이다. 고향 통영의 가난한 집을 떠나 돈을 벌어보겠다면서 서울로 뛰쳐올라왔다가 이런저런 경로를 밟은 끝에 결국 창녀가 된 길녀라는 이름의 젊은 여성과 그 주변 사람들이 펼쳐가는 각양각색의 인생 역정을 내용으로 삼고 있는 소설이다. 길녀가 다방에서 일하던 시절 그를 범한 바 있고 길녀가 말없이 떠나버린 후에도 계속 그를 찾아 헤매는 월부책 판매원 기상현, 길녀의 단골손님으로 <돈을 벌기도 그른 사람이지만 세상이 곤두선대도 굶지는 않을 사람[20]>인 남동표, 역시 길녀의 단골인 피부비뇨기과 의사, 길녀를 한동안 첩으로 맞아들여 살림을 차린 바 있는 <서린동집 영감>, <서린동집 영감>의 아내, 처음부터 끝까지 <법학도>라는 별칭으로만 등장하는 그 아들, <법학도>와 결혼을 하게 되는 <금호동> 처녀와 그 가족들, 길녀의 유일한 친구로 창녀생활 끝에 병에 걸려 죽는 미경, 길녀가 <서린동집 영감>의 곁을 떠난 후 그 자리를 비집고 들어가는 <복실엄마> 등등이 바로 그 주변 사람들이다. 소설은 이 수많은 사람들의 행적을 다양하게 전개해 나가다가, 결국 길녀가 서린동집 영감과도 헤어지고 남동표와도 헤어지지만 그렇다 하여 오매불망 그를 기다리고 있는 기상현에게로 돌아오지도 않은 채 종적을 감추어 버리는 것으로 끝맺는다. 이 소설의 맨 마지막 부분은 다음과 같이 되어 있다.

> 그러나 아무튼 서울은 만원이다.
> 의욕적인 새 시장을 만나 서울은 화려하게 단장이 되고 곳곳에 빌딩은 서고 사람들은 날로날로 문주란의 노래 같은 것에나 잠겨들기를 좋아하고, 차관은 들어오고, 차관은 물론 유효적절하게 쓰이고 있을 것이었다.

---

20) 이호철, 『이호철 전집』, 7(청계연구소, 1991), p. 1.

적어도 우리 선량한 국민들은 그렇게 믿기로 하자. 그렇게 안 믿을 도리가 있는가.

　이제 차관을 다 갚고, 우리의 근대화가 흔하게 돌아가는 말대로 이루어지고, 제2차 5개년 경제계획이 성공리에 이루어지고, 그때 모두 옷을 갈아입고 모두 하루하루의 삶이 건실해지고 활기에 차 있게 될 때, 그때 우리 앞에 새옷으로 단장한 길녀도 나타날 것이다. 일단 그렇게 믿기로 하자. 그 시기를 오 년 후쯤으로 잡을까.

　그럼 그때 다시 길녀와 같이 만나기로 하고,

　빠이, 빠이, 안녕.[21]

　그러나 5년은커녕 30여 년이 지난 후까지도, 길녀의 후일담을 내용으로 한 속편은 씌어진 바 없다.

3-2. 『서울은 만원이다』에 대한 오생근의 비평

위에서 소개한 바와 같은 내용을 담고 있는 『서울은 만원이다』의 문학적 성과에 대하여 오생근은 『압구정동엔 비상구가 없다』의 경우와는 달리 대체로 부정적인 평가를 내리고 있다. 그의 글 가운데 『서울은 만원이다』에 대한 평가를 담고 있는 부분을 아래에 인용한다.

　『서울은 만원이다』라는 그의 장편소설은, (…) 인물의 성격과 시대적 풍경을 형상화하는 밀도에 있어서 미흡한 요소를 많이 보인 작품이다. (…) 『서울은 만원이다』에 등장하는 하층민들은 성격적인 차이가 모호하고, 생활의 깊이를 보여주지 못한다. (…) 이들이 서울에 살면서 뿌리내리지 못하는 <부평초>와 같은 삶을 살고 있다 하더라도 그러한 삶의 절실함이나 절박함이 보이지 않고, 다분히 그러한 생활을 현상유지하듯이 즐

---

21) 위의 작품, p. 201.

기는 것처럼 보이는 것은 그들의 삶에 대한 작가의 폭넓은 비판적 인식이 결여되어 있기 때문이다. (…) 이 작품의 주인공인 길녀가, 결국 시골에서의 생활에 적응하지 못하고 서울로 올라오는 것은, 귀향과 상경의 절실한 논리성이 보이지 않더라도, <서울은 만원이> 될 수밖에 없는 소설적 전제를 따른 것이다. 그렇게 만원이 된 서울에서의 도시적 인간관계에 익숙해진 사람들은 삶의 길이나 내용이 무엇이든 간에, 그러한 도시의 피상적 삶에 중독되어 도덕적 파탄과 정신적 타락에 빠진다는 것을 작가는 이 소설의 말미에서 <서울은 화려하게 단장이 되고 곳곳에 빌딩은 서고 사람들은 날로날로 문주란의 노래 같은 것에나 잠겨들기를 좋아한다>라는 표현으로 요약하고 있을 뿐이다.[22]

3-3. 『서울은 만원이다』를 어떻게 볼 것인가?

앞서 2-3에서『압구정동엔 비상구가 없다』를 논할 때 나는 그 작품이 줄거리면에서 연쇄살인극을 뼈대로 삼고 있다는 사실을 지적하는 것으로 이야기를 시작하였으며, 논의를 계속해 가는 과정에서도 그 연쇄살인 사건의 내용을 구체적으로 검토하는 데 대부분의 지면을 할애하였다. 그렇다면, 논의 방식의 통일성을 기하기 위해서는,『서울은 만원이다』를 논하는 자리에서도 역시 소설 속에 그려져 있는 사건 자체의 검토에 논의를 집중시키는 방법을 사용하는 것이 바람직할 듯하다.

하지만 실제로 이러한 방법을 사용하여『서울은 만원이다』를 논의해 나가는 데에는 심각한 문제점이 따른다.『서울은 만원이다』에 담겨져 있는 사건들은『압구정동엔 비상구가 없다』의 경우와 달리 특별히 강렬하거나 충격적인 사건이 아니며 세간의 흔한 일상사라는 범주를 별로 벗어나지 않고 있기 때문에 사건 자체의 검토에 논의를 집중시키는 방법을 사용해서

---

22) 오생근, 앞의 책, pp. 41~43.

는 별로 의미 있는 성과를 기대하기 어려운 것이다.

사정이 이러하기 때문에 나는 『서울은 만원이다』를 논하는 자리에서는 사건 자체의 검토에 집중하는 방식을 버리고자 한다. 그 대신 『서울은 만원이다』의 특별히 개성적인 측면에 초점을 맞추어 논의를 풀어가고자 한다. 『서울은 만원이다』의 특별히 개성적인 측면이란 무엇인가? 그것은 바로 <서술자의 화법은 어떠하며 그가 세상을 바라보는 관점은 또 어떠한가?> 라는 물음과 관련된 측면이다.

『압구정동엔 비상구가 없다』의 경우, 작품을 이끌어 나가는 서술자의 화법은 대체로 냉정하고 무미건조해서 특별히 언급할 만한 것이 많지 않았다. 그런가 하면, 『압구정동엔 비상구가 없다』의 경우, 작품을 지배하고 있는 서술자의 세상을 바라보는 관점은 이미 자세히 살펴본 바와 같이 문제점투성이이면서 자신이 혹시 잘못 판단하고 있을지 모른다는 걱정은 꿈에도 하지 않고 있는—그러니까 <평범하면서도 오만하다>고 표현할 수 있는—도덕주의자의 그것이었다. 그런데 『서울은 만원이다』의 경우는 이와 전혀 다른 것이다. 조금 구체적으로 이야기해 보자.

시점의 측면에서 『서울은 만원이다』를 살펴보면, 많은 부분이 주인공 길녀의 시점으로 되어 있지만, 때로는 남동표나 기상현과 같은 다른 등장인물의 시점으로 되어 있는가 하면, 또 때로는 어떤 등장인물의 시점도 빌리지 않고 아예 서술자 자신이 직접 시점의 주체로 나서서 사태를 관찰하는 경우도 비일비재함을 알 수 있다. 결국 이 작품의 서술자는 다양한 시점 사이를 왔다갔다하면서 자신의 판단에 따라 그때그때 적절하게 어느 하나를 선택하여 표현으로 옮기고 있는 셈이다. 그런데 이러한 표현의 작업을 실제로 수행하는 과정에서 그가 취하고 있는 태도는, 언어의 구사에서나 사태의 해석에서나 자신의 개성을 조금의 거리낌도 없이 자유롭게 쏟아내는, 아주 개성이 강한 것이다. 그 결과 이 작품은 슈탄젤이 말하는 주석적 소설[23]의

한 전형을 이루고 있다.

한일회담 반대 소리가 터져나오면 저저금 반대다 소리를 합창하고, 한 구석에서 찬성이다 하면 눈치 보아가면서 찬성이다 소리나 하고, 모두가 서울 사는 사람은 눈치 한가지밖에 안 남아 있다.

십이월로 접어들자 한일회담은 국회 안팎에서 끙끙거리며 고비를 기어 오르고, 사람들은 벌써부터 체념 속에 빠져들기 시작하였다.

한일회담을 왜 반대하는가, 왜 찬성하는가, 신문의 한 귀퉁이나 우국적 인 잡지의 한 귀퉁이에서만 맴돌던 이런 소리들도, 저희들끼리 목이 쉬도 록 악악대다가 드디어는 지쳐서 나자빠지고 태반의 사람들은 그런 골치 아픈 것에서 슬슬 놓여나고 있었다.

되든 안 되든, 끼리끼리 잘들 해보래라 식이었다.

모든 논의는 금방금방 물거품으로 증발했었다. 논의에 나설 사람들도 반은 저 잘났다는 소리나 하고, 지상에 사진이 오르내리는 것이 그저 대견 스러울 뿐이었다.

이들 앞에 형체 없는 대중은 항상 그들 편에 서 있는 하나의 추상일 뿐이었다. 모두가 실상은 들떠 있는 낙관주의자들이었다.[24]

어떤가? 언어의 구사에서나 사태의 해석에서나 자신의 개성을 조금의 거리낌도 없이 자유롭게 쏟아내는 서술자의 대담성이 약여하게 드러나지 않는가?

<위에 인용된 부분은 어떤 등장인물의 시점을 빌리지 않고 서술자 자신 이 직접 나서서 관찰한 내용을 기록한 대목에 해당하니까, 서술자가 자신의 대담성을 드러내기도 쉬웠던 것이 아니겠는가? 그 정도를 가지고 뭐 인상적 인 것이라고 말할 것까지야 있겠느냐?>하고 반문하는 사람이 있을지 모른

23) 주석적 소설의 개념에 대해서는 프란츠 K. 슈탄젤, 『소설형식의 기본유형』(안삼환 역, 탐구당, 1982)의 제2장 제1절을 보라.
24) 이호철, 앞의 작품, pp. 96~97.

다. 그렇다면 다음의 대목은 또 어떤가?

> 길녀와 하룻밤 자고 난 그 이틀 후, 다시 서린동집으로 찾아간 기상현은
> 하늘이 샛노랗게 보일 정도로 낙심천만이었다. 금호동 근처에 오만원짜
> 리 전세방까지 미리 보아두고, 계약금 일부까지 치르려다가 일단 길녀와
> 얘기나 하고 치르리라 하였는데 계약 안 하기를 천만 잘했다.
> 　기상현인들 이틀쯤 고민이 없을 수는 없었다. 길녀의 근황은 짐작한
> 대로였지만 그래도 혹시나 싶었는데 게다가 기상현은 길녀가 이렇게 된
> 것이 오로지 자기 탓이라고만 <u>지나치게 심각하게</u> 생각하고 있었다.
> 　이럴수록 기상현은 길녀와 꼭 결혼하리라, 아직 서울 때를 덜 탄 촌놈답
> 게, 자기가 책임을 져야 하겠다느니, 구렁텅이에서 구해낼 의무가 있다느
> 니, <u>서울 물정 모르는 성인군자연한 생각</u>만 사려먹었다.[25] (밑줄 인용자)

위에 인용된 부분은 기상현의 시점에서 관찰된 내용을 서술자가 수용해
서 말로 옮겨 놓은 것이다. 그런데 서술자는 이러한 <말로 옮기기> 작업을
하면서, 기상현의 시점에서 관찰된 내용을 그대로 적는 것으로 만족하지
않고, 자기 나름의 판단을 거침없이 개입시킨다. 기상현보다 높은 자리에
서서 그를 내려다보면서, 너의 그런 생각은 지나치게 심각한 거야, 너는
아직 서울 때를 덜 탄 촌놈이어서 그런 생각이나 하고 있는 거야, 서울
물정 모르는 성인군자연한 생각이나 계속 하고 있다니 너도 참 한심하
군……이러한 판단을 거침없이 개입시키고, 그것을 또 말로 표현해 내고
있는 것이다. 『압구정동엔 비상구가 없다』의 냉정하고 무미건조한 화법과
는 판이한, 아주 요란스러운 화법이라 할 수 있다. 바로 이처럼 요란하고
야단스러운 화법이 가져다주는 재미가 『서울은 만원이다』의 중요한 특징
인 것이다.

그러면 이러한 화법을 통해서 우리가 읽어낼 수 있는 서술자의 <세상을

---

25) 위의 작품, p. 56.

바라보는 관점>은 어떤 것인가? 그것은 한마디로 말하자면 공격적인 냉소주의자의 그것이다. 그것은 위의 첫 번째 인용문에서도 여실히 드러나며, 두 번째 인용문에서도 여실히 드러난다. 이 점은 워낙 명백한 것이어서 긴 말이 필요하지 않을 것이다.

그런데 서술자의 이러한 관점에 대해서 <그것은 건강하지 못한 것이다>라는 말로 비난하는 사람이 틀림없이 있을 것이다. 내가 보기에도 그러한 비난은 충분히 성립될 수 있는 비난이다. 위에 인용된 두 개의 대목을 통해서 읽어낼 수 있는—그리고 더 나아가서는 『서울은 만원이다』라는 작품 전체를 통해서 일관되게 읽어낼 수 있는—서술자의 냉소적 관점은 분명 건강하지 못한 면을 가지고 있다.

그러나 나는 이 점을 충분히 인정하면서도, 그것은 적어도 『압구정동엔 비상구가 없다』의 서술자가 보여주고 있는 도덕적 엄숙주의자의 평범하면서도 오만한 관점보다는 오히려 더 건강한 것일 수 있다는 점을 강조해 두지 않을 수 없다.

『압구정동엔 비상구가 없다』의 서술자가 보여주고 있는 관점은 현실을 심하게 왜곡해서 보는 오류 외에 다시 자기 회의를 모르는 오만의 문제점이 포개져 있는 것이거니와, 이러한 문제점들의 존재는, 그 같은 관점이야말로 지극히 불건강한 것이라는 결론을 피할 수 없게 한다. 그럼에도 불구하고 그것은 도덕적 엄숙주의 일반이 갖는 비상한 호소력 때문에 사람들에게 커다란 영향을 발휘할 수 있는 것인데, 이러한 영향 역시 문자 그대로 불건강한 영향이라고 하지 않을 수 없다.

여기에 비하면 『서울은 만원이다』의 서술자가 보여주고 있는 냉소주의는 적어도 『압구정동엔 비상구가 없다』의 서술자가 보여주고 있는 도덕적 엄숙주의만큼은 현실을 심하게 왜곡해서 보는 것이 아니다. 그렇기 때문에 후자보다는 전자가 더 건강하다는 평가가 가능하다.

그리고 여기에 덧붙여서 언급해 두어야 할, 또 한 가지 중요한 사항이 있다. 『서울은 만원이다』의 서술자가 보여주고 있는 냉소주의는 『압구정동엔 비상구가 없다』의 서술자가 보여주고 있는 도덕적 엄숙주의만큼은 오만하지 않다는 사실이 그것이다. 3-1에서 『서울은 만원이다』의 개요를 소개하는 가운데 인용했던 작품의 말미 부분 가운데 일부를 다시 가져와서 이 점을 살펴보자.

차관은 들어오고, 차관은 물론 유효적절하게 쓰이고 있을 것이었다. 적어도 우리 선량한 국민들은 그렇게 믿기로 하자. 그렇게 안 믿을 도리가 있는가.

위의 대목에 나타나 있는 <그렇게 믿기로 하자. 그렇게 안 믿을 도리가 있는가>라는 표현은 말할 나위도 없이 <완전한 언론자유와 행정의 투명성이 보장되고 있지 않은 상황에서, 정책당국의 발표를 액면 그대로 믿을 수는 없다>고 하는 불신의 감정을 기저에 깔고 있다. 하지만 위의 표현을 잘 음미해 보면, 그러한 불신의 감정을 피력하는 서술자의 표정은, 적어도 『압구정동엔 비상구가 없다』의 서술자가 짓고 있는 표정만큼의 자신감 혹은 오만을 담고 있는 것은 아님을 깨달을 수 있다. 망설임이 들어 있는 것이다. 그런데 바로 이런 식으로 망설일 줄 안다는 것, <정책 당국의 발표는 전부 참말임을 나는 믿노라> 하고 선포하지도 않지만 <정책 당국의 발표는 전부 거짓임을 나는 분명히 아노라> 하고 자신만만하게 선포하고 나오지도 않는 신중성 혹은 겸손을 유지하고 있다는 것—이것이야말로 『서울은 만원이다』의 서술자를 『압구정동엔 비상구가 없다』의 서술자보다 더 건강한 존재로 만들고 있는 중요한 요인이라 하지 않을 수 없다. 그리고 이러한 사실의 당연한 결과로서, 『서울은 만원이다』의 서술자가 독자에게 주는 영향 또한 『압구정동엔 비상구가 없다』의 서술자가 주는 영향보다 더 건강한 것이 된다.

3-4. 다시, 오생근의 비평을 논한다

지금까지 내가 전개해 온 논의의 연장선상에서 볼 때, 앞서 인용된 바 있는,『서울은 만원이다』에 대한 오생근의 비평에 대한 나의 견해는 대략 아래와 같이 정리될 수 있다.

오생근은『서울은 만원이다』가 생활의 깊이를 보여주지 못한다고 했지만, 내가 보기엔 이 작품은 적어도『압구정동엔 비상구가 없다』보다는 생활의 깊이를 더 잘 보여준다. 또 오생근은『서울은 만원이다』에 작중인물들이 영위하고 있는 삶의 절실함이나 절박함이 보이지 않는다고 했지만, 내가 보기에 이 작품은 적어도『압구정동엔 비상구가 없다』보다는 삶의 절실함이나 절박함을 더 설득력 있게 보여준다.

그런가 하면 오생근은『서울은 만원이다』에 <작중인물의 삶에 대한 작가의 폭넓은 비판적 인식>이 결여되어 있다고 했다. 폭넓은 비판적 인식을 높은 수준에서 보여주는 작품이란 어떤 작품인가? 스탕달의『적과 흑』이나 염상섭의『삼대』와 같은 작품인가? 그렇다면 나는 이 점에 관하여 오생근이 표시한 아쉬움에 동의할 수 있다. 분명히『서울은 만원이다』에는『적과 흑』이나『삼대』같은 작품을 빛내고 있는 인식의 폭과 깊이가 결여되어 있다. 하지만, 만약『압구정동엔 비상구가 없다』에 나타나 있는 종류의 현실인식 같은 것이 <폭넓은 비판적 인식>이라고 생각하는 자리에서 위와 같은 주장이 나온 것이라면, 나는 물론 그런 주장에 동의할 수 없으며, 그런 종류의 현실인식은 차라리 없는 편이 낫다고 말할 것이다.

마지막으로, 소설의 말미 부분에 나오는 <서울은 화려하게 단장이 되고……> 운운의 표현에 대하여 오생근은 <만원이 된 서울에서의 도시적

인간관계에 익숙해진 사람들은 삶의 길이나 내용이 무엇이든 간에, 그러한 도시의 피상적 삶에 중독 되어 도덕적 파탄과 정신적 타락에 빠진다는 사실을 지적한 것>으로 해석하였는데, 나로서는 그러한 해석에 동의할 수 없다. 나는 <서울은 화려하게 단장이 되고……> 이하의 표현에서도, <차관은 들어오고……> 운운의 표현에서와 마찬가지로, 서술자의 의미 있는 <망설임>을 본다. <도시의 피상적 삶에 중독> <도덕적 파탄> <정신적 타락> 등등의 살벌하고 단호한 문구들과는 아무래도 어울리지 않는, 그보다는 훨씬 윗길에 놓이는, 신중하고 겸손한 태도를 보는 것이다.

4. 맺는 말―포퍼를 생각하며

지금까지 이 글에서 살펴본 대로『압구정동엔 비상구가 없다』와『서울은 만원이다』는 자본주의적 체제 위에서 전개되고 있는 현대 서울 사회의 삶을 형상화하고 있다는 점에서 공통점을 가지지만, 그 사회를 보는 태도에서는 인상적인 대조를 보여준다. 전자가 도덕적 엄숙주의로 무장하고 그 사회의 기본체제 자체를 맹렬히 비난하는 태도로 나온 반면, 후자는 공격적 냉소주의를 견지하되 중요한 대목에서는 전자와 대조적으로 자못 신중하고 겸손한 자세를 견지하고 있는 것이다.

『압구정동엔 비상구가 없다』와『서울은 만원이다』사이에 놓여 있는 이러한 차이는, 전자가 1992년에 나온 작품인 반면 후자는 1966년에 발표된 작품이라는 사실에―다시 말해, 두 작품의 배경이 되고 있는 시대가 크게 다르다는 사실에―연유하고 있는 것일까? 언뜻 보면 그럴 것 같기도 하지만, 실은 그렇지 않다.『서울은 만원이다』의 작가인 이호철이 정작『압구정동엔 비상구가 없다』를 낳은 시대인 1990년대에 와서 다음과 같은 이야기를 하고 있는 사실을 그 증거로 제시할 수 있다.

어찌 보면 도무지 개판이었는데 그런 일 하나하나가 엄연히 눈앞의 현장으로 벌어지는 데야 어쩔 것인가. 이건 그때로부터 50년 가까이 지난 현 시점에 와서 다시 한 번 곰곰이 되씹어보는 생각이거니와, 이게 바로 내가 처음으로 해후했던 대한민국의 원형(原型) 모습이었고, 지난 50년간 살아온 이 대한민국이라는 실체의 적나라한 모습이었다. 대소 사건들 하나하나마다 지나놓고 보면 그야말로 <개판>처럼 보이는데, 어느새 그것이 <주조(主潮)>를 이루며 나라 전체가 망하기는커녕 활기차게 뻗어가는 데야 어쩔 것인가. 이 나라의 개개 성원들 한 사람 한 사람이 고삐 풀린 말마냥 타고난 제 생긴대로들 활기차게 돌아가는 데야 어쩔 것인가. 그리하여 <허무>니 <망조>니, 그런 쪽으로 말하기 좋아하는 축들이 더러 주기적으로 한 소리 되지껄여대기도 하지만, 끝내는, 이런 게 모름지기 사람 사는 세상의 본래 모습인지도 모른다. 모든 일은 어느새 그냥 그렇게 벌써 기정사실화되면서 이미 끝나 있었던 것이다. 온 나라를 뒤흔드는 크고 작은 사건들마다 그러했고, 개개적으로 부딪치는 일들도 거의 예외없이 그러했다. 그리하여 개개의 똑똑하답신 언설들은 행차 뒤의 시끄러운 나팔소리이기가 일쑤였다.26)

위에 인용된 구절은 이호철이 6 · 25 당시 겪었던 체험에 바탕을 두고 쓴 자전적 소설의 일부이다. 그러니 만큼 위의 인용문 속에 등장하는 일인칭 서술자의 진술은 작가의 이호철 자신의 육성에 가까운 것으로 보아 무리가 없다. 한데 그의 진술을 읽어 보면, 『서울은 만원이다』의 서술자가 일관되게 공격적인 냉소주의를 견지하면서도 정작 중요한 대목에서는 신중하고 겸손한 태도를 보여주었고, 그리하여 『압구정동엔 비상구가 없다』의 서술자와는 자못 대조적인 인상으로 다가왔다는 사실이 금방 떠오르면서 고개가 끄덕여지는 것이다. 물론 위의 인용문에 나타나 있는 입장 자체가 반드시 가능한 최상의 것인가에 대해서는 반론을 제기할 소지가 없지 않다. 하지만 그러한 입장이 최소한 『압구정동엔 비상구가 없다』의 입장보다 우월한 것

26) 이호철, 『남녘사람 북녘사람』(프리미엄북스, 1996), pp. 58~59.

임에는 의심의 여지가 없다. 또한 앞에서 이미 말한 대로, 이와 같은 작가의 입장이 1990년대에 나온 것이라는 사실은, 『압구정동엔 비상구가 없다』와 『서울은 만원이다』 사이에 뚜렷한 차이가 존재하게 된 이유를 작품이 창작된 시대의 차이에서부터 찾아내고자 하는 시도가 그릇된 것임을 증명해 주기에 모자람이 없다. 그렇다면 두 작품 사이에 뚜렷한 차이가 생겨나게 된 진짜 원인은 어디에 있는가? 결국 『압구정동엔 비상구가 없다』는 이순원이 쓴 것이고 『서울은 만원이다』는 이호철이 쓴 것이라는 사실에서, 즉 두 작품의 작가가 다르다는 사실에서 그 원인을 구할 수밖에 없을 것이다.

그런데 이 두 작품이 각각 대표하고 있는 두 가지 서로 다른 태도 가운데에서, 문학계 내부에서나 또 일반 독자층들 사이에서나, 더 큰 지지를 확보하고 있는 것은 말할 나위도 없이 전자의 태도이다. 전자의 태도야말로 한국 현대문학이 사회현실을 정면으로 다룰 경우에 가장 많이 채택해 온 태도라고 말해도 좋다. 그런데 바로 이러한 전자의 태도는 실제로는 심각한 문제점을 지닌 것이라 하지 않을 수 없다. 그러한 태도 속에 들어 있는 문제점이 구체적으로 어떤 것인지에 대해서는 2-3에서 이미 상세하게 논한 바 있으므로 이 자리에서 그것을 다시 되풀이할 필요는 없을 것이다.

그런데 앞서 내가 2-3에서 전개하였던 논의에 대하여, 아마 다음과 같은 논리로 반박해 오는 사람이 있을지도 모르겠다. <당신은 거기서 전근대적 신분차별 체제, 자본주의 체제, 사회주의 체제 등 세 가지를 비교하면서, 그 가운데에서는 자본주의 체제가 그래도 제일 낫다는 결론을 내린 셈이다. 그러나 당신이 거기서 빠뜨린 것이 있다. 참다운 의미에서의 유토피아가 그것이다. 그것이야말로 우리 모두가 힘을 합쳐 이 땅 위에 실현하고자 노력해야 할 이상태가 아닌가? 바로 그러한 이상태를 이 땅 위에 실현해야 한다는 열망을 뜨겁게 간직하고 있는 입장에서, 그러한 이상태의 이름으로, 유토피아와는 너무나 거리가 먼 모습을 보여주고 있는 오늘의 자본주의

체제를 규탄하는 것은 참으로 바람직한 일이 아닌가? 당신은 오로지 현실세계 속에 나타나 있는 체제들만을 가지고 논의를 전개하느라 이 바람직한 일의 가치를 정당하게 평가하는 데 실패한 것이 아닌가?>

이것은 상당히 그럴 듯한 반박이다. 하지만 정당하지는 못한 반박이다. 어째서 이러한 반박이 정당하지 못하다고 말할 수 있는가를 밝히는 것으로써 이 글을 마치기로 하자.

위와 같은 반박이 정당하지 못하다고 말할 수밖에 없는 이유를 구체적으로 밝히기 위해서 나는 잠시 <열린 사회>와 <닫힌 사회>에 대한 포퍼의 통찰을 끌어와 보이고자 한다. 포퍼가 말하고 있는 닫힌 사회란 무엇이며, 열린 사회란 또 무엇인가? 이 물음에 대해서는 포퍼의 『열린 사회와 그 적들』 가운데 전반부를 번역한 이한구가 그의 요약문에서 잘 정리하여 소개해 주고 있다. 그의 요약을 잠시 인용한다.

우리는 마술적 사회나 부족사회, 혹은 집단적 사회는 닫힌 사회라 부르며, 개개인이 결단을 내릴 수 있는 사회는 열린 사회라 부르고자 한다. 닫힌 사회는 하나의 유기체에 그대로 비교될 수 있을 것이다. 소위 국가 유기체 이론이나 생물학적 이론은 상당한 범위에까지 닫힌 사회에 적용될 수 있다. 닫힌 사회는 그 구성원들이 반(半)생물학적 유대에 의해 함께 묶여 있는 사회이다. 이 사회는 사람들이 노동의 분업이나 상품의 교환과 같은 추상적인 관계에 의해서 상호관계하는 것이 아니라, 만져보고 냄새 맡고 바라보고 하는 구체적인 육체적 관계에 의해 맺어진 사회이다. (…)
열린 사회는 이와 반대로 유기체적 특성이란 없는 추상적인 사회이다. 이 사회는 인간 상호간의 직접적인 접촉이 거의 없는 비인격적 사회라 불릴 수도 있을 것이다. 이런 열린 사회에서는 친밀한 인간적 접촉을 거의 갖지 않거나 전혀 갖지 않고 익명과 고립 속에서, 그리고 그 결과 불행 속에서 사는 사람들이 많다. 왜냐하면 사회는 비록 추상화되었다고 하더라도, 인간의 생물학적 구조는 크게 변하지 않았기 때문이다. 인간은 추상적 사회에서는 만족할 수 없는 사회적 욕구를 갖고 있다.[27]

『압구정동엔 비상구가 없다』에 나타나 있는 바와 같은 자본주의 비판의 논리가 <그러한 논리를 채택하여 내세우게 되면 지적으로 어려운 길 대신 쉬운 길을 갈 수 있고, 인기나 존경을 획득하는 데에도 더 유리하다>는 사실에 바탕을 두고 있음은 이미 지적한 바이거니와, 물론 이런 사정만이 그와 같은 논리를 만들고 키워 낸 유일한 원천은 아닐 것이다. 그 밖에 또다른 원천이 있을 것이다. 그 또다른 원천들 가운데서 가장 중요한 것이 아마 <진정한 의미에서의 유토피아를 이 땅에 세우고자 하는 열망>이리라. 그런데 <닫힌 사회>와 <열린 사회>라는 개념이 위의 인용문 속에 나타난 바와 같은 내용으로 정의되는 것이라면, 이 한 쌍의 개념을 끌어들여 앞의 말을 고쳐 쓸 경우, 그것은 <열린 사회를 무너뜨리고 닫힌 사회를 다시 세우고자 하는 열망>이라고 표현해도 아마 크게 틀리지 않는 것일 터이다. <친밀한 인간적 접촉을 거의 갖지 않거나 전혀 갖지 않고 익명과 고립 속에서, 그 결과 불행 속에서 사는 사람들이 많>은 사회를 무너뜨리고 <사람들이 추상적인 관계에 의해 상호관계하는 것이 아니라, 만져보고 냄새 맡고 바라보고 하는 구체적인 유기적 관계에 의해 맺어진 사회>를 다시 세우고자 하는 열망이야말로 진정한 의미에서의 유토피아를 건설하고자 하는 열망과 아주 가까운 자리에 놓이는 것이 아니겠는가?

그러면 이러한 종류의 열망은 과연 이의 없이 긍정되어야 할 열망인가? 우리는 정말 힘을 합쳐서 그러한 사회를 이 땅 위에 세우고자 노력해야 옳은가? 이 물음에 대해서 포퍼 자신은 다음과 같이 단호한 답을 주고 있다.

우리는 결코 소위 닫힌 사회의 순진함과 미(美)로 되돌아갈 수 없다. 천국에의 꿈은 지상에서는 실현될 수 없다. 일단 우리의 이성에 의존하기

---

27) 칼 포퍼, 『열린 사회와 그 적들』, 1(이한구 역, 민음사, 1982), p. 234. 이 인용부분은 『열린 사회와 그 적들』 제1권 제10장의 내용을 역자인 이한구가 요약한 글 가운데 나오는 것이다.

시작하고 우리의 비판력을 활용하기 시작한 이상, 개인적인 책임의 요구와 더불어 지식의 증진을 위해 조력해야 한다는 책임감을 느끼기 시작한 이상, 우리는 부족적 마술에 전적으로 복종하는 국가로 되돌아갈 수는 없다. 지식의 열매를 먹은 자는 천국을 잃어버린 것이다. <u>우리가 부족주의의 영웅적 시대로 돌아가고자 하면 할수록, 우리는 종교재판에, 비밀경찰에, 낭만화된 깡패행위로 가는 것이 더욱 확실해진다. 이성과 진리를 억압하는 것으로 시작하기 때문에, 우리는 인간적인 모든 것을 야만적이고 포악한 파괴로 끝내고 말 것이 확실하다.</u> 자연의 조화된 상태로 되돌아갈 수는 없다. 만약 우리가 되돌아간다면, 우리는 길 전체를 다 가야만 한다—우리는 금수(禽獸)로 돌아가야 한다.[28](밑줄 인용자[29])

포퍼의 위와 같은 대답은 많은 사람들에게 거부감을 안겨주는 대답임에 틀림없다. 그것은 많은 사람들에게 실망을 안겨주는 대답임에 틀림없다. 그것은 많은 사람들에게 분노를 안겨주는 대답임에 틀림없다.

하지만 그 대답은 올바른 대답이다. 아무리 많은 사람들이 그 대답을 보고 거부감을, 실망을, 분노를 느끼더라도, 그것이 올바른 대답이라는 사

---

28) 위의 책, p. 271.
29) 위의 인용문 가운데 밑줄 친 대목을 볼 때 독자 여러분은 대번에 생각나는 것이 없는가? 나에게는 그런 것이 두 가지 있다. 첫째는 『압구정동엔 비상구가 없다』의 연쇄살인범이 저지르고 다니는 <낭만화된 깡패행위>이다. 둘째는 다음에 인용되는 『난장이가 쏘아올린 작은 공』의 한 대목 속에 담겨 있는, <모든 사람에게 사랑을 강요하고, '지나친'(어느 정도 이상이면 '지나친' 것으로 규정할 작정인지? 누가 그것을 판정할 작정인지? 아무튼) 부의 축적은 사랑이 없는 데서 연유한 것으로 간주하고, 바로 그런 사랑 없는 자를 처벌하는 법률 위에 사회를 건설하고자 하는 발상>의 위험천만한 폭력성이다: <아버지가 그린 세상에서는 지나친 부의 축적을 사랑의 상실로 공인하고, 사랑을 갖지 않은 사람 집에 내리는 햇빛을 가려 버리고, 바람도 막아 버리고, 전기줄도 잘라 버리고, 수도선도 끊어 버린다. 그 세상 사람들은 사랑으로 일하고, 사랑으로 자식을 키운다. 비도 사랑으로 내리게 하고, 사랑으로 평형을 이루고, 사랑으로 바람을 불러 작은 미나리아재비꽃줄기에까지 머물게 한다. 아버지는 사랑을 갖지 않은 사람을 벌하기 위해 법을 제정해야 한다고 믿었다. 나는 그것이 못마땅했다. 그러나 그날 밤 나는 나의 생각을 수정하기로 했다. 아버지가 옳았다.> (조세희, 『난장이가 쏘아올린 작은 공』(문학과지성사, 1978), p. 249. 밑줄 인용자)

실은 바뀌어지지 않는다. 『열린 사회와 그 적들』이라는 책 전체를 통독해보면, 그것이 올바른 대답이라는 사실을 논리적으로 부정할 길이 없어진다. 시선을 돌려서 관찰해 보면, 소련의 역사가, 동유럽 여러 나라들의 역사가, 마오쩌둥 시대의 중국 역사가, 북한과 쿠바의 역사가, 크메르 루즈의 역사가 일치해서 그 대답의 정당성을 증명해 주고 있다. 이렇게 많은 증거를 앞에 놓고서도 단지 주관적인 거부감과 실망과 분노 때문에 그 대답의 정당성을 끝까지 부정한다는 것은 만용에 불과하다. 그러한 만용을 뽐내는 것보다는, 그 대답이 정당하다는 사실을 인정하는 편이 옳다. 그렇게 하고 나면, 우리의 시야에는, 우리의 현실 속에, 우리의 삶 앞에 실제로 절실하게 주어져 있는 과제가 또렷이 들어오게 된다. 그 과제가 무엇인가? 이 물음에 대한 답은 이미 2-3에서 말한 바 있다. <한국 자본주의 체제의 현실태(現實態) 속에서 그 운영규칙들이 구체적으로 어떻게 잘못되어 있는가를 파악하고, 그것들을 제대로 정립하고 또 그것들이 제대로 힘을 발휘하게 하려면 구체적으로 어떤 전략이 필요한가를 모색하는 어려운 작업>이 그것이다.

이상의 논의에 의하여 나는, 앞서 가상적으로 제시해 본 반박이 어째서 정당하지 못한 것으로 규정될 수밖에 없는가를 다 밝힌 셈이다. 그리고 이렇게 하면서, 그와 동시에, 자본주의 체제라는 명제와 관련하여 우리들 앞에 공통적으로 주어져 있는 진짜 과제가 무엇인가에 대해서도 다시 한 번 확인할 기회를 가진 셈이다. 그렇다면 바로 이런 확인의 작업이 이루어진 지점에서 나의 글을 끝내더라도 그것은 크게 어색한 일로 간주되지는 않을 듯하다. (1998)

사랑으로 바람을 불러……
—『난장이가 쏘아올린 작은 공』을 다시 읽는다

1. 미나리아재비를 좋아하는 이유

이순원이 1996년에 낸 장편소설『아들과 함께 걷는 길』을 보면, 작가인 이순원 자신을 그대로 옮겨놓은 것으로 보이는 소설 속의 아버지가, 어린 아들과 풀 이름에 관한 대화를 나누다가, 자신이 가장 좋아하는 풀은 미나리아재비라고 말하는 장면이 나온다. 왜 미나리아재비를 가장 좋아하는가? 자신이 젊었던 시절에 읽은 소설 속에서 미나리아재비라는 이름을 감동적으로 만났었기 때문이라고 한다.[1] 그가 미나리아재비라는 이름을 감동적으로 만났었던 것으로 기억하는 소설은 조세희의『난장이가 쏘아올린 작은 공』이다. 그리고『난장이가 쏘아올린 작은 공』속에서 미나리아재비라는 풀의 이름이 나오는 대목은 다음과 같은 대목이다.

그곳에서는 아무도 호화로운 생활을 하려고 하지 않을 것이다. 지나친 부의 축적을 사랑의 상실로 공인하고, 사랑을 갖지 않은 사람네 집에 내리는 햇빛을 가려버리고, 바람도 막아버리고, 전깃줄도 잘라버리고, 수도선도 끊어버린다. 그런 집 뜰에서는 꽃나무가 자라지 못한다. 날아 들어갈

---

1) 이순원,『아들과 함께 걷는 길』(해냄, 1996), pp. 57~58.

벌도 없다. 나비도 없다. 아버지가 꿈꾼 세상에서 강요되는 것은 사랑이다. 사랑으로 일하고 사랑으로 자식을 키운다. 사랑으로 비를 내리게 하고, 사랑으로 평형을 이루고, 사랑으로 바람을 불러 작은 미나리아재비꽃줄 기에까지 머물게 한다.[2]

위에 인용된 대목은 『난장이가 쏘아올린 작은 공』을 구성하고 있는 여러 연작들 중 「잘못은 신에게도 있다」라는 제목을 갖고 있는 작품의 앞부분에 나오는 대목이다. 위의 대목에 나오는 문장들은 같은 작품의 끝부분에서 약간의 변용을 수반하며 다시 등장한다. 다음과 같이.

아버지가 그린 세상에서는 지나친 부의 축적을 사랑의 상실로 공인하고, 사랑을 갖지 않은 사람 집에 내리는 햇빛을 가려버리고, 바람도 막아버리고, 전깃줄도 잘라버리고, 수도선도 끊어버린다. 그 세상 사람들은 사랑으로 일하고, 사랑으로 자식을 키운다. 비도 사랑으로 내리게 하고, 사랑으로 평형을 이루고, 사랑으로 바람을 불러 작은 미나리아재비꽃줄 기에까지 머물게 한다.[3]

이들 대목이 너무나 감동적이었기 때문에, 『아들과 함께 걷는 길』에 나오는 아버지는, 그 대목을 처음 읽은 후 수십 년이 지난 다음에도, 누가 가장 좋아하는 풀의 이름을 물으면 미나리아재비라고 대답할 정도가 되었다는 것이다.

가만히 돌이켜 보면, 나 자신도, 이십대의 젊은이로서 『난장이가 쏘아올린 작은 공』을 처음 읽었을 당시, 위에 인용된 대목에서 작지 않은 감명을 받았던 것이 사실이다. 누가 가장 좋아하는 풀의 이름을 물으면 미나리아재

---

2) 조세희, 『난장이가 쏘아올린 작은 공』(이성과 힘, 2000), p. 213. 이 책의 초판은 원래 문학과지성사에서 1978년에 간행되었다.
3) 위의 책, p. 233.

비라고 대답할 정도까지 되지는 않았지만 말이다.

그런데, 아무리 세월이 흘러도 위의 대목을 처음 읽었던 당시의 감동을 변함없이 간직하고 있는 『아들과 함께 걷는 길』의 아버지—그리고 작가 이순원—와는 달리, 나의 경우, 세월이 흘러감과 더불어, 애초의 감동은 약해져 가기만 했다. 그리고 어느 시점에선가부터는, 위의 대목을 보는 나의 관점 자체가 정반대로 바뀌었다. <감동>이라는 낱말 속에 당연히 전제되어 있는 긍정적인 관점 대신, <위의 대목에 담겨 있는 생각은 위험천만한 생각이므로, 비판하지 않을 수 없다>는 쪽으로 생각이 바뀐 것이다.

2. 떠오르는 의문들

위의 대목에 담겨 있는 생각을 찬찬히 음미해 보자. <지나치게 부를 축적한 사람을 '사랑을 상실한 사람'으로 간주하고, 그런 사람에 대하여 혹독한 처벌을 가하는 나라, 그런 나라야말로 우리가 지향해야 할 이상적인 나라이다>라는 생각이 위의 대목 속에는 담겨 있다. 이러한 생각을 갖고 있는 사람 앞에서 우리는 당장 다음과 같은 여러 가지 의문에 사로잡히지 않을 수 없다.

(1) 어떤 사람이 축적한 부의 정도가 <지나친> 것인지 아닌지를 판정하는 기준이 존재할 수 있는가?
(2) 그 기준을 누가 만들 수 있는가?
(3) 누군가가 그 기준을 만들어냈다고 했을 때, 그 기준을 만들어낸 사람의 판단을 어떻게 신뢰할 수 있는가?
(4) 그 기준에 입각한 판정을 누가 행할 것인가?
(5) 누군가가 그 판정을 행할 수 있는 권력을 장악했다고 했을 때, 그

사람의 판정이 타당하고 공정하다는 것을 어떻게 신뢰할 수 있는가?

(6) <지나치게 부를 축적한 사람=사랑을 상실한 사람>이라는 등식이 과연 성립할 수 있는가?

(7) <사랑>이라는 <마음의 내적 상태>를 기준으로 해서 사람을 처벌하는 것이 가능한가?

(8) 또 그것이 바람직한가?

(9) 사람들을 향하여, <사랑>이라는 <마음의 내적 상태>를 가져라, 안 가지면 처벌하겠다 하고 남이 나서서 강요하는 것이 가능한가?

(10) 가능하다면, 그것이 바람직하기는 한가?

(11) 강요에 의하여 억지로 만들어진 사랑이 진정한 사랑일 수 있는가?

3. 위의 의문들에 대한 정답

위에 제시된 바와 같은 의문을 가지고, 그 의문에 대한 답을 진지하고 신중한 자세로 탐색해 나가다 보면, 궁극적으로, 다음과 같은 답이 정답이라는 결론에 도달하지 않을 수 없다.

(1) 그런 기준은 존재할 수 없다.

(2) 어느 누구도 그 기준을 만들 수 있는 자격을 갖고 있지 않다.

(3) 그 사람의 판단을 신뢰할 수 있는 근거는 아무 것도 없다.

(4) 어느 누구도 그런 판정을 행할 자격을 갖고 있지 않다.

(5) 그 사람의 판정이 타당하고 공정하다는 것을 신뢰할 수 있는 근거는 아무 것도 없다.

(6) 그런 등식은 성립할 수 없다.

(7) 그것은 불가능하다.

(8) 그것은 전혀 바람직하지 않다. 단지 바람직하지 않은 정도가 아니다. 그것은 절대로 용납될 수 없는 폭력에 해당한다.

(9) 그것은 불가능하다.

(10) 그것은 전혀 바람직하지 않다. 단지 바람직하지 않은 정도가 아니다. 그것 역시 절대로 용납될 수 없는 폭력에 해당한다.

(11) 그것은 진정한 사랑일 수 없다.

4. 폭력의 문제

<사랑>을 기준으로 해서 사람을 처벌하는 일은 정말이지 용납될 수 없는 폭력이다. 그리고 다른 사람을 향하여 <사랑을 가져라, 안 가지면 혼내주겠다>라고 하면서 겁을 주는 일 역시 용납될 수 없는 폭력이다. 도대체 사회를 규율하는 원리로 <사랑>이라는 것을 강조하는 태도 자체가 다분히 폭력적인 성격을 가지고 있다. <사랑>이라는 것이 원래 폭력적인 성격을 가지고 있기 때문에 그러하다. 일찍이 복거일이 다음과 같이 잘 말해 준 바 그대로이다.

사랑하기 어려운 사람을 사랑하라는 얘기처럼 인류에게 불행을 준 얘기도 드물다. 데이비드 허버트 로렌스의 말대로, <다른 사람을 사랑하도록 스스로에게 강요하는 사람은 스스로의 몸 속에 살인자를 낳는다.>
사랑에는 사랑을 주는 자가 그것을 받는, 흔히는 자신의 뜻과 어긋나게 받는, 자에게 자신의 뜻을 강제하도록 만드는 무슨 힘이 도사리고 있다. 그래서 그것은 본질적으로 자기 중심적이다. (⋯) 종교적 신념에서 나온 사랑이나 사회적 이념에서 나온 높은 사랑일지라도, 그렇다. 종교 재판관들은 <마녀 사냥>으로 불쌍한 노파들을 고문하고 처형하면서 자신들은 그녀들의 영혼들에 대한 사랑에서 그렇게 한다고 믿었다. 그리고 <인류의 이름으로>나 <인민의 이름으로>와 같은 추상적 <사람>에 대한 사

랑을 위해 헤아릴 수 없이 많은 사람들이 고통을 받고 목숨을 잃었다.[4]

5. 끔찍한 사회

사랑의 본질에 대하여 뜻깊은 성찰을 보여 준 복거일은, 또다른 곳에서, <만일 일반 시민들보다 뛰어난 판단력을 갖추었다고 자부하는 사람들이 다른 사람들의 사랑을 심판하는 사회가 나온다면, 얼마나 끔찍할까[5]>라는 말을 한 일도 있다. 정말이지 그런 사회는 끔찍한 사회일 것이다. 그런데, 가만히 생각해 보면,『난장이가 쏘아올린 작은 공』에서 이야기되고 있는 <아버지가 그린 세상>이라는 것은 바로 그런 사회에 가깝다. 그렇다면, 이런 사회를 유토피아로 규정하여 제시하고 있는 소설의 한 대목을 거듭 읽고 음미해 보면서, 세월의 흐름과 더불어, 내가 <감동> 대신 <위험천만하다>는 느낌을 받게 되는 쪽으로, 그리고 <찬양하지 않을 수 없다>는 생각 대신 <비판하지 않을 수 없다>는 생각을 갖게 되는 쪽으로 나의 입장을 이동시켜 온 것은, 바람직한 변화로 인정받기에 모자람이 없다고 여겨진다.

6. 나는 말하지 않을 수 없다

조세희가『난장이가 쏘아올린 작은 공』에서 1970년대의 현실적인 문제에 대하여 비판한 것은 그것대로 부분적인 타당성을 가지고 있다. 그 점을 나는 충분히 인정한다.

하지만 그 소설에서 이야기되고 있는, <아버지가 그린 세상>은, 1970년

---

4) 복거일,『현실과 지향』(문학과지성사, 1990), p. 359.
5) 복거일,『소수를 위한 변명』(문학과지성사, 1997), p. 145.

대에 이 땅에 실제로 존재하였던 세상보다도 훨씬 더 끔찍한 세상이다. 나는 이 중요한 진실을 말하지 않을 수 없는 것이다. 『난장이가 쏘아올린 작은 공』을 읽고, 『아들과 함께 걷는 길』의 아버지처럼, 혹은 그 소설을 처음 읽었던 당시의 나 자신처럼, 무비판적으로 감동했던, 감동하고 있는, 감동하게 될, 어제와, 오늘과, 내일의 수많은 독자들을 향하여, 말하지 않을 수가 없는 것이다.

7. 너그러움과 참을성의 윤리학

사랑의 본질에 대하여 뜻깊은 성찰을 보여 준 복거일은, 사회를 규율하는 기본적 원리로 떠받들어질 만한 가치를 정말로 가진 것이 무엇인지에 대해서도 말해 주고 있다. 그에 따르면, 그것은 <너그러움>과 <참을성>이다. 사랑의 윤리학에 대신하여 너그러움과 참을성의 윤리학을 가르치는 그의 논리는, 인생의 의미에 대하여, 세계의 실상에 대하여, 도덕의 가치에 대하여 진정으로 깊이 고민하는 시간을 가져 본 모든 사람들로부터 깊은 공감을 불러일으키기에 모자람이 없는 것이라고 생각된다. 너그러움과 참을성의 윤리학을 설파하고 있는 그의 문장을 직접 인용해 보이는 것으로써 나의 이 짧은 글을 끝내기로 한다.

어느 사회에서나 중요한 것은 너그러움이지, 흔히 얘기되는 것처럼, 사랑이 아니다. 이 세상에는 우리가 도저히 사랑할 수 없는 사람들이 얼마나 많은가. (…) 한껏 노력하면, 우리는 그들을 이해할 수 있다. 그러나 그들을 어떻게 사랑할 수 있겠는가?

(…) 사회를 이루고 살아가는 데서 중요한 것은 자신들이 싫어하거나 미워하거나 경멸하거나 이해할 수 없는 사람들의 권리를 인정하고 그들의 판단을 존중하는 시민들의 너그러움과 그런 너그러움에서 나오는 참

을성이다. 우리가 실제로 사랑할 수 없는 사람들을 억지로 사랑하려고 스스로를 들볶지 않을 때, 그래서 그렇게 사랑하기 어려운 둘레의 사람들 대신 추상적 <사람>을 껴안는 길을 고르지 않을 때, 우리는 그런 너그러움과 참을성이 정의나 자비와 같은 적극적 덕성으로 나아가기를 바랄 수 있을 것이다.[6]

(2005)

---

6) 복거일, 『현실과 지향』, pp. 359~360.

4 부

리영희는 〈사상의 은사〉라고 일컬어질 만한 사람인가?

리영희가 1988년 창작과비평사에서 낸 『역정(歷程)—나의 청년시대』라는 제목의 자서전이 있다. 그 책의 뒷표지를 보면 고은, 임재경, 백낙청 세 사람이 쓴 추천의 글들이 인쇄되어 있는데, 그 중에서 특히 임재경이 쓴 글에 나오는 다음과 같은 구절을 나는 인상깊게 읽은 바 있다.

> 프랑스의 『르 몽드』지가 보도했던 대로 이영희는 70년대 이후 이땅의
> 많은 젊은이들에게 <사상의 은사(恩師)>였다.

내가 이 구절을 인상 깊게 읽은 것은 거기서 『르 몽드』지가 거론되고 있기 때문이 아니다. 내가 이 구절을 인상 깊게 읽은 것은 첫째로는 거기에 나오는 <사상의 은사>라는 표현이 참으로 멋있다고 느껴졌기 때문이며, 둘째로는 그처럼 멋있는 표현이 다른 사람 아닌 리영희에게 헌정되었다는 사실이 너무나 부당하다고 느껴졌기 때문이다.

물론, 70년대 이후 이 땅의 많은 젊은이들에게 커다란 사상적 영향을 미친 사람을 그 영향의 크기 순으로 한번 꼽아 보라고 할 경우, 리영희는 분명 몇째 안에 들 만한 인물임에 틀림없다. 그렇기는 하지만, 그가 미친

영향이라는 것은, 그 다양한 면모를 종합해서 신중하게 저울질해 볼 때, 결코 긍정적인 평가를 받을 만한 것이 아니었다. 하물며 <은사>라니! 어림도 없는 소리이다. 그러니 만큼, 그에게 <은사>라는 표현을 갖다붙인다는 것은 한 마디로 말해 터무니없는 짓이라 하지 않을 수 없다.

<어떤 영향력 큰 사상가가 있다고 하자. 그가 사람들에게 미친 영향의 면모를 신중하게 저울질한 끝에 우리가 최종적으로 긍정적인 평가를 내릴 수 있게 되려면, 그 사상은 구체적으로 어떠어떠한 요소를 갖추고 있어야 할 것인가?>

위와 같은 물음에 대해서 우리가 분명한 답변을 제시하는 것은 불가능하다. 하지만 다음과 같은 물음에 대해서라면 우리도 분명한 답변을 제시할 수 있다.

<어떤 영향력 큰 사상가가 있다고 하자. 그가 사람들에게 미친 영향의 면모를 신중하게 저울질한 끝에 우리가 최종적으로 긍정적인 평가를 내릴 수 있게 되려면, 그 사상은 구체적으로 어떠어떠한 요소를 갖고 있지 않아야 할 것인가?>

방금 적은 바와 같은 두 번째 물음에 대해서 우리가 분명하게 제시할 수 있는 답변은 다음과 같은 두 가지 항목으로 요약된다.

(1) 그 사상은 엄연한 사실에 대한 무지나 사실에 대한 고의적인 왜곡에 그 기초의 많은 부분을 두고 있지 않아야 한다. (가장 바람직한 것은 그 기초의 전부를 정확한 사실 파악 위에 두고 있는 것이지만, 설령 그렇게까지는 되지 못한다 할지라도, 최소한, 엄연한 사실에 대한 무지나 사실에 대한 고의적인 왜곡에 그 기초의 많은 부분을 두고 있지는 말아야 한다는 뜻이다.)

(2) 그 사상은 만약 그 사상이 현실을 지배하게 될 경우 현실사회의 사람들

중 대다수에게 있어서 삶의 질을 악화시키는 방향으로 작용하게 되는 것이 아니어야 한다. (가장 바람직한 것은 만약 그 사상이 현실을 지배하게 될 경우 현실사회의 사람들 중 대다수에게 있어서 삶의 질을 개선시키는 방향으로 작용하게 되는 것이지만, 설령 그렇게까지는 되지 못한다 할지라도, 최소한, 만약 그 사상이 현실을 지배하게 될 경우 현실사회의 사람들 중 대다수에게 있어서 삶의 질을 악화시키는 방향으로 작용하게 되는 것은 아니어야 한다는 뜻이다.)

이제 리영희의 사상이 사람들에게 미친 영향을 위와 같은 기준에 비추어서 검토해 보면 어떤 결론이 나올 것인가? 이러한 질문에 대한 답을 제시하기 위해서는 당연히 리영희가 지난 수십 년 동안 말해 온 것들 중에서 사람들에게 가장 큰 영향을 미친 것이 무엇인지를 먼저 언급해야 한다. 그것은 과연 무엇이었던가?

지난 70년대와 80년대에 걸친 기간 동안 리영희가 가장 커다란 열정을 기울여서 수행해 온 작업은 첫째로는 미국의 정책을 비판하는 일이었으며, 둘째로는 중국의 문화혁명을 옹호하고 마오쩌둥(毛澤東)의 위대성을 부각시키는 일이었다. 그런데 이 중 첫째의 작업을 인상적으로 수행한 사람은 리영희 이외에도 하나 둘이 아니었으며 그러니 만큼 이 부분에서 리영희가 행사한 영향력이라는 것은 그렇게까지 대단한 것이라고는 말하기 어려운 점이 있었다. 이와는 대조적으로, 둘째의 작업을 수행하는 자리에서 리영희는 단연 독보적인 지위를 과시하였다. 중국의 문화혁명이나 마오쩌둥의 행적에 대한 그의 한 마디 한 마디는 이 시대의 많은 사람들에게 있어서 거의 유일한 <결정본>과 같은 비중을 가지고 받아들여졌다. 진보의 구호를 내걸고 대중적 인기를 쟁취한 저술가들 가운데에서 이 분야에 관해 말한 마디라도 제대로 할 수 있는 사람은 그를 제외하고는 아무도 없었던 것이다. 그러하였던 만큼 이 분야에서 리영희가 사람들에게 미친 영향력은, 그 영향이 좋은 영향이었느냐 나쁜 영향이었느냐 하는 점은 별개로 치고, 어쨌든 참으로 대단하였다고 말하지 않을 수 없다.

그러다가, 90년대에 들어와 중국의 실상이 널리 알려지게 되면서 마오쩌둥 치하에서 중국 국민들이 얼마나 참담한 길을 걸어왔고 특히 문화혁명이라는 이름의 광란극 때문에 얼마나 많은 비극이 벌어졌던가 하는 것이 모든 사람들의 눈앞에 명백히 드러나기에 이르자 그는 문화혁명 긍정론이나 마오쩌둥 찬양론의 어조를 낮추는 대신 기회가 있을 때마다 북한을 긍정적으로 묘사하는 일에—좀더 구체적으로 설명하자면, 북한 권력집단의 시종여일한 침략적 태도라든가 처참하다는 말로밖에 표현할 수 없는 북한 인권문제의 실상이라든가 하는 것을 들어 북한을 비판하는 사람들과는 정반대의 위치에 서서, 북한의 권력집단도 긍정적으로 평가될 만한 면모를 풍부하게 지니고 있다는 주장을 펴는 일에—힘을 쏟기 시작하였다. 그리고 이러한 그의 노력은 그것대로 역시 오늘의 우리 사회 일각에서 상당한 영향력을 행사하고 있는 것으로 보인다.

이상과 같은 작업을 수행해 오면서 그것과 병행하여 그는 시종일관 자신이 살고 있는 남한의 정부와 사회에 대한 격렬한 비난을 전개해 왔다. 이것역시 예나 지금이나 상당한 영향력을 행사하고 있는 것으로 판단된다. 그런데 문제는 그가 남한의 정부와 사회를 향해 던지는 비난 가운데에는 정당한 것도 물론 있지만 과장이나 날조에 근거한 것도 적지 않다는 점이다. 그것이 곧잘 북한의 권력집단에 대한 미화 작업과 결합한 형태로 나타나곤 한다는 것 역시 그냥 보아넘길 수 없는 문제점이다. 예를 들면 이승만의 대한민국 건국은 격렬하게 매도하면서 김일성의 조선민주주의인민공화국 건설은 긍정적으로 평가하며, 이승만에게는 김구 암살의 주모자라는 근거 없는 죄목을 만들어 씌우면서 김일성이 실제로 거듭거듭 행해 온 잔인한 숙청작업에 대해서는 한 마디도 언급하지 않으며, 남한의 국가보안법에 대해서는 온갖 과장된 말로 비난을 퍼부으면서 북한의 형법은 못 본 척하고 넘어가는 식이다. 이런 식으로 남한과 북한에 대해 전혀 다른 자를 들이대는 그의 이중적이고 모순에 가득 찬 태도 역시 그것이 겉으로 표방하고 있는 진보라는 구호의 마력에 힘입은 결과로 우리 사회 속에서 지속적으로 상당한 영향력을 행사해 오고 있다.

리영희가 지난 수십 년 동안 말해 온 것들 중에서 사람들에게 가장 큰 영향을 미친 것이 무엇인지를 언급했으니, 이제는 그의 사상이 사람들에게 미친 영향을 앞서 제시한 바와 같은 기준에 비추어 검토해보면 어떤 결론이 나올 것인지를 이야기할 차례이다.

(1) 그의 사상은 엄연한 사실에 대한 무지나 사실에 대한 고의적인 왜곡에 그 기초의 많은 부분을 두고 있는 것인가? 이 물음에 대한 답은 명백하다. <그렇다. 아주 극단적인 정도로 그렇다>가 그 답이다.

(2) 만약 그의 사상이 현실을 지배하게 될 경우 현실사회의 사람들 중 대다수에게 있어서 삶의 질이 악화되는 현상이 나타날 것인가? 이 물음에 대한 답 역시 명백하다. <그렇다. 아주 극단적인 정도로 그렇다>가 그 답이다.

나 자신 70년대에 대학시절을 보낸 세대에 속하는 사람으로서 리영희의 인기 있는 저작들을 지난 20여 년 동안 어지간히 읽어 온 셈이다. 그리고 그가 나의 세대나 나보다 더 젊은 세대에게 미친 영향의 크기가 얼마만한 것인지도 단지 추상적으로만 아는 정도가 아니라 아주 생생한 실감으로 파악하고 있는 터이다. 그와 같은 나의 체험과 실감 전부를 걸고 나는 단언한다―한 외국 신문이 리영희에게 갖다 붙인 <사상의 은사>라는 칭호는 반드시 취소되어야 한다고.

이제 마지막으로, 나의 리영희 비판론에 대해서 한 무리의 사람들이 강경한 어조로 제기해 오리라 예상되는 두 가지 반론에 대한 나의 답변을 적어 두고 이 글을 끝내기로 한다.

예상되는 두 가지 반론 중의 하나는 이런 것이다. <리영희는 유신시대와 5공 시대에 반체제운동을 한 혐의로 감옥에 갇히는 등의 고난을 겪었다. 그가 이와 같은 고난을 당했다는 사실은 우리들로 하여금 그를 존경하도록 만들기에 충분한 이유가 되지 않느냐?>

이런 반론에 대한 나의 답변은 다음과 같다. <유신시대와 5공 시대에 반체제운동을 한 혐의로 고난을 겪은 사람들은 크게 두 가지 부류로 나눠 볼 수 있다. 대다수 국민의 인권과 자유와 행복을 신장시키는 데 기여할 수 있는 종류의 사상에 입각하여 반체제운동을 전개한 사람들이 그 중 한 가지 부류이고, 그렇지 않은 종류의 사상 혹은 더 나아가 그와는 반대되는 방향을 가리키는 사상에 입각하여 반체제운동을 전개한 사람들이 나머지 한 가지 부류이다. 우리는 전자의 부류에 해당하는 사람들에 대해서는 진심으로 존경하는 마음을 가져야 마땅하지만, 후자의 부류에 해당하는 사람들에 대해서는 도저히 존경하는 마음을 가질 수 없다. 그런데 리영희는 바로 후자의 부류에 해당하는 사람들 중에서도 대표적인 인물이다.>

예상되는 두 가지 반론 중의 다른 하나는 이런 것이다. <리영희는 우리가 북한이나 중국에 대하여 공식적인 학교 교육을 통해 배웠던 것과는 전혀 판이한 관점을 우리에게 소개해 준 셈인데, 이러한 그의 작업 덕분에 어쨌든 우리의 시야라든가 생각하는 폭이라든가 하는 것들이 크게 넓어진 것은

사실이 아닌가? 그 점은 긍정적으로 평가해 주어야 하지 않는가?>

　이런 반론에 대한 나의 답변은 다음과 같다. <리영희의 작업 덕분에 우리의 시야라든가 생각하는 폭이라든가 하는 것들이 넓어진 점은 분명히 있다. 하지만 우리는 이러한 사실을 인정하면서 그와 동시에 다음의 사실을 확실히 인식해 두어야 한다―북한에 관해서, 그리고 1949년 이후의 중국에 관해서 우리가 공식적인 학교 교육을 통해서 배운 것과 리영희로부터 새로 소개받은 것, 이 두 가지 중, 구체적인 역사적 진실을 정확하게 전달하고 있는가 그 반대인가 하는 점을 기준으로 해서 따질 경우에나, 대다수 국민들의 인권과 자유와 행복을 신장시키는 방향을 가리키고 있는가 그 반대인가 하는 점을 기준으로 해서 따질 경우에나, 긍정적인 평가를 내릴 수 있는 것은 어디까지나 전자이지 결코 후자가 아니라는 사실을. 다만 정부당국이 중국 혹은 북한과 관련된 정보들에 대한 대다수 사람들의 자유로운 접근을 오랫동안 허용하지 않고 통제해 온 것이 현명하지 못한 처사였음은 부정하기 어렵다. 그런 현명하지 못한 처사 때문에 리영희식의 그릇된 시각과 문제점투성이의 논리가 아무런 검증도 받지 않은 채 무조건적으로 정당화·미화되어 도무지 분수에 맞지 않는 정도의 영향력을 행사하게 된 측면이 분명히 있는 것이다.> (1997)

리영희가 행한 이승만 비판의 타당성
여부를 검증한다

이승만이 저지른 모든 과오는 과오로서 지적되고 비판받아야 마땅하다. 그러나 여기에는 한 가지 기본적인 조건이 붙는다. 그의 과오에 대한 모든 지적과 비판은 어디까지나 분명한 사실에 입각해서 행해져야만 하며, 만일 사실을 확인하기 어려운 경우라면, 적절한 추론의 절차에 의거하여 판단해 볼 때 사실일 가능성이 높다고 인정받을 만한 것을 기초로 해서 비판을 가해야 한다는 것이 바로 그 조건이다.

지금까지 실로 숱한 사람들이 이승만에 대하여 온갖 비판과 욕설을 퍼부어 왔거니와, 그 중 상당수는 방금 말한 것들을 전혀 지키지 않은 것들이었다. 그러한 것들 중에는 막연한 지레짐작만 가지고 흥분하여 소리를 높이는 것들도 있었고, 자기도 믿지 않는 내용을 그저 이승만에 대한 욕이 될 수 있는 것이라는 이유 하나만으로 덮어놓고 기정사실화하여 밀어붙인 것들도 있었다. 그 어느 편에 속하는 발언이든, 이런 발언들은, 그런 발언을 입에 올린 사람 자신이 참다운 지성이라는 것과는 거리가 먼 존재임을 증명해 주는 효과를 낳는 것이었다. 다음과 같은 리영희의 발언은 바로 이런 종류에 해당하는 발언의 한 표본적인 사례로 간주될 만한 것이다.

그 사람이 해방 후에 돌아와 미군정에 빌붙어서 분단을 조장하였습니다.

그리고는 단정 수립으로 자기가 대통령이 되고 김구 선생을 제거할 계획을 세웠습니다. 그것을 담당한 자들이 안두희였고 그 뒤에 김창룡, 장택상 이런 자들이었던 것입니다. (…) 이승만 씨는 정권을 잡으면서 어떤 인물을 썼냐 하면 전적으로 일제 앞잡이 노릇을 하던 자들입니다.[1]

이러한 리영희의 발언이 어째서 앞서 내가 말한 바와 같은 평가를 받을 수밖에 없는 것인지, 그 이유를 좀더 구체적으로 따져 보기로 하자.

(1) 이승만이 미군정에 빌붙었다는 것은 분명하게 증명될 수 있는 사실이거나, 적절한 추론의 절차에 의거하여 판단해 볼 때 사실일 가능성이 높다고 인정받을 만한 것인가? 그 어느 쪽도 아니다. 이승만이 미군정과 계속해서 대립하였다는 것이야말로 <분명하게 증명될 수 있는 사실>이다.

(2) 이승만이 분단을 조장하였다는 발언은 어떤가? 리영희가 위에서 한 말 중 이것 하나만은 대체로 시인될 수 있을 것으로 생각된다. 하지만 공평을 가하기 위해서는 분단에 대한 이승만의 책임이 리영희와 같은 사람이 의도적으로 부풀려서 이야기하는 것만큼 크지는 않다는 사실을 반드시 지적해 두어야 할 것이다. 1946년 11월의 인민위원회 선거→1947년 2월의 인민위원회 대회 소집→1947년 11월의 헌법제정위원회 발족→1948년 7월의 헌법 채택이라는 순서로 자못 일사불란하게 진행된 북한측의 분단 고착화 과정을 상기해 보라. 리영희나 그와 입장을 같이하는 사람들은 이승만을 분단 고착의 원흉으로 규정하여 욕을 퍼붓는 자리에서 위와 같은 사실을 제대로 언급하는 법이 거의 없지만 그들이 모르는 척하고 그냥 지나친다 하여 엄연한 역사적 사실이 아득한 구름 저 너머 무의 세계로 사라지는 것은 아니다.

(3) 이승만이 김구를 제거할 계획을 세웠다는 것은 분명하게 증명될 수 있는 사실이거나, 적절한 추론의 절차에 의거하여 판단해 볼 때 사실일

---

1) 리영희, 『새는 좌·우의 날개로 난다』(두레, 1994), p. 241.

가능성이 높다고 인정받을 만한 것인가? 현재까지 우리가 확보하고 있는 자료의 범위 내에서는, 그 어느 쪽도 아니라고 할 수밖에 없다.[2]

(4) 이승만이 정권을 잡으면서 전적으로 일제 앞잡이 노릇을 하던 자들을 기용하였다는 것은 분명하게 증명될 수 있는 사실이거나, 적절한 추론의 절차에 의거하여 판단해 볼 때 사실일 가능성이 높다고 인정받을 만한 것인가? 그 어느 쪽도 아니다.[3] 이 문제에 관한 리영희의 발언은, 문자 그대로의

---

2) 이 항목과 관련하여 참고할 만한 가치가 있는 두 가지 자료를 인용해 두기로 한다.
   (가) 안두희를 꾸준히 설득, 그로부터 녹음테이프 121개 분량의 진술을 받아낸 바 있는 김석종은 『신동아』 1996년 12월호에 기고한 「백범 암살의 배후 규명은 끝나지 않았다」라는 글 속에 다음과 같은 말을 적어두고 있다 : <(안두희는) 이승만의 개입 문제에 대해서는 확실한 증언을 끝내 하지 않았다. 그 동안 안두희의 자발적인 진술을 얻어내느라 잘 대해줬지만 이 부분에서는 안두희를 몰아쳤다. 그랬더니 안두희는 정색을 하며 "김 선생, 진실을 듣기 원한다면 내가 모르는 것을 어떻게 아는 것처럼 진술하느냐"며 몹시 섭섭해 했다>(p. 362).
   (나) 소설가 복거일은 같은 『신동아』 1996년 12월호에 기고한 「안두희, 「애인」, 장정일 그리고 공무원 부정……」이라는 글 속에서 다음과 같은 의견을 개진하고 있다 : <김구 선생의 암살과 관련된 안씨의 행적은 거의 드러났다. 그리고 그가 그 동안 밝힌 것으로 미루어보아, 그를 사주한 세력의 성격도 드러날 만큼 드러났다. 해방 뒤의 우리 역사를 제대로 쓰는 데 김구 선생의 암살에 관해 지금 알려진 것보다 더 자세한 사실들이 필요한 것은 아니다. 김구 선생의 암살에 관한 진실이 아직도 제대로 드러나지 않았다고 여기는 사람들은 물론 안씨의 뒤에 큰 세력이 있었다고 믿는 것이다. 그럴지도 모른다. 그러나 안씨가 그런 세력의 사주를 받았다면, 그는 하수인에 지나지 않았을 터이다. 실은 그가 그렇게 오래 살았다는 것이 신기하다. 자객들은 흔히 그들이 뒤에 입을 벌릴 것을 두려워하는 사람들에 의해 죽기 때문이다. 안씨가 오래 살았다는 사실은 그를 사주한 세력이 그의 입을 두려워할 필요가 없었음을 가리킨다. 따라서 안씨의 죽음에서 역사적 증인의 침묵만을 보는 사람들은 겹으로 사실을 잘못 보는 셈이다>(pp. 94~95).
   위에 인용한 두 가지 자료 중 (가)는 <이승만이 김구를 제거할 계획을 세웠다는 것은 분명하게 증명될 수 있는 사실인가?>라는 물음과 관련해서 참고할 만한 가치가 있는 자료이며, (나)는 <이승만이 김구를 제거할 계획을 세웠다는 것은 적절한 추론의 절차에 의거하여 판단해 볼 때 사실일 가능성이 높다고 인정받을 만한 것인가?>라는 물음과 관련해서 참고할 만한 가치가 있는 자료이다.
3) 이 문제에 관해 분명한 시실을 말해 주는 증거물로 다음과 같은 기록을 제시할 수 있다: <이승만 대통령은 초대 내각 각료들을 다음과 같이 대부분 항일운동 지도자로

의미에서, <거짓말> 혹은 <중상>이라고 규정하지 않을 수 없다.

이상 구체적으로 따져본 결과에 의하여 명백하게 드러나듯이, 리영희의 위 발언은 이승만에 대한 온당한 비판으로 인정될 만한 자격을 전혀 갖추지 못한 것이다. 그는 단지 막연한 지레짐작만 가지고 흥분하여 소리를 높인 것이거나, 자기도 믿지 않는 내용을 그저 이승만에 대한 욕이 될 수 있는 것이라는 이유 하나만으로 덮어놓고 기정사실화하여 밀어붙인 것일 따름이다. 이런 행동을 하는 사람을 두고 <참다운 지성이라는 것과는 거리가 먼 존재>라 부르지 않는다면 대체 어떤 사람을 두고 그렇게 부를 것인가?

새삼 말할 필요도 없는 것이지만, 나는 결코 이승만을 좋아하는 사람이 아니며, 지금 이 시점에서 이승만을 새삼스럽게 변호해야 할 어떤 이유를 느끼고 있는 사람도 아니다. 나로서는 단지 이승만에 대한 논의든 또다른 어떤 사람에 대한 논의든 그것이 참으로 의미 있는 것이 되게 하려면 리영희처럼 도대체 근거가 박약한 얘기를 유창하게 늘어놓는 따위의 수준은 넘어서야 한다는 사실을 말하고 싶었던 것일 따름이며, 오늘날 많은 사람들로부터 마치 대단한 지성의 표상이기라도 한 것처럼 존경받고 있는 리영희라는 사람이 도대체 근거가 박약한 얘기를 유창하게 늘어놓는 그런 면을 갖고 있다는 사실을 지적하면서, 이런 지적을 바탕으로 하여, 참다운 지성의 이름

채웠다(괄호 안은 항일관련 내용). 부통령 이시영(임정 내무총장), 무임소장관 이윤영(국내 항일), 외무장관 장택상(청구구락부 사건), 내무장관 윤치영(흥업구락부 사건), 법무장관 이인(항일 변호사·한글학회 사건), 체신장관 윤석구(국내 항일), 교통장관 민희식(재미 항일), 문교장관 안호상(항일 교육), 사회장관 전진한(국내 항일), 총무처장 김병연(국내 항일), 기획처장 이순탁(국내 항일), 공보처장 김동성(국내 항일) 등이다. 다만 법제처장 유진오는 약간의 친일 행적이 있다>(이태호 편저, 『김대중의 양날개 정치』(새앎출판사, 1996), pp. 165~166). 위에서 항일운동 지도자로 거명된 사람들 중 일부가 일제 말기에 가서 친일의 행적을 남기고 만 경우가 있을 수도 있다. 하지만 그러한 부분적 유보사항에도 불구하고 위의 기록은 최소한 리영희의 <전적으로 일제 앞잡이······> 운운하는 발언이 얼마나 터무니없는 것인지를 입증해 주는 자료로서 모자람이 없다.

에 값하는 비판의 논리와 윤리는 과연 어떤 것인가를 한번 생각해 보고 싶었던 것일 따름이다.

[덧붙이는 글]

『새는 좌·우의 날개로 난다』의 서문에서 리영희는 자신의 글쓰기에 대하여 다음과 같은 내용의 자기규정을 행하고 있다.

> 20년 전에 첫 평론집의 머리말에서 밝혔듯이, 나는 좌·우의 어떤 정치·이데올로기적 권력이건 진실을 은폐·날조·왜곡하려는 흉계에 대항해서 진실을 찾아내고, 그것을 바른 모습대로 세상에 밝혀내는 것을 글쓰는 목적으로 삼고 일관하였다.

내가 보기에 이러한 그의 주장은 정직한 것이 아니다. 지난 수십 년 동안 <우>쪽의 정치·이데올로기적 권력이 저지른 진실 은폐·날조·왜곡의 죄과도 물론 적지 않지만 같은 기간 동안 <좌>쪽의 정치·이데올로기적 권력이 저지른 진실 은폐·날조·왜곡의 죄과는 질적인 측면에서나 양적인 측면에서나 <우>쪽의 그것과 도무지 비교할 수가 없을 정도로 크고 심각한 것임에도 불구하고 그는 대체로 <우>쪽의 그것에 대해서만 격렬한 비난의 말을 퍼부어왔을 뿐(그 비난의 말 속에 리영희 나름의 진실 은폐·날조·왜곡이 섞이는 경우도 종종 있었음은 우리가 방금 위에서 본 바와 같다), <좌>쪽의 그것에 대해서는 대부분 보고도 못 본 체하거나 경우에 따라서는 오히려 그것을 적극적으로 옹호·변명해 주기까지 하는 태도로 일관해 왔기 때문이다. (1997)

반체제적인 것이라고 다 〈빛〉은 아니다
—김병익에 대한 반론

『문예중앙』1997년 봄호를 보면 김병익이 쓴 「10년, 10년, 그리고 다시 올 새로운 10년」이라는 글이 실려 있다. 이 잡지가 창간 20주년을 맞는 데 대한 축하의 뜻을 표시하면서 그것을 계기로 삼아 우리 지식인 사회가, 그 중에서도 특히 우리의 문학계가, 그리고 다시 그 중에서도 특히 김병익 자신이 지난 20년 동안 걸어온 길을 회고하고 그것의 의미를 점검해 보는 내용의 에세이이다. 김병익이 쓴 에세이들이 예외 없이 그러하듯 이 글도 그 속에 담겨 있는 겸허함과 진솔성으로 해서 깊은 감동을 준다.

그러나 내가 김병익의 이 에세이를 읽고 나서 내나름의 짧은 글 한 편을 쓰기로 작정한 것은 김병익의 에세이로부터 받은 감동을 피력하려는 목적에서가 아니다. 김병익이 이번에 발표한 에세이를 읽어가는 동안 나는 한편으로는 그 겸허함과 진솔성 때문에 깊은 감동을 느끼지 않을 수 없는 심경이 되면서도 또다른 한편으로는 마르크스-레닌주의나 주체사상을 신봉하는 사람들의 투쟁이 절정을 이루었던 지난 80년대 말~90년대 초의 기간 동안 그가 발표하는 일련의 글들을 보면서 내가 줄곧 품어 왔던 회의적인 생각들을 다시한번 떠올리지 않을 수 없었고, 그러한 회상의 연장선상에서, 그때 내가 품었던 회의적인 생각들은 틀림없이 정당한 것이었다는 결론을 다시

한번 내리게 되었다는 것이, 나로 하여금 이 글을 쓰게 만든 진정한 동기이다. 그러면 김병익의 에세이 가운데에서 어떤 부분이 나에게 그와 같은 회상과 재확인의 시간을 제공해 준 것인가? 그 부분을 다 인용하려면 너무나 많은 지면이 필요하므로, 여기서는 그 중에서도 핵심에 해당하는 대목만을 옮겨 보기로 한다.

세상이란, 참 다행스럽게도, 역설로 엮어지는 자리이다. 그 희망이 없던 시절에, 오직 어두운 절망만이 이 세계를 둘러싸고 있는 것으로 보이던 자리에, 한 가닥 희망의 빛이 보이기 시작한 것이다. (…) 그것이 민중론이든, 민족론이든, 마르크시즘이든 진보주의든, 혹은 문학이든 종교든 학문이든, 또는 대학이든 공장이든 교회든, 그 속셈과 속셈이 피어나는 자리가 무엇이든, 어디든 문제는 아니었다. 그것이 오늘의 우리 사회를 지배하는 것에 대항하는 것이라면 족한 것이었고 그 대항의 이념과 형태가 어떤 것이든 이차적인 것이었다. 저항과 도전의 행위라면, 그것이 글이든 행동이든, 조용한 모색이든 급진적 주장이든, 그 자체가 하나의 빛이었다. 그리고 그 갖가지 색깔과 모양들의 현란한 조응이 그때 얼마나 아름답게 보였던가. 나는 내게 빛으로 희망이 되어 오던 그 많은 것들에 새로운 용기를 얻었고 나의 하찮은 생각과 일들에서 기대를 갖기 시작했다. 그리고 그것들의 의미를 확인하려 들었다. 우리에게뿐만 아니라 내 자신에게도 모르거나 익숙하지 않은 새로운 주장과 사고체계들을 배우고 익히고 받아들여가며 이 시대에 대한 자기희생적 저항의 몸짓들에 감동했다. 물론 그 주장과 사고체계에는 나에게 맞지 않은 것도 있고 반대하는 행동도 있었으며 걱정되는 장면들도 있었다. 그럼에도, 맞지 않는다 해서 그 의미가 소실될 것도 아니었고 반대한다 해서 그 진의가 부정되는 것도 아니었으며 걱정된다 해서 파산될 것도 아니었다.[1]

위에서 인용한 대목에서 김병익이 말하고 있는 내용을 간략히 요약해

---

1) 김병익, 「10년, 10년, 그리고 다시 올 새로운 10년」, 『문예중앙』 1997. 봄, p. 25.

보면 그것은 결국 다음과 같이 정리될 수 있다. <나(김병익)는 1980년대의 우리 사회를 지배한 체제에 대항하는 이념이나 운동이라면 그것이 구체적으로 어떤 성격을 지닌 것이든, 어떤 속셈을 내면에 감춘 것이든 개의치 않고 예외 없이 '빛'으로, '희망'으로 간주하였다. 그 중에는 솔직히 나에게 맞지 않는 것, 나로 하여금 이의를 갖게 만드는 것도 있었으나 그런 점 때문에 그것을 빛으로, 희망으로 간주해야 마땅하다는 나의 판단이 달라지지는 않았다. 어쨌든 그것들은 당대의 우리 사회를 지배한 체제에 대항하는 이념 혹은 운동이라는 점에서 나에게는 빛과 희망으로 다가오는 것이었기 때문이다.>

이러한 김병익의 고백은, 앞에서도 이미 시사되었던 바와 같이, 그가 80년대 말~90년대 초에 걸친 기간 동안 발표한 일련의 글들에서 피력되었던 생각과 고스란히 일치하는 것이다. 당시의 그는 분명 마르크스-레닌주의나 주체사상의 신봉자가 아니었으면서도 마르크스-레닌주의 신봉자들이나 주사파(主思派)의 주장과 운동이 날로 기세를 더해가는 것을 긍정하고 그들에 대해 격려의 언어를 선사하는 데 인색하지 않은 태도를 보였었다. 그리고 당시의 나는 그와 같은 김병익의 태도에 대하여 결코 동의할 수 없다는 생각을 가졌었고 그러한 생각을 한 편의 글 속에 직접 담아내기도 했던 것이다.[2] 당시에 내가 품었던 생각의 요점은 다음과 같이 정리될 수 있다. <나(이동하)는 1980년대의 우리 사회를 지배하는 체제에 대항하는 이념이나 운동 중에서 자유와 인권의 신장에 기여할 수 있는 것은 열렬히 지지하지만, 그 반대의 방향으로 작용할 가능성이 큰 것(아니, 좀더 정확하게 말하자면, 필연적으로 그 반대의 방향으로 작용하게끔 되어 있는 것)에 대해서는 단호한 거부의 의사를 표시하지 않을 수 없다. 그런데 마르크스-레닌주의

---

2) 나의 책 『신의 침묵에 대한 질문』(세계사, 1992) 속에 수록되어 있는 「교조주의와 대항논리」가 바로 그 글이다(이 글이 처음 발표되었던 지면은 『월간조선』 1990년 8월호이다).

및 주체사상의 이념이나 그런 이념들에 입각한 운동은 바로 그 후자에 속하는 것의 전형적인 실례에 해당한다. 김병익은 지금 마르크스-레닌주의나 주체사상의 이념에 입각한 운동을 전개하는 사람들에게 그나름의 방식으로 힘을 보태주고 있는 셈인데, 그들의 투쟁이 현실적으로 성공을 거두게 될 경우(그렇게 될 가능성이 없다고는 그 누구도 단정할 수 없다) 우리가 사는 이 사회가 지금보다 얼마나 더 캄캄한 자유 말살, 인권 말살의 천지가 될지 그는 정말 모르고 있는 것일까?>

김병익은 예나 지금이나 지성의 정도(正道)를 강조해 온 사람이다. 나역시 지성의 정도를 강조하는 사람이라는 점에서는 김병익과 한 치도 다르지 않다. 자, 그러면 한번 같이 생각해 보자. 당대 한국의 지배체제가 혐오스럽다고 해서 그 체제에 대항하는 세력이라면 그 세력이 자유와 인권을 더욱 철저히 말살하는 방향으로 나아가고자 하는 세력이라도 빛으로, 희망으로 간주하여 받아들이려는 태도가 지성의 정도를 가는 태도인가, 아니면 아무리 당대 한국의 지배 체제가 혐오스럽다 하더라도 자유와 인권을 더욱 철저히 말살하는 방향으로 나아가고자 하는 세력에 대해서는 협력을 단호히 거부하고자 하는 태도가 지성의 정도를 가는 태도인가?

지금까지 나는 주로 지난 80년대 말~90년대 초의 시간대를 대상으로 해서 이야기를 진행해 왔다. 내가 문제 삼기로 한 김병익의 회고담이 그 시간대에 초점을 맞추고 있었기 때문이다. 그러나 사실 조금 더 시야를 넓혀서 생각해 보면 내가 이 글에서 거론한 주제는 1997년 현재의 시점에서도 여전히 진행형으로 살아 있는 것이며 결코 완료형으로 역사책의 한 페이지 속에 들어가 버린 것이 아님을 깨달을 수 있다. 그 주제에 대하여 김병익이 오늘날 어떤 생각을 가지고 있거나에 관계없이 그러하다. 마르크스-레닌주의나 주체사상의 이념과 그것들에 기초한 운동은 사실 현재도 이 땅 위에

건재해 있지 않은가? 객관적인 사정이 그렇기 때문에 내가 지금 이 글을 써서 새삼 마르크스-레닌주의 및 주체사상과 진정한 자유, 진정한 인권 사이의 관계에 대한 독자들의 주의를 환기시키는 것은 김병익이라는 특정한 인물의 견해에 대한 찬반 여부를 떠나 보다 일반적이고 보편적인 차원에서도 적극적인 의의를 가질 수 있으리라고 생각한다. (1997)

자유주의의 어제와 오늘에 관한 단상

지난 80년대의 우리나라 지식인 사회에서 마르크스, 엥겔스, 레닌, 루카치, 마오쩌둥 등등의 이름은 얼마나 엄청난 위력을 가지고 있었던가. 많은 지식인이 그 이름들 앞에 숭배의 꽃다발을 바치고, 그 이름들로 대표되는 세상이 이 땅에 도래하도록 만들기 위해 투쟁할 것을 맹세했다. 그런가 하면 또다른 많은 지식인들은 다음과 같은 말을 하고 다녔다. <우리는 마르크스라든가 레닌이라든가 하는 이름들에 대해서 숭배의 마음까지 품지는 않는다. 하지만 자유주의보다 그쪽이 우월하다는 것만은 분명히 알고 있다.>

이 두 부류 중의 어디에도 속하기를 거부하고 자유주의의 가치에 대한 신념을 확고히 견지하고자 하는 사람은, 그리고 그 신념에 입각하여 다수파들의 문제점을 제대로 비판하고자 하는 사람은, 그 시절의 지식인 사회속에서 고독한 예외자로 살 수밖에 없었다. 그 소수의 고독한 예외자 그룹에 나도 끼어 있었던 셈이다.

소수의 예외자라는 초라한 지위로부터 탈출하여 다수의 대열에 합류하는 행복을 누리고 싶은 욕망이 나에겐들 왜 없었겠는가. 하지만 아무리 양보에 양보를 거듭하면서 생각해도, 그쪽의 길은 사람이 사는 세상을 파괴와 죽음으로 이끄는 길이지 그 반대의 방향으로 가는 길이 아니었다.

사람이 사는 세상을 파괴와 죽음이 아닌 창조와 생성의 공간으로 만들려면, 그들 다수파처럼 휘황찬란한 유토피아의 깃발을 함부로 휘둘러서는 안 되는 것이었다. 역사의 발전법칙이니 변증법적 지양이니 하는 따위의 추상적인 관념을 가지고 현실을 통째로 재단하려 들어서도 안 되는 것이었다. 수백만 년, 아니 그 이상으로 오랜 뿌리를 가지고 있는 인간 본성의 근본적인 한계를 멋대로 무시하면서 터무니없이 높은 도덕적 기준을 강요하는 그런 태도로 정치를 보고, 경제를 보고, 사회를 보아서도 안 되는 것이었다. 유토피아의 깃발이나 추상적인 관념이나 터무니없이 높은 도덕적 기준 같은 것들 때문에 눌리고 찢기고 상처입는 <산> 인간의 고통에 주목하고, 바로 그 <산> 인간의 고통을 어떻게 하면 줄일 수 있을 것인가를 치열하게 고민해야 하는 것이었다. 그리고 산 인간의 고통을 정말 대폭적으로 줄이기 위해서는 무엇보다도 사람들이 자유롭게 질문하고, 자유롭게 비판하고, 자유롭게 토론할 수 있는 공간을 최대한도로 열어 놓는 것이 필요하다는 지극히 단순한 사실을 인식할 줄 알아야 하는 것이었다. 한 마디로 말해서, 성실한 자유주의자가 되어야만 하는 것이었다.

지금, 90년대가 끝나가는 세기말에 이르러서도, 위에서 말한 <그쪽의 무리들>은 여전히 다수파이다. 그리고 그들은, 유토피아의 깃발에 대한 집착, 추상적인 관념의 마력에 대한 집착, 터무니없이 높은 도덕적 기준을 세상에 강요하려는 고집—이 세 가지 중 어느 하나도 포기하지 않았다. 하지만 범세계적인 사회주의 퇴조의 대세 앞에서는, 지난날 그토록 도도하던 그들의 목소리도 조금은 낮추어지지 않을 수 없게 되었다. 그런가 하면 자유주의자의 무리는 아직 소수파이기는 하지만 그래도 과거처럼 처절하게 고독하지는 않다. 이것은 희망적인 징후이다. (1997)

시장의 원리와 문학 · 철학 · 예술

인간의 사회를 운영해 나가는 데에는 다양한 방법이 있다. 그 다양한 방법들 가운데에서 가장 바람직한 방법은, 가능한 한 많은 부분이 자유로운 시장의 원리에 따라 움직이도록 맡겨 두는 방법이다. 그러한 방법이 최상의 방법이라는 사실은 논리적으로도 분명하게 설명될 수 있는 사실이며, 헤아릴 수 없이 많은 역사적 자료들에 의하여 이미 뚜렷하게 증명되어 있는 사실이기도 하다.

가능한 한 많은 부분이 자유로운 시장의 원리에 따라 움직이도록 맡겨 두고 있는 사회는, 거의 모든 점에서, 그렇지 않은 사회보다 우월한 면모를 나타내게 마련이다. 그러한 사회가 창조적인 정신의 발현을 위해 가장 유리한 조건을 제공해 준다는 사실은, 바로 그 <우월한 면모> 가운데에서도 특별히 잘 눈에 띄는 것 가운데 하나이다.

문학, 철학, 예술 등등의 영역은, 창조적인 정신의 발현을 특별히 절실하게 요구하고 있는 영역이라고 말할 수 있다. 당연히, 창조적인 정신의 발현을 위해 유리한 조건이 마련되어 있는 사회에서 이 분야의 사람들이 이룩해 놓은 성과와 그렇지 못한 사회에서 이룩된 성과를 비교해 보면, 그 사이에는 엄청난 질적 격차가 존재한다는 사실을 누구라도 금방 확인할 수 있다.

그런데 바로 이 문학, 철학, 예술 등등의 영역에서 실제로 창출된 성과물들을 자세히 살펴보면, 한 가지 역설적인 현상을 발견하게 된다. 자유로운 시장의 원리에 대해 반대 의견을 펴면서 오히려 획일적이고 전체주의적인 원리에 의하여 지배되는 세상에 대한 동경을 내보이는 작품들이 적지 않다는 사실이 바로 그것이다. 자기 자신은 자유로운 시장의 원리에 의해 움직이는 사회의 혜택을 마음껏 누리고 있으면서, 바로 그 자유로운 시장의 원리를 비난하고, 자유로운 시장의 원리보다는 차라리 획일적이고 전체주의적인 원리에 애정을 보내는 사람들이 문학계에서도, 철학계에서도, 예술계에서도 얼마든지 발견되는 것이다.

수많은 문학자, 철학자, 예술가들이 이러한 행태를 보여주게 되는 사정을 이해하기는 어렵지 않다. 본래 문학, 철학, 예술 등을 자신의 업으로 삼고 있는 사람들은 관념적인 이상주의자인 경우가 많다. 그런데 자유로운 시장의 원리라는 것은 관념적인 이상주의자들에게는 도무지 매력적인 것이 아니다. 매력적인 것이 아닐뿐더러, 이해하기조차도 어려운 것이다. 반면에, 관념적인 이상주의자들이 볼 때, 획일적이고 전체주의적인 원리들은 아주 이해하기 쉽게 되어 있으며, 더 나아가 매혹까지 느끼게 하는 것들도 수두룩하다(사실은 바로 그 획일적·전체주의적 원리들 자체가 과거 이 지구상에 살다 간 몇 사람의 관념적 이상주의자들에 의하여 발명된 것들이다. 반면에 시장의 원리는 특정인에 의한 발명품이 아니라 인간의 본성에서 자연스럽게 유래된 것이다). 그리고 보면, 수많은 문학자, 철학자, 예술가들의 일견 모순된 행태는 실인즉 어떤 점에서는 자연스러운 것이라고도 말할 수 있다.

하지만, 그렇다고 해서, 그들의 반(反)시장적·친(親)전체주의적 행태가 정당한 것으로 인정받을 수는 없다. 그들은 일반적으로 사회 내에서 가치 있는 문화의 창조자·전파자로 인정되며, 그런 만큼 상당한 정도의 사회적 영향력을 발휘하는 사람들인데, 그 영향력은 적어도 지금 이 글이 문제 삼고 있는 측면에서 보면 근본적으로 해로운 것이다. 그들의 행태는 가치의 기준에 관한 사람들의 인식에 큰 혼란을 일으킨다. 또 그것은 사회가 자유로운 시장의 원리에 따라 움직이는 방향으로 나아가는 것을 끊임없이 방해하는 힘으로 작용한다.

다행스러운 것은, 우리 사회의 경우, 그들의 힘이 과거에 비해 많이 약화되었다는 사실이다. 그들의 힘이 절정에 도달했던 시기는 1980년대였다. 그때와 지금을 비교해 보면, 우리나라의 문학·철학·예술이 적어도 이 문제와 관련된 범위 내에서는 바람직한 방향으로 꾸준히 변모해 왔다는 점을 확연히 느낄 수 있다. 하지만 아직도 안심할 단계는 아니다. 그렇기 때문에 이들의 문제점을 정확하게 지적하고 그 해로운 영향력을 극소화하고자 하는 노력은 줄기차게 지속되어야 한다. (2003)

〈쓸모있는 바보들〉의 어제와 오늘

자유민주주의 체제 아래 살면서, 그리고 자유민주주의 체제만이 제공할 수 있는 모든 소중한 혜택들을 향유하는 데 소홀함이 없는 삶을 살면서, 끊임없이 자유민주주의 체제를 비방하고, 자유민주주의 체제를 근본에서 부터 뒤집어엎고자 하는 마르크스주의 세력 혹은 그와 유사한 세력들의 이익을 위해 일하는 데 열정을 쏟는 지식인들—이러한 사람들에게, 일찍이 레닌이 〈쓸모있는 바보들(useful idiots)〉이라는 멋진 명칭을 선사하였다는 이야기가 있다. 바로 그러한 부류의 지식인들은, 레닌이 보기에는 분명 〈바보들〉이었지만, 레닌 자신이 이끄는 소련의 이익을 위해서는 바로 그런 사람들이 아주 쓸모있는 존재였으므로, 레닌으로부터 그처럼 역설적인 명칭을 선사받게 되었다는 것이다. 물론 공식적으로 확인된 이야기는 아니다. 하지만 진실의 핵심을 꿰뚫고 있는 이야기가 아닐 수 없다.

20세기의 역사를 되돌아보면, 바로 그 〈쓸모있는 바보들〉의 범주에 포함되는 지식인들이 세계 곳곳의 자유민주주의 국가들에서 무수히 출현하여 활동해 왔다는 사실을 금방 확인할 수 있다. 그 가운데 우리에게 가장 잘 알려져 있는 것은 물론 일차적으로는 우리와 같은 한국의 국적을 가진 〈쓸모있는 바보들〉이고, 그 다음으로는 미국을 무대로 하여 활동해 오고 있는 놈 촘스키나 하워드 진 같은 〈쓸모있는 바보들〉이지만, 사실 그 밖에도 이런 부류의 〈바보들〉은 무릇 자유민주주의 체제가 존재하는 곳이면 어디서든지 발견된다. 그것도 아주 많이.

자유민주주의 체제가 존재하고 있는 모든 지역에서 이런 부류의 지식인들이 수없이, 그리고 줄기차게 출현하게 되는 사정은, 이해하기에 그다지 어렵지 않다. 눈앞에 존재하는 세상을 단숨에 쓸어버리고 그 자리에 완전한 유토피아를 건설하고자 하는 조급한 관념적 몽상에 사로잡히는 경향이야말로 지식인이라면 누구나 빠져들기 쉬운, 엄청나게 감염률이 높은 바이러스와 같은 것이기 때문이다. <쓸모있는 바보들>의 범주에 들어가는 지식인들은 바로 남보다 앞장서서 이 감염률 높은 바이러스의 희생자가 되기를 자청한 사람들에 다름 아닌 것이다.

　그런데 문제는, 이러한 범주에 들어가는 지식인들이 열정을 쏟아서 헌신하는 사업들이 만약 성공적으로 이루어질 경우, 거기에서 출현하게 되는 세상은, 자유가 아닌 억압의 법제화가, 평등이 아닌 차별의 법제화가, 성장이 아닌 정체 혹은 퇴보의 일상화가―종합적으로 말하자면, 유토피아가 아닌 저 『1984년』의 지옥이―압도적인 위력을 가지고 군림하는 세상일 수밖에 없다는 사실이다.

　이러한 세상의 출현이 필연적일 수밖에 없다는 사실은, 논리적으로도 쉽게 증명되며, 소련·중국·북한·쿠바·동유럽 여러 나라들·베트남·크메르 루즈의 캄보디아 등, 마르크스주의를 자신의 지배이념으로 채택하였던 수많은 나라들이 일관되게 보여주는 역사의 특징들에 의해서도 쉽게 증명된다.

　하지만 자유민주주의 체제가 존재하고 있는 모든 지역에서 어김없이 나타나 열정적인 활동을 벌여 오고 있는 저 <쓸모있는 바보들> 가운데 다수는 그 어떤 증명에 의해서도 동요되지 않는 모습을 보여주어 왔다. 제아무리 엄밀한 논리적 증명에 의하여 격파당하더라도, 또 제아무리 생생한 역사적 증거에 의하여 자신의 오류가 폭로당하더라도 그들은 넘어진 자리에서 금방 다시 일어서곤 했던 것이다. 무엇에 의지해서? 현란한 수사를 동원하여

기막힌 궤변을 창출해 내는 그들의 능력에 의지해서 그렇게 해 왔다. 한 가지만 예를 들자면, 카스트로라는 독재자 때문에 쿠바가 얼마나 처참한 지옥이 되어 있는가 하는 것을 필사적으로 쿠바를 탈출하여 미국으로 망명해 온 수없이 많은 난민들이 피눈물로 증언해 주었음에도 불구하고 미국의 <쓸모있는 바보들> 가운데 다수가 여전히 카스트로에 대한 존경을 철회하지 않고 버텨 올 수 있었던 것도 바로 그 능력 덕분이었다.

그런데 최근에 이르러, 바로 이 <쓸모있는 바보들>의 진영 속에서, 한 가지 주목할 만한 현상이 나타나기 시작하고 있다. 멕시코의 사파티스타 민족해방군을 이끄는 <스키 마스크의 사나이> 마르코스(본명은 라파엘 기엔 비센테)에게 매혹되어 그에게 온갖 현란한 찬사를 아낌없이 몰아다 바치면서, <소련 및 동유럽 공산주의 체제의 붕괴 이후 일시적으로 시련에 봉착하였던 마르크스주의의 이념이 이제야말로 진짜 본격적인 승리의 새벽을 맞이하고 있다>고 외치는 사람들이, 자기들이야말로 시대를 앞서가는 지식인이라는 자부심을 내보이면서, 등장한 것이다.

하지만 그들의 찬사는 어리석고 부질없는 것이다. 지난 세기에 수많은 <쓸모있는 바보들>이 레닌에게, 스탈린에게, 마오쩌둥에게, 김일성에게, 카스트로에게 보냈던 뜨거운 찬사가 다 어리석고 부질없는 찬사였던 것과 꼭 마찬가지다. 마르코스가 레닌을 비롯한 지난 세기의 여러 인물들과 다른 점이 있다면, 변화된 세상에 걸맞게, 세부적인 전략의 메뉴를 새롭게 포장해서 내놓고 있다는 것뿐이다. 실제에 있어서 그는 지난 세기에 열렬한 찬사를 받았던 그 사람들과 마찬가지로, 자유가 아닌 억압의 공간을, 평등이 아닌 차별의 공간을, 성장이 아닌 정체 혹은 퇴보의 공간을 만들고자 투쟁하고 있는—다르게 표현하자면, 자신의 힘이 미치는 범위 내의 온 세상을 <열린 길>이 아니라 <닫힌 감옥>으로 만들고자 투쟁하고 있는—인물일 뿐인 것이다. 마르코스는 멕시코 원주민들의 행복을 위해 싸운다고 주장하지만,

실제로는 그들의 삶이 계속해서 가난과 절망 속에서 허덕이지 않을 수 없도록 만들어 가고 있다. 그가 마르크스주의의 이념을 고수하는 한, 그는 그렇게 할 수밖에 없다.

바로 이런 마르코스에게 온갖 화려한 찬사를 보내는 오늘의 <쓸모있는 바보들>—그들에게 있어서, 멕시코 원주민의 진정한 행복이라는 것은 과연 어떤 의미를 가지는 것일까? 이러한 물음을 던지는 것은, 지난날 레닌과 스탈린에게 온갖 화려한 찬사를 보냈던 지식인들에게 있어서 소련 국민들의 진정한 행복이란 과연 어떤 의미를 가지는 것이었을까, 그리고 카스트로에게 온갖 화려한 찬사를 보내오고 있는 지식인들에게 있어서 쿠바 국민들의 진정한 행복이란 과연 어떤 의미를 가지는 것일까 하는 물음을 던지는 것과 동일하다. (2004)

6월 혁명과 제6공화정의 이름을 제대로 부르자

20세기의 후반기에 한국 사회는 정치적 혁명을 두 차례 겪었다. 그 하나는 1960년에 일어난 4월 혁명이고, 다른 하나는 1987년에 일어난 6월 혁명이다. 전자는 제1공화정을 무너뜨리고 제2공화정의 시대를 열었으며, 후자는 제5공화정을 끝장내고 제6공화정의 시대를 열었다. 전자는 성공한 혁명이었고, 후자도 성공한 혁명이었다.

제1공화정을 무너뜨리고 제2공화정의 시대를 연다고 하는 엄청난 성과를 이룩해 낸 혁명을 두고 <실패한 혁명>이라고 부를 수는 없다. 또한, 제5공화정을 끝장내고 제6공화정의 시대를 연다고 하는 엄청난 성과를 이룩해 낸 혁명을 두고 <실패한 혁명>이라고 부를 수도 없다.

영국의 청교도 혁명과 명예혁명 가운데 어느 것도 <실패한 혁명>이 아니듯, 그리고 프랑스의 대혁명, 7월 혁명, 2월 혁명 가운데 어느 것도 <실패한 혁명>이 아니듯, 우리의 4월 혁명과 6월 혁명 가운데 어느 것도 <실패한 혁명>이 아니었다.

그런데 우리 사회에서는, 1960년에 일어났던 4월 혁명을 가리켜 <혁명>이라고 부르는 데는 거의 누구도 반대하지 않지만, 1987년에 일어났던 6월 혁명을 가리켜 <혁명>이라고 부르는 데는 대부분이 동의하지 않는다고 하는, 이상한 현상이 계속되고 있다.

6월 혁명을 가리켜 <혁명>이라고 부르는 데 동의하지 않는 사람들이

<혁명>이라는 말 대신에 일치하여 선택하고 있는 단어는 <항쟁>이다. 1987년에 이 땅에서 일어났던 운동의 참된 명칭은 <6월 항쟁>이라는 것이다.

이처럼 <혁명>이라는 말 대신 <항쟁>이라는 말을 선택하는 사람들의 마음속에는, <그 운동은 실패한 운동이다>라는 판단이 작용하고 있다. 실패한 사건이니까 <혁명>이라는 명칭을 부여받을 자격이 없으며, 기껏해야 <항쟁>이라는 명칭 정도만 부여받을 수밖에 없다는 것이다.

이러한 판단은 전혀 타당성이 없는 것이다. 하나의 공화정 체제를 무너뜨리는 데 성공한 운동이 어찌하여 실패한 운동이란 말인가? 하나의 새로운 공화정 체제를 이룩하는 데 성공한 운동이 어찌하여 실패한 운동이란 말인가?

명백한 이치가 이러함에도 불구하고 오늘날까지 <6월 혁명>이라는 말 대신 <6월 항쟁>이라는 근거 없는 말을 대다수의 사람들이 선호하고 있다는 사실은, 1987년부터 오늘에까지 이르는 긴 기간 동안 심각한 종류의 허위의식이 일관되게 이 나라 사람들 대다수의 마음을 사로잡고 있다는 사실을 의미한다.

1987년의 6월 혁명은, 그 성과로서, 새로운 헌법, 즉 <제6공화정 헌법>에 바탕을 둔 새로운 체제, 즉 <제6공화정 체제>를 탄생시켰다. 이 제6공화정 체제의 핵심적인 특징에 해당하는 것은, 직선으로 5년 단임의 대통령을 선출하는 제도이다.

이러한 제도를 채택한 제6공화정 체제는 1988년 2월에 정식으로 출범하였다. 그리고 당시로부터 17년이 지난 오늘의 시점에 이르기까지 흔들림 없이 유지되고 있다.

제6공화정 체제가 처음 자리 잡았던 당시, 이 체제의 헌법에 근거하여 뽑힌 최초의 대통령은 노태우였다. 그러니까 노태우 정부는 제6공화정 제1기 정부가 된다.

노태우 다음에는 김영삼이, 김영삼 다음에는 김대중이, 김대중 다음에는 노무현이 제6공화정의 대통령 자리를 이어받았다. 그러니까 김영삼 정부는 제6공화정 제2기 정부에 해당하고, 김대중 정부는 제6공화정 제3기 정부에 해당하며, 노무현 정부는 제6공화정 제4기 정부에 해당한다.

그런데 김영삼 정부는 자신이 제6공화정 제2기 정부에 해당한다는 사실을 가능한 한 외면하려고, <그게 아닌 척하려고> 기를 썼다. 그래서 만들어낸 것이 <문민정부>라는 이상한 단어였다. 문민정부라니? 김영삼 정부 이전의 정부는 다 현역 군인들이 통치한 정부였단 말인가? 문민정부라는 명칭은 아무리 생각해도 납득하기 어려운, 이상한 명칭이다.

그런가 하면 김대중 정부 역시 자신이 제6공화정 제3기 정부에 해당한다는 사실을 가능한 한 외면하려고, <그게 아닌 척하려고> 기를 썼다. 그래서 만들어낸 것이 <국민의 정부>라는 이상한 단어였다. 국민의 정부라니? 김대중 정부 이전의 정부는 다 비국민(非國民)의 정부였단 말인가? 국민의 정부라는·명칭 역시 아무리 생각해도 납득하기 어려운, 이상한 명칭이다.

김대중 정부에 뒤이어서 들어선 노무현 정부 역시 자신이 제6공화정 제4기 정부에 해당한다는 사실을 가능한 한 외면하려고, <그게 아닌 척하려고> 기를 썼다. 그래서 만들어낸 것이 <참여정부>라는 이상한 단어였다. 참여정부라니? 노무현 정부 이전의 정부는 다 불참(不參)정부였단 말인가? 참여정부라는 명칭 역시 아무리 생각해도 납득하기 어려운, 이상한 명칭이다.

이처럼 김영삼 정부에서부터 노무현 정부에 이르기까지, 그 정부가 제6공화정의 정부라는 사실을 외면하려고, <그게 아닌 척하려고> 기를 쓰면서, 이상한 이름을 하나씩 지어 자신에게 붙이는 것이 하나의 전통이 되어서 내려오고 있다는 것은, 그 세 차례의 정부들을 담당한 사람들이 하나의 예외도 없이 이상한 종류의 허위의식에 사로잡혀 왔다는 사실을 의미한다. (2005)

1987년 6월의 혁명과 NL파

1. 1987년 6월에 일어났던 일

1987년 6월, 이 나라 주요 도시의 거리거리는 대통령 직선제 개헌을 요구하며 시위하는 군중들로 넘쳐났다. 경찰의 필사적인 저지가 뒤따랐고, 최루탄이 난무했다. 정부가 계엄령과 군대 동원을 심각하게 고려하고 있다는 이야기들이 돌았다. 그러나 결국 정부는 계엄령도, 군대 동원도 다 포기했다. 경찰도 철수시켰다. 그리고 대통령 직선제 개헌에 대한 다수 국민들의 요구를 전폭적으로 수용했다. 다수의 국민들은 환호했다.

여당과 야당은 새로운 헌법안을 만들었다. 그 헌법안에 따르면 대통령은 국민의 직접 선거에 의해 뽑도록 되어 있었다. 그 새로운 헌법안을 국민투표에 회부한 결과, 예상대로 압도적인 찬성표를 얻어 통과되었다.

그 해 12월, 개정된 헌법의 규정에 따라, 새로운 대통령 선거가 실시되었다. 최다 득표를 한 후보자가 당선되어, 이듬해 2월에 취임했다. 그 당선자는 5년으로 정해진 임기를 다 마쳤다. 그리고는, 동일한 헌법의 규정에 따라 1992년 12월에 시행된 대통령 선거에서 최다 득표를 하여 당선된 사람에게 대통령 자리를 평화롭게 물려주었다. 그로부터 다시 5년이 지난 후에도, 10년이 지난 후에도 동일한 절차가 평화롭게 반복되었다.

2. 혁명인가, 항쟁인가?

여기까지 내가 해 온 설명은 하나도 사실과 다른 것이 없다. 그렇다면, 위의 설명에서 언급된 1987년 6월의 일은 무엇이라고 불리어야 하겠는가? 이 물음에 대한 답은 하나밖에 없다. <혁명>인 것이다.

그러니 만큼, 1987년 6월의 일이 있고 난 후에는, 그 때의 일을 가리키는 명칭으로 당연히 <혁명>이라는 말이 자리잡았어야 했다. 그런데 실제의 사태 진전은 그런 방향으로 이루어지지 않았다. <혁명>이라는 말 대신, <좌절된 시도>라는 어감을 강하게 전달해 주는 <항쟁>이라는 말이 그 때의 일을 가리키는 보편적인 명칭으로 자리잡았다.

이것은 아무리 생각해도 부당한 처사이다. 부당한 처사는 시정되어야 한다. 나는 얼마 전에 쓴 「6월 혁명과 제6공화정의 이름을 제대로 부르자」라는 제목의 글 속에다, 이 부당한 처사가 반드시 시정되어야 한다는 주장을 담아낸 바 있다.

그런데, 그 글을 쓴 지도 얼마가 더 지난 후 나는 1980년대 한국의 학생운동을 다룬 몇 권의 책들을 읽어볼 기회를 갖게 되었다. 그 책들을 읽으면서 나는 이 나라에서 1987년 6월에 일어났던 일의 성격에 대하여 다시 한번 숙고해 보는 시간을 가졌다. 그리고 이 문제에 대하여 한 편의 새로운 글을 써야겠다는 생각을 하게 되었다.

3. NL파에게는 혁명이 없었다

자, 이제, 다시 1987년 6월로 돌아가 보자. 그리고 그 당시 이 나라 주요 도시의 거리거리를 메웠던 군중의 성격을 좀더 구체적으로 분석해 보자. 그렇게 해 보면, 문제가 애초에 생각했던 것만큼 단순하지 않다는 사실을 알 수 있게 된다.

1987년 6월에 거리거리를 메웠던 군중들 속에서 압도적 다수를 차지하였던 것은 젊은 대학생들이었다. 그런데 바로 이 대학생들의 맨 앞에 서서 직선제 개헌을 외치며 시위를 주도하였던 이른바 학생운동 지도부의 핵심 구성원들은, 말로는 직선제 개헌만을 외치면서도, 내심으로는 좀더 복잡한 생각을 하고 있었다.

그 핵심 구성원들은 이른바 NL파라 불리는 사람들이었다. 이 NL파는 나중에 가서는 주로 주사파(主思派)라는 명칭으로 불리게 된다.

그 당시 NL파는 이른바 PD파와 더불어 학생운동의 지도부를 양분하고 있었다. 그런데 직선제 개헌 문제에 임하는 두 파의 태도는 자못 대조적인 양상을 보였다. PD파가 직선제 개헌 따위는 그 시대의 당면 과제가 아니라고 주장하며 등을 돌린 데 반하여 NL파는 직선제 개헌 투쟁의 주역이 될 것을 자청하며 그들 자신의 역량을 총동원하여 시위를 조직하고 이끌었던 것이다.

하지만 이들 NL파에게 있어서 직선제 개헌이라는 것은 결코 궁극적인 목표가 아니었다. 그들의 궁극적인 목표는, 주체사상이 지배하는 세상으로 이 나라를 완전히 바꾸는 것이었다. 그 원대한 목표를 달성하기 위한 중간 단계의 실천 전략 가운데 하나로 <직선제 개헌 투쟁에 적극 참여하는 일>이 있었던 것일 따름이다.

이러한 그들의 입장에서 보면, 직선제 개헌 투쟁이 성공을 거둔 것은 분명 좋은 일임에 틀림없지만, 그 정도의 일을 가지고 <혁명의 성공>이라는 말을 꺼내는 행위는 용납될 수 없는 것이었다. 이 나라 전체를 주체사상이 지배하는 세상으로 바꾼다고 하는 그들의 궁극적인 목표가 달성되는 그날까지는 <혁명의 성공>이란 없는 것이었다.

그런데 1987년 6월 이후의 사태 전개를 보면, 직선제 개헌 투쟁의 성공이 그들의 궁극적인 목표를 달성하는 결과로까지 이어지지는 못하고 말았다는 사실을 알 수 있다. 그렇다면 그들에게 있어서 1987년 6월과 그 후의 일은 <혁명>일 수 없다. 그것은 기껏해야 <항쟁> 수준의 일에 지나지 않는다. 즉, <좌절된 시도>에 지나지 않는다. 한 유명 작가의 표현을 빌리면 <구체제의 작은 후퇴, 그리고 조그마한 개선>에 의하여 <혁명>이 저지되고 만 사례에 지나지 않는 것이다.

여기까지 살펴보고 나면, 우리는 더욱더 강한 실감으로 깨달을 수 있다― 1987년 6월의 일을 <좌절된 시도>라는 의미에서의 <항쟁>이라는 명칭으로 부르는 것은 정말이지 잘못된 처사라는 것을. 그것은 단지 <부정확하기 때문에 부당하다>고 이야기될 수 있는 수준의 처사가 아니라는 것을. 그것은 명백히 반인도적(反人道的)이고 반진보적(反進步的)이며 억압적이고 폭력적인 관념의 광기에 사로잡힌 집단의 주장에 멋모르고 따라가는 행위이기 때문에 부당한 일이라는 것을. (2005)

친일 문제는 학계의 연구에 맡겨라

1. 머리말

요즈음 이른바 <친일> 문제가 갑작스럽게 정치적으로 뜨거운 논의의 초점이 되고 있다. 그러나 사실 학계의 일각에서는 오래 전부터 이 문제를 차분하게, 진지하게 연구해 왔고, 그 결과 최근에 이르러서는 상당히 성숙한 수준의 논의가 이루어지기 시작하는 상태에 있다. 그러한 학계의 연구 성과를 알고 있는 사람의 눈으로 보기에는, 지금 정치인들(특히 여당인 열린우리당의 정치인들)이 친일 문제를 대하는 방식은 상당히 난폭하고 조야(粗野)하며 사려 깊지 못한 것으로 보인다.

친일 문제는 지극히 복잡한 문제이며, 또 미묘한 문제이다. 그것을 제대로 파악하고 점검하기 위해서는, 문제를 다양한 측면에서 종합적으로 탐사하는 수고를 아끼지 않는 부지런함과, 조급하게 결론을 내리려고 덤비지 않는 신중성이 반드시 필요하다. 또한 인간의 내면 깊은 곳에 자리 잡고 있는 모순과 혼돈을 제대로 헤아릴 줄 아는 섬세한 감수성도 필요하다. 하지만 지금 친일 문제에 대하여 앞장서서 맹렬한 규탄 캠페인을 벌이고 있는 정치인들은 이 중 어느 한 가지도 갖추지 못하고 있는 것 같다.

2. 이광수의 경우

예를 들어서 이야기해 보자. 이광수는 대표적인 친일파로 알려져 있다. 요즘 친일 청산을 부르짖고 있는 정치인들의 시선으로 본다면, 이광수 같은 사람은 두 번 생각할 필요도 없이 <민족반역자>로, 준엄한 단죄의 대상으로 분류해 버리면 그만일 것이다. 이광수가 한창 친일 활동을 벌이고 있던 바로 그 시기인 1942년에 한글로 발표한 장편소설 『원효대사』에 <민족>에 대한 고통스러운 사랑으로 가득찬 다음과 같은 구절을 적어 두고 있는 것 따위는 그들의 눈에 들어오지도 않을 것이다.

나는 우리 민족을 무척 그립고 아름답게 본다. 그의 아무렇게나 차린 허술한 속에는 왕의 자리에 오를 고귀한 것이 품겨 있다고 본다. 그의 재주나 마음씨나 또 그의 말이나 다 심상치 아니한 것이어서 장차 엄청나게 큰 소리를 치고 큰 빛을 발할 약속을 가진 것으로 믿는다. 그는 과거 수천년에 고통도 수모도 당하였다. 그러나 그는 결코, 결코 저를 잃음이 없이 민족적 단일성을 지켜 내려 왔다. 그러할뿐더러 그는 그의 고난의 역사 중에서 중국·인도 유럽·아메리카 등 거의 모든 문화를 흡수하여서 제 것을 만들었다. 유일한 수행자였다. 그는 아직 설산 고행 중에 있는 석가세존이요, 광야의 금식 기도 중에 있는 그리스도다. 그러므로 그의 외양은 초라하고 아무도 그를 알지 못한다. 그러나 그는 수행자이기 때문에 장차 환하게 큰 빛을 발하여 세계를 비추이고 큰소리를 울려서 중생을 가르칠 날이 올 것이다. 지금은 비록 간 데마다 수모를 받더라도 오는 날에는 가장 높은 영광이 그를 위하여 준비되어 있을 것이다.[1]

3. 여운형의 경우

또다른 예를 들어 보자. 김동인이 해방 후에 쓴 회상기를 보면 다음과

1) 이광수, 「내가 왜 이 소설을 썼나」, 『이광수전집』, 10(우신사, 1979), p. 532.

같은 대목이 나온다.

> 어떤 날 거리에 나가 보니, 거리는 방공(防空) 연습을 하느라고 야단이
> 고, 소위 민간유지들이 경찰의 지휘로 팔에 누런 완장을 두르고 고함지르
> 며 싸대고 있었다. 몽양 여운형은 그런 일에 나서서 뻥뻥 돌기를 좋아하는
> 사람으로서, 그날도 누런 완장을 두르고 거리거리를 활보하고 있었다.
> (…) 나는 한심스러이 그의 활보하는 뒷모양을 바라보았다.2)

이 대목에 그려져 있는 여운형의 모습을 어떻게 보아야 할 것인가? 오늘
날 다수의 사람들에게 여운형은 독립운동가로 알려져 있지, 친일파로 알려
져 있지 않다. 그런 여운형이 일제 말기에 저러한 모습을 보여 주었다는
것은 도대체 무엇을 말하는가? 이런 물음에 제대로 답하기 위하여 반드시
필요한 것이 바로 내가 위에서 말한 <부지런함>과 <신중성>, 그리고 <섬
세한 감수성>인 것이다.

4. 이태준의 경우

그런가 하면, 소설가 이태준이 친일 문제와 관련해서 보여준 태도는 또다
른 각도에서 주목받을 만한 가치가 있다.

이태준은 해방이 되고 나자 그 자신이 일제 말기에 비교적 깨끗하게 지조
를 지킨 편에 속한다는 것을 큰 자랑으로 삼고, 친일했던 동료 문인들을
앞장서서 공격하였다. 해방 다음다음날 문학인들이 모여 새로운 단체의
결성을 의논하는 자리에서 거기 있던 동료 두 명을 면전에서 지목하며 <이
런 인간을 빼지 않으면 자기는 이 단체에 참여할 수 없다>고 잘라 말할
정도로 기세등등한 모습을 보여준 것이 이태준이었다.3) 또 그는 어느 좌담

---

2) 김동인, 「문단 30년의 자취」, 김치홍 편, 『김동인평론전집』(삼영사, 1984), p. 499.

회에서 <나는 8 · 15 이전에 가장 위협을 느낀 것은 문학보다 문화요, 문화보다 다시 언어였습니다>라고 말하며, 일본어로 창작을 한 경력이 있는 동료 문인들을 비난하기도 했다.[4]

그렇다면 이태준은 과연 실제로 얼마나 깨끗하였던가? 이 물음에 대한 답을 찾기 위해서는 최근 학계에서 나온 연구들 가운데 장양수와 호테이 토시히로(布袋敏博)의 논문을 검토해 보는 것으로 충분하다. 우선 장양수는 「이태준의 「농군(農軍)」—낙원으로 가장된 고난의 땅」이라는 논문에서 이태준의 1939년도 작품인 「농군」을 다각도로 정밀하게 분석한 결과 이 작품이 <한반도에 그들의 농민이 옮아와 살게 하고 한국의 농민들은 황량한 땅 만주로 내쫓으려는 국책(國策)을 추진>하였던 일제의 의도에 적극적으로 호응하려는 뜻을 가지고 <사실을 왜곡하고 진실을 훼손>하며 <동족을 기만[5]>한 작품이라는 사실을 설득력 있게 규명해 내었다. 또 호테이 토시히로는 이태준이 일본어로 써서 발표한 소설을 발굴해 내었는데, 그 내용을 보면 <'개인주의'를 부정하여 '전체'를 위해 봉사하지 않으면 안 된다는 사상이 반영되어 있[6]>다고 한다. 이만하면, 이 두 편의 연구 성과만 가지고도 위의 물음에 대한 답을 찾는 데 모자람이 없다고 한 나의 말이 과장이 아님을 알 수 있을 것이다.

하지만 지금까지 밝혀진 사실을 가지고 이태준의 유죄를 선고하며 그의 위선이나 기만을 거론하는 것으로 그친다면 그것은 잘못이다. 우리는 우리 눈앞에 생생히 드러난 이태준의 모순되고 이중적인 태도를 보면서 그것으로부터 친일 문제 자체의 복잡성과 인간이라는 존재의 다면성에 대한 성찰의 자료를 찾아내야 하고 실제로 풍부하게 찾아낼 수 있다. 하지만 저 난폭

3) 백철, 『문학자서전—진리와 현실 · 후편』(박영사, 1975), p. 300.
4) 김윤식, 『한국현대문학사』(일지사, 1976), p. 22.
5) 장양수, 『한국낙원소설연구』(문예출판사, 1996), pp. 362~363.
6) 호테이 토시히로, 「일제말기 일본어 소설 연구」(서울대학교 대학원, 1996), p. 104.

하고 조야하며 사려 깊지 못한 정치인들에게 그런 종류의 성찰을 기대할 수 있을까? 어림도 없는 노릇일 것 같다.

5. 맺는 말

다시 말하거니와, 친일 문제는 참으로 복잡한 문제이며, 또 미묘한 문제이다. 이 글에서 내가 든 세 가지 예만을 놓고 보더라도 그 점은 어느 정도 납득될 것이다. 이처럼 복잡하고 미묘한 문제를 난폭하고 조야하며 사려 깊지 못한 사람들이 함부로 다루는 사태는, 현재의 분위기로 보건대, 앞으로 더욱 확대되고 악화되어 갈 것이 명백하다. 그로 말미암아 이 나라가 겪어야 할 혼란은 또 얼마나 될 것인지, 걱정스러운 마음을 지울 수 없다. 이미 오래 전부터 부지런함과 신중성과 섬세한 감수성이라는 덕목을 고루 가진 학자들이 꾸준하게 이 문제를 연구해 오고 있는데, 왜 그들에게 계속 맡겨 두지 않는가? 가시적인 성과가 욕심만큼 빨리빨리 축적되지 않아서 답답하다면, 그들의 연구에 대한 지원을 강화하면 되지 않는가? (2004)

5부

만인을 노예화하는 길로 가서는 안 된다
—하이에크의 『노예의 길』

　　프랑스의 저명한 저널리스트인 기 소르망이 쓴 『20세기를 움직인 사상가들』이라는 책이 있다. <그 사람 이후에는 그 사람이 나오기 전과 비교하여 학문의 체계가 본격적으로 달라졌다고 할 만한 정도의 업적>을 이룩한 인물로서 그가 이 책을 준비할 당시 생존해 있었던 사람 29명을 만나 대담한 기록을 엮은 책이다. 과연 그가 설정한 기준에 걸맞게, 이 책에 등장하는 인물들의 면면은 20세기를 대표할 만한 석학들임에 예외가 없다. 일리아 프리고진, 에드워드 윌슨, 클로드 레비-스트로스, 놈 촘스키, 칼 포퍼, 이자야 벌린…… 그리고 이들과 더불어, 프리드리히 A. 폰 하이에크가 있다. 그런데 바로 이 하이에크를 다루고 있는 장(章)을 소르망은 다음과 같은 말로 시작한다.

　　나의 이 살아 있는 도서관 안에서 하이에크는 중심적 위치를 차지한다.[1]

　　이것은 참으로 인상적인 발언이 아닐 수 없다. 대체 하이에크가 어떤

---

1) 기 소르망, 『20세기를 움직인 사상가들』(강위석 역, 한국경제신문사), 1991, p. 284.

인물이기에 소르망은 그가 만난 29명의 대석학들의 좌석배치도에서 중심이 되는 자리를 다른 사람 아닌 이 하이에크에게 배정했을까?

물론, 우리들 가운데 그 누구도, 사상가들에 대한 평가를 시도함에 있어 소르망과 반드시 똑같은 태도를 취해야 할 의무는 지고 있지 않다. 이를테면 우리는 29명의 명단 자체를 소르망과 전혀 다르게 작성할 수도 있으며, 그 명단에서 제일 중심 되는 자리를 하이에크 아닌 다른 사람에게 배정할 수도 있는 것이다. 그렇기는 하지만, 소르망이 참으로 해박한 학식과 균형 잡힌 안목을 지닌 저널리스트라는 사실은 그 누구도 부정하기 어려운 터이니 만큼, 그가 실제로 내린 판단이 우리들 모두에게 의미 있는 참고가 되어 줄 만한 것임에는 의문의 여지가 없다. 그리고 다른 사람은 어떻게 생각할지 모르지만 최소한 나 자신은 소르망이 <살아 있는 도서관>의 중심이 되는 자리를 하이에크에게 배정한 것은 참으로 현명한 결정이었다고 수긍하는 입장이다.

그럴 만도 한 것이, 자유주의와 사회주의의 대결이야말로 20세기의 역사를 지배한 가장 중요한 주제였다고 해도 과언이 아닐 터인데, 바로 이 대결의 최전선에서 자유주의의 입장을 대표하는 전사(戰士)로 등장, 그것의 우월성과 정당성을 누구보다도 설득력 있게, 그리고 깊이 있게 논증해 낸 인물이 바로 하이에크이기 때문이다. 오스트리아에서 태어나 성장했고 영국과 미국에서 오랫동안 활동했으며 노년에는 독일로 가서 활동하다가 서거한 이 위대한 사상가는 경제학·법학·정치학·철학 등 다양한 분야를 자유롭게 넘나들면서 시종일관 명석하고 심오한 논리로 전세계의 지식인들에게 자유주의의 가치를 일깨워주었으며, 왜 사회주의가 배격되어야 하는가를 알려주었다. 그 일로 평생을 바친 그가 세상을 떠난 것은 1992년이다. 1899년생이니까 만 93세 때이다. 서거하기 전에 소련 및 동유럽의 사회주의 체제가 몰락하면서 그 자신의 이론적 정당성이 역사적으로 입증되는 것을 목격할 수 있었으니 행복한 사상가였다고 해도 좋을 법하다.

이러한 하이에크의 수많은 저서들 가운데 학문적으로 가장 중요한 것은
『자유헌정론(自由憲政論)』(1960)과 『법, 입법 그리고 자유』(1973~1979)이
지만, 대중적으로 가장 널리 알려진 것은 1944년에 나온 『노예의 길』이다.
『노예의 길』이 출간된 1944년은 주지하다시피 독일·이탈리아·일본을
한편으로 하고 미국·영국·소련을 다른 한편으로 하여 격렬하게 맞붙은
제2차 세계대전이 한창 진행되고 있던 중이었다. 이러한 상황에 부응하여,
미국과 영국의 많은 지식인들 사이에서는, <파시즘은 단연코 싸워서 절멸
시켜야 할 악이지만, 마르크스 류의 사회주의는 긍정할 만한 것이다>라는
투의 사고가 팽배해 있었으며, 미국이나 영국 자체의 정치와 경제를 운용해
나가는 데 있어서도 사회주의적 요소를 적극적으로 도입하고자 하는 것이
일반적인 추세였다. 바로 이러한 상황에서, 그것이 얼마나 위험한 착각이며
심각한 오류인가를 날카롭게 통찰한 예외적 인물이 하이에크였고, 그 통찰
을 한 권의 책으로 압축시킨 결정판이 『노예의 길』이었다.

이 책에서 하이에크는 파시즘과 사회주의가 그 본질에 있어서 하나라는
사실, 그리고 그 공통된 본질은 양자 모두 <만인의 노예화에로 나아가는
길>이라는 점에 있다는 사실을, 예리하면서도 풍부한 논증을 통해 밝혀
보인다. 그렇게 하면서 그는 이처럼 만인의 노예화를 가져오는 파시즘 및
사회주의라는 전체주의—이 책에서는 주로 집산주의(collectivism)라는 용어
가 사용되고 있다—에 맞설 수 있는 가장 바람직한 길로서 이미 오랜 사상적
전통을 가지고 있는, 그러나 20세기에 와서는 수많은 사람들로부터 무시당
하거나 배격당하기에 이른 저 고귀한 자유주의를 제시한다.

> 개인의 자유를 위한 정책만이, 진실로 오직 하나뿐인 진보적 정책이라
> 고 하는 그 지도적 원리야말로, 19세기에도 진리이었듯이 오늘날에도 역
> 시 진리인 것은 변함이 없다.[2]

위에 인용한 구절은 이 책 전체의 대미를 장식하고 있는 문장이거니와, <개인의 자유를 위한 정책만이, 진실로 오직 하나뿐인 진보적 정책이라고 하는 그 지도적 원리>는 이 책이 출간된 1944년에도 진리이었듯이, 21세기를 내다보고 있는 1999년 현재의 시점에서도 또한 진리임에 변함이 없는 터이다. 그것이 진리임을 알고 인정하는 지식인은 이 책이 출간된 1944년에도 소수였고, 21세기를 내다보고 있는 1999년 현재의 시점에서도 여전히 소수라는 사실이 안타깝기는 하지만 말이다.

그것이 진리임을 알고 인정하는 지식인은 왜 언제나 소수일 수밖에 없을까? 이것은 참으로 중요한 물음이 아닐 수 없다. 그런데 이러한 물음에 대한 답을 자못 논리정연하게 제시해 준 사람 가운데 하나가 또한 하이에크라는 사실은 흥미롭다. 이 자리에서는, 위의 물음에 대한 하이에크의 답에서 핵심을 이루고 있는 개념이 <치명적 자만(fatal conceit)>이라는 사실만 언급해 두고 넘어가기로 하자(<치명적 자만>은 하이에크 사후에 출간된 그의 표준판 전집 가운데 제1권의 제목으로 채택되어 있기도 하다).

이제 다시 소르망의 하이에크 대담기로 돌아가서 한 가지 인상적인 대목을 소개하고 이 글을 마칠까 한다. 대담을 끝낸 소르망이 작별인사를 하자 하이에크는 그를 잠시 더 붙잡으면서 다음과 같은 말을 덧붙였다고 한다.

　내가 당신에게 하는 말은 대단히 중요합니다. 자유주의 지식인들은 반드시 선동가라야 합니다. 경제적 자본주의에 대하여 적대적인 현 시류를 돌려세우기 위해서 말입니다. 세계의 인구는 너무도 많기 때문에 자본주의가 아니고서는 이들을 다 먹여 살릴 수가 없습니다. 만일 자본주의가 무너지면 제3세계는 굶주리게 될 것입니다. 이런 일이 이미 에티오피아에서 일어나고 있습니다.[3]

---

2) 프리드리히 A. 폰 하이에크, 『노예의 길』(김영청 역, 동국대학교 출판부, 1993), p. 269.
3) 기 소르망, 앞의 책, pp. 292~293.

지금 이 시간에도 <치명적 자만>에 사로잡혀 있는 수많은 지식인들이, 제3세계가 굶주림으로부터 벗어날 수 있도록 하기 위해서는 자본주의가 무너져야 한다는 식으로, 진실과는 완전히 거꾸로 된 주장을 일삼고 있다. 그러나 객관적 사실 앞에서 겸손한 태도를 취할 줄 아는 사람, 열린 마음을 가진 사람은, 하이에크의 말이 지니고 있는 진실의 무게를 외면할 수 없을 것이다. (1999)

데즈먼드 모리스에게 일련의 질문들을 던지다

영국의 동물학자 데즈먼드 모리스가 쓴 『인간동물원』이라는 책 속에는 다음과 같은 대목이 들어 있다.

나는 인간을 동물로 간주하는 동물학자로서, 현재 상황에서는 이데올로기의 차이를 심각하게 받아들이기가 어렵다. 말로 표현된 이론이 아니라 실제 행동이라는 관점에서 집단 사이의 상황을 평가한다면, 이데올로기의 차이는 그보다 훨씬 기본적인 조건 옆에서는 의미를 잃어버린다. 그 차이는 수천 명의 생명을 죽이는 것을 정당화해 줄 만큼 어마어마한 이유를 대기 위해 일부러 찾아낸 핑계일 뿐이다.[1]

이 대목을 어떻게 보아야 할까?

원래 『인간동물원』은 내가 무척이나 좋아하는 책이다. 나는 「한국문학의 도시문제 인식에 대한 비판적 고찰」이라는 제목의 논문[2]을 쓰면서 이 책의 논지 가운데 중요한 부분들을 적극적으로 끌어들여 활용한 일도 있다. 하지만 이 책 속에 들어 있는 그의 위와 같은 주장에 대해서는 자못 복잡한

---

1) 데즈먼드 모리스, 『인간동물원』(김석희 역, 한길사, 1994), p. 150.
2) 이 논문은 나의 책 『한국문학 속의 도시와 이데올로기』(태학사, 1999) 속에 수록되어 있다.

느낌을 갖지 않을 도리가 없다.

위의 대목에 나타나 있는 생각을 그것 자체로서 이해하는 일은 어렵지 않다. 그것 자체로서 수긍하는 일도 어렵지 않다.

하지만 그 생각을 그것 자체로서 일단 이해하면서도, 또 수긍하면서도, 다른 한편으로 나는 다음과 같은 일련의 질문들을 모리스에게 던지면서, 자못 복잡한 느낌에 사로잡히지 않을 수가 없는 것이다.

─나치 이데올로기가 지배하던 히틀러 시대의 독일에서 당신이 위와 같은 주장을 펴고도 무사할 수 있었을 것 같습니까?

─공산주의 이데올로기가 지배하던 스탈린 시대의 소련에서 당신이 위와 같은 주장을 펴고도 무사할 수 있었을 것 같습니까?

─문화혁명의 광풍이 몰아치던 마오쩌둥 시대의 중국에서 당신이 위와 같은 주장을 펴고도 무사할 수 있었을 것 같습니까?

─주체사상이라는 이름의 이데올로기가 지배하고 있는 김정일 치하의 북한에서 지금 당신이 위와 같은 주장을 편다면, 어디, 무사할 것 같습니까?

─당신이 위와 같은 주장을 책으로 써서 세상에 널리 알릴 수 있는 것은 자유주의 이데올로기가 지배하는 사회 속에 당신이 살고 있기 때문에 비로소 가능한 일이 아닙니까?

─자유주의 이데올로기가 지배하는 사회 속에 당신이 살고 있기에 당신은 위와 같은 주장을 책으로 써서 세상에 널리 알리고도 아무런 처벌을 받지 않은 채 평화로이 살아갈 수 있는 것이 아닙니까?

─그렇다면, 내가 생각하기에는, <이데올로기의 차이라는 것은 당신이 주장하고 있는 바처럼 그렇게 가벼이 취급되어도 좋은 것이 절대로 아니다>라는 결론을 내려야 마땅할 듯한데, 이 문제에 대한 당신의 견해는 어떻습니까? (2005)

김광동의 『반미운동이 한국사회에 미치는 영향』을 읽고

김광동의 저서 『반미운동이 한국사회에 미치는 영향』을 이번에 다 읽었다. 구구절절, 깊은 공감을 느꼈다. 우리 사회에 만연하고 있는 반미주의의 원인을 분석하고, 그 전개 양상을 검토하고, 그것의 영향을 따져 나가는 과정 전체를 통하여, 김광동은 정확한 판단력, 날카로운 분석력, 그리고 성숙한 균형감각을 보여주었다고 생각된다.

이 책 가운데서 나의 가슴에 특히 인상적으로 와 닿았던 것은, 우리 사회에 만연하고 있는, 다분히 상궤를 벗어난 수준의 반미주의가 궁극적으로 <대한민국 사회에서 소중하게 지켜야 할 자유와 평화, 시장경제 그리고 생명과 재산[1]>의 가치를 부정하게 만들고, 그것들의 가치가 제대로 존중되는 세상과는 정반대의 세상을 지향하게끔 유도하며, 그 점에서 반(反)진보적이고 반인권적인 성격을 지닌다고 한 저자의 예리한 통찰이었다.

김광동의 책을 읽고 나서, 나는 새삼 내가 잘 알고 있는 한국 문학계의 경우를 돌아보지 않을 수 없었다.

우리 사회를 구성하고 있는 다른 대부분의 영역들과 마찬가지로, 문학의 영역에서도, 반미주의의 물결은 자못 거세다. 상당한 부피를 갖춘 <반미주

---

[1] 김광동, 『반미운동이 한국사회에 미치는 영향』(자유기업원, 2003), p. 77.

의문학사>를 기술하는 것도 충분히 가능할 정도이다. 그 반미주의문학의 범주에 포함될 수 있는 작품들 대부분은, 분명한 반진보주의·반인권주의 의 의식을 가지고 씌어진 경우이든 그렇지 않은 경우이든, 결과적으로 볼 때에는, 분명히 반진보적이고 반인권적인 방향으로 영향력을 발휘하여 왔 다. 바로 이런 점에서도, 문학의 경우는 다른 영역들의 경우와 공통되는 면모를 보여주고 있다.

이 지점에서, 나는 아득한 마음으로 생각해 본다. 반진보적이고 반인권적 인 방향으로 영향력을 발휘한 문학작품들의, 바로 그 <영향력>이라는 것 의 크기를 말이다.

예를 들어 보자. 반진보적이고 반인권적인 방향으로 영향력을 발휘한 반미주의 문학작품들 가운데 하나인 조정래의 『태백산맥』은, 지금까지 아 마 몇 천만 부가 팔렸을 것이다. 그 단순한 숫자 하나만 보아도 이 작품이 발휘한 영향력의 크기가 어마어마하다는 것을 느낄 수 있다. 그런데 정작 이 작품을 사서 읽은 독자 하나하나에게 이 작품이 미친 영향의 <질>이라 는 것이 또한 문제이다. <마취제와 같은 수준의 선동 효과를 만들어낼 수 있는 텍스트의 모범>으로 인정받을 만한 면모를 지니고 있는 것이 이 작품 이니까 말이다.

알고 보면, 이 작품 속에 들어 있는 반미주의적 요소들은 대부분 역사적 사실의 적극적인 왜곡을 동반하고 있는 것들이다. 예를 들면 14연대 반란 사건[2] 당시 무고한 다수의 민간인들이 밀집해서 거주하고 있는 순천과 여 수의 중심가를 향해 미군이 무차별 폭격을 퍼부었으며 여수 중심가에 대해 서는 미국 군함이 <무차별 함포 사격>까지 가하였다고 서술한다든가, 거

2) 이 사건은 보통 <여수·순천 반란 사건>으로 지칭되고 있지만 이러한 명칭은 부당 하며 <14연대 반란 사건>이라고 일컬어져야 마땅하다고 하는 김종오의 견해(『소설 『태백산맥』 그 현장을 찾아서』(종소리, 1992), pp. 277~279)에 나도 동의하고 있다.

제도 포로수용소에서 미군이 <마음대로 공갈·협박·테러·살인을 감행해가면서 반공포로를 억지로 만들어내느라고 혈안이 되>었기 때문에 인민군 포로들의 목숨은 <개목숨이나 다를 게 없>었다든가 하는 따위로 역사적 사실을 터무니없이 왜곡하는 작업을 열심히 수행하면서 이 작품의 작가는 반미주의의 노선을 관철해 나가고 있는 것이다. (반미주의의 문제와 직접적으로 관련되지 아니한 측면에 있어서도 이 작품 속에는 역사적 사실을 분명히 왜곡한 사례가 숱하게 나온다.) 그러나 이 작품을 읽고 마취제를 주사 맞은 것과 같은 상태가 된 독자들 가운데 도대체 몇 명이나 이런 점을 인식하겠는가.

하지만, 『태백산맥』을 비롯한 수많은 반미주의 문학작품들이 발휘해 왔고 또 지금도 발휘하고 있는 영향력의 크기가 아무리 대단한 것이라 하더라도, 나는, <자유와 평화, 시장경제 그리고 생명과 재산>의 가치를 소중하게 지켜야 한다는 사실을 알고 있기에, 그리고, 그런 것들의 가치를 제대로 지켜내지 못하는 삶이란 죽음보다 나을 것이 없는 삶이라는 사실을 알고 있기에, 단념하지 않고, 그것의 문제점을 거듭 이야기하지 않을 수가 없다. 나의 이야기를 들어 주는 사람이 극소수에 불과하다 해도, 거듭 이야기하지 않을 수가 없다.

이런 나의 심정은, 아마 김광동이 『반미운동이 한국사회에 미치는 영향』을 집필하면서 가졌을 심정과 크게 다르지 않을 것이라고 믿는다. 사실 말이지, 김광동의 그 귀한 저서를 과연 몇 사람이나 제대로 읽겠는가. 그럼에도 불구하고 진실의 이름으로 해야 할 이야기는 할 수밖에 없다는 것이 김광동의 심정이었으리라고 나는 짐작한다. 그렇게 짐작하면서, 새로운 용기를 얻게 되기도 한다. (2005)

진실을 건지고, 우리 사회를 건지는 길
—복거일 선생님께

제가 한 사람의 국문학 연구자로, 또 문학평론가로 활동하기 시작한 시기는 지난 1980년대 초였습니다. 제가 막 학계와 평론계에 입문하였던 그 당시, 우리나라의 지식인 사회에서는, 사회주의를 정의로운 체제로 간주하여 찬양하고, 반면에 자본주의는 구제불능의 부도덕한 체제로 간주하여 매도하는 논리가 서서히 세력을 키워가기 시작하고 있었습니다. 그리고 이러한 논리는, 1980년대의 중반을 지나면서, 마침내 우리 지식인 사회의 주류로 그 위상을 확립하였습니다. 이 때 한 번 확립된 그 논리의 <주류>로서의 위상은, 그로부터 다시 20년이 지난 오늘에 이르기까지, 조금도 흔들릴 기미를 보이지 않고 있습니다.

제 자신, 1980년대 초의 잠깐 동안은, 그러한 논리에 어느 정도 동조하는 견해를 가졌던 것이 사실입니다. 하지만 얼마 가지 않아서 저는 그 미망으로부터 깨어났습니다. 정말로 열린 지성을 가지고 세상의 진실을, 삶의 진실을 탐구하는 사람이라면, 정말로 뜨거운 도덕적 열정을 가지고 바람직한 세상의 길을, 바람직한 삶의 길을 찾고자 고투하는 사람이라면, 그러한 논리에 속아 넘어가서는 안 된다는 사실을 저는 알았습니다. 그러한 논리의 허위성을 고발하고 그러한 논리의 위험성을 경고하는 자리에 서야만 한다는 사실을 저는 알았습니다.

사회주의가 승리를 거두고, 사회주의의 이념을 가진 사람들이 권력을 장악한 곳이라면 어디에서나 극악한 인권 말살의 역사가 전개되었습니다. 소련, 동유럽의 여러 나라들, 쿠바, 중국, 동남아시아의 여러 나라들, 그리고 북한—예외가 없습니다.

이것은, 그때 그곳에서 사회주의의 이념을 내세워 권력을 장악한 사람들의 개인적인 성격상의 결함 때문이었을까요? 사회주의 체제를 선택한 나라들의 처참한 현실을 뻔히 보고서도 기어이 사회주의를 옹호하고자 기를 쓰는 이 나라의 많은 지식인들은 이 물음 앞에서 <그렇다, 바로 그것 때문이었다!>라고 큰 소리로 단언하기를 좋아합니다. 하지만 저는 그들의 그러한 단언이야말로 또하나의 부도덕한 지적 기만을 저지르는 행위에 불과하다는 사실을 알고 있습니다.

사회주의가 승리를 거두고, 사회주의의 이념을 가진 사람들이 권력을 장악한 곳이라면 어디에서나 극악한 인권 말살의 역사가 전개되었던 것은, 사회주의의 이념 자체에 내재되어 있는 근원적인 논리상의 한계와 부도덕성 때문이지, 결코 몇몇 특정 개인의 성격적 결함 때문이 아닌 것입니다.

사회주의가 근원적으로 부도덕한 인권 말살의 길을 향하여 나아갈 수밖에 없는 성질을 가지고 있는 반면, 자본주의는 근원적으로 열린 사회, 자유로운 사회, 정의로운 사회의 길을 향하여 나아갈 수 있는 가능성을 풍부하게 가지고 있습니다. 물론 자본주의라고 해서 본래 아무런 문제점도 없는 지선(至善)의 체제라고 할 수는 없는 것이지만, 열린 체제로서의 자본주의는 사회주의와 달리 자기치유와 자기감시의 능력을 지니고 있기 때문에, 그 구성원들의 각성과 노력 여하에 따라서, 그 문제점들이 악화되는 것을 얼마든지 막아낼 수가 있습니다.

하지만 지난 1980년대부터 지금에 이르기까지, 제가 우리나라 지식인 사회의 현장에서 생생하게 목격해 온 바에 따르면, 참으로 많은 수의 지식인들이, 이 명백한 진실을 끈질기게 무시하고 있습니다. 어떤 사람은 아예 몰라서 무시합니다. 어떤 사람은 대충 짐작하면서도 주류의 대열에서 탈락하게 되는 것이 무서워서 무시합니다. 어떤 사람은 알 것 다 알면서도 그 나름의 전략적 계산 때문에 의도적으로 무시합니다. 이처럼 다양한 이유에서 그들의 <무시>는 연유하고 있습니다만, 어쨌든 진실을 무시한다는 점에서는 그들 모두가 일치합니다. 그리고 그들 가운데 상당수는, 진실을 무시하는 데서 그치지 않고, <자본주의는 본질적으로 부도덕하며, 사회주의야말로 본질적으로 정의로운 체제이다>라는 거짓된 명제에 진리의 이름을 붙여 널리 전파하고자 하는 적극적인 노력을 집요하게 전개해 오고 있습니다.

그들의 오랜 세월에 걸친 노력은 이제 현실적으로도 큰 성과를 거두기 시작하고 있습니다. 참으로 통탄을 금할 수 없는 일입니다. 그들의 노력이 큰 성과를 거두기 시작하였다는 것은, 그들 자신을 포함한 우리 사회의 구성원들 전체가 암흑의 길로, 전락의 길로, 인권 말살의 길로 접어들 가능성이 커졌다는 사실을 말해 주는 것에 다름 아니기 때문입니다.

이런 위태로운 상황 앞에서, 우리 사회가 개방성과 자유와 정의로움을 완전히 상실해 버리지 않을까 하는 것을 진심으로 걱정하는 소수의 사람들은, 지금부터라도 지혜와 용기와 열정을 결집하여, 다수의 지식인들로부터 버림받은 진실을 건지고 더 나아가 우리 사회 자체를 건지기 위한 노력에 나서지 않으면 안 되게 되었습니다. 이제 상황은 참으로 절박하게 되었습니다.

이와 같은 상황의 절박함을 생각할 때, 선생님이 이번에 『정의로운 체제로서의 자본주의』라는 저서를 통하여 자본주의야말로 사회주의와는 비교할 수 없을 만큼 월등하게 정의로운 체제라는 사실을 차분하게, 치밀하게, 논리정연하게 입증해 보인 것은 참으로 귀중한 의의를 가지는 작업이라고 여겨집니다.

선생님은 이 저서를 끝맺는 자리에다 다음과 같은 말을 적었습니다.

> 자본주의가 정의롭지 못하다는 비난에 대해 자본주의가 효율적이라는 사실만을 내세워선, 자본주의를, 나아가서 우리 사회 체제를, 제대로 변호할 수 없다. 종교적 신념과 열정을 지니고 자본주의를 무너뜨리려는 세력이 정의를 내세울 때, 현실적 여건이나 실질적 이득만을 내세우는 것은 그들에게 도덕적 고지를 내주는 일이며, 일찍이 손자(孫子)가 지적한 대로, 전략적으로 아주 위험한 선택이다. 재산의 형성에 공헌한 사람들에게 소유권을 주는 것을 원칙으로 삼은 자본주의가 근본적으로 정의롭다는 사실과 바로 그 사실에서 자본주의의 효율성이 나온다는 사실은 늘 함께 강조되어야 한다.[1]

과연 그렇습니다. 자본주의가 사회주의보다 훨씬 더 효율적인 체제임은 분명한 사실이지만, 그 한 가지 <분명한 사실>만을 강조하는 것으로는 부족합니다. 또 한 가지 <분명한 사실>, 즉 자본주의가 사회주의보다 훨씬 더 정의로운 체제라는 사실—아니, 좀더 정확하게 표현하자면, 자본주의는 정의로운 체제이지만 사회주의는 부도덕한 체제라는 사실—까지를 이야기해야 합니다. 이 분명한 사실을, 정말 모르는 사람에게는 가르쳐야 하고,

---

1) 복거일, 『정의로운 체제로서의 자본주의』(삼성경제연구소, 2005), p. 140.

모르는 척하는 사람에게는 모르는 척하지 말라고 설득해야 하고, 전략적 계산 때문에 덮어버리려는 사람에게는 인정하라고 다그쳐야 합니다. 진실이 이편에 있으므로, 그리고 정의가 이편에 있으므로, 망설일 것이 없습니다. 사정이 다급하므로, 망설일 여유도 없습니다.

선생님의 이번 저서에 담긴 날카로운 통찰과 정밀한 논증이 많은 사람들의 무지를 깨뜨리고, 자기기만을 교정하고, 편견을 바로잡는 계기가 될 수 있기를 진심으로 바랍니다. 저의 경우, 잘못된 사상의 압도적인 위세와 그것에 의하여 크게 영향 받는 쪽으로 움직여 가는 현실의 흐름을 보며 절망에 가까운 심정이 되다가도, 선생님의 이번 저서와 같은 귀중한 지혜의 결정체를 만나면, 다시금 용기를 회복하게 됩니다. 감사하는 마음으로 이 글을 드립니다. (2005)

〈잘못된 믿음〉과 경제 교육의 과제
─유정호 선생님께

　　선생님의 책『관치 청산─시장경제만이 살 길이다』를 반갑게 읽었습니다. 그 책에서 가장 인상깊었던 부분은, 오늘날 <개혁>의 이름 아래 외쳐지고 있는, <빈곤층 구제를 위한 사회 보장을 강화함은 물론, 중산층까지 수혜 대상에 포함되도록 사회 복지 제도를 개편하고, 노사 분규에서는 노동자에 유리한 행정을 펴며, 고용인 해고를 어렵게 만들며, 경영자에 의한 합법적인 직원의 차별 대우를 제한하고, 지역 간 균형 발전을 국가 목표로 삼는 등, 과거 고속 성장의 뒷길에서 소외받던 계층에게 좀더 혜택이 많이 돌아가도록 체제를 바꾸[1]>자는 주장이 새로운 형태의 관치(官治)를 하자는 주장이며 그것은 필연적으로 자유를 억압하고, 번영을 저해하고, 불평등을 더욱 심화시키는 방향으로 우리 모두를 이끌어갈 수밖에 없다는 사실을 빈틈없이 논증해 주신 대목이었습니다.

　　선생님께서 그 대목에서 특히 인상적으로 증명해 주신 바와 같이, 그리고 더 나아가『관치 청산─시장경제만이 살 길이다』전체를 통하여 일관되게 밝혀 주신 바와 같이, 관치 경제가 아닌, 진정한 의미에서의 시장경제만이, 자유를 살리고, 번영을 가져오고, 불평등을 최소화할 수 있는 길입니다. 그런데 이러한 진실을 너무나 많은 사람들이 알지 못하고 있습니다. 이러한

---

1) 유정호, 『관치 청산─시장경제만이 살 길이다』(책세상, 2004), p. 156.

진실을 그저 알지 못하는 정도가 아니라, 그 반대가 진실인 줄로 믿고 있는 경우도 많습니다. 그런 잘못된 믿음을 마음속에 간직하고 있는 데에서 다시 한 걸음을 더 나아가, 그런 잘못된 믿음에 입각하여, 진지한 표정으로, 열성적인 태도로, 자유를 억압하고, 번영을 저해하고, 불평등을 더욱 심화시키는 방향으로 그들 자신을, 그리고 우리 모두를 끌어가기 위해, 온갖 노력을 아끼지 않는 사람도 적지 않습니다. 제가 저의 주된 거주지로 삼고 있는 <문학 하는 사람들의 동네>에 특히 이런 부류가 많습니다. 시인도 많고, 소설가도 많고, 평론가도 많습니다. 안타까운 일입니다.

이런 안타까운 현실을 보면서, 저는 자주 <올바른 경제 교육의 필요성>이라는 것을 생각해 보게 됩니다. <잘못된 믿음>을 가지고 있는 사람들이 젊은 시절에 제대로 된 경제 교육을 받았더라도 저 지경이 되었을까요? 많은 경우, 그렇게 되지 않았을 것이라고 저는 믿습니다.

최근에 들어와, 이런 문제를 의식하는 분이 차츰 늘어난 듯, 여기저기서 경제 교육의 필요성과 그 실천 방안에 대한 논의들이 나오고 있는 것 같습니다. 새롭게 자라나는 젊은 세대들만이라도 잘못된 믿음의 해독으로부터 건져내어 보자는 뜻으로 제기된 논의라고 여겨집니다.

선생님의 책은 이런 측면에서도 소중한 의의를 가지는 업적이라고 생각됩니다. 문고판 규모의 적은 분량에, 누구나 이해할 수 있을 만큼 쉬운 언어로 씌어져 있으면서도, 문제의 성격을 정확히 포착하고, 바람직한 처방을 설득력 있게 제시해 주는 책이기 때문입니다. 선생님의 책이 이 땅의 많은 젊은이들에게 널리 읽혀서 그들로 하여금 과연 무엇이 진정한 자유와 번영과 평등의 길로 나아가는 길인가를 깨닫도록 만드는 성과를 거둘 수 있게 되기를 진심으로 바라 마지 않습니다. (2005)

한국문학 속의 사회주의와 자본주의

인쇄일 초판 1쇄   2006년 02월 25일
　　　　 2쇄   2015년 03월 10일
발행일 초판 1쇄   2006년 03월 02일
　　　　 2쇄   2015년 03월 15일

지은이 이 동 하
발행인 정 찬 용
발행처 국학자료원
등록일 1987.12.21, 제17-270호

서울시 강동구 성내동 447-11 현영빌딩 2층
Tel : 442-4623~4 Fax : 442-4625
www.kookhak.co.kr
E- mail : kookhak2001@hanmail.net
가 격 14,000원